书信中的旧时光

吕振◎著

花山文艺出版社

吕 振

青年作家。1985年生于山东莱芜，2013年毕业于山东大学中文系，获文学硕士学位。在《人民日报》《光明日报》《文艺报》《新文学史料》《北京文学》《时代文学》等报刊发表文艺评论和散文随笔百余篇，出版有《书人书事》（浙江文艺出版社）《人间情怀》（中国文联出版社）《大学，梦想与青春赛跑》（中央广播电视大学出版社）等著作。

序言：留住时间

□ 刘庆邦

我读到的《书与信中的旧时光》，是吕振所著的第四部书。此时春色渐浓，楼下小花园里的迎春花开了，杏花和玉兰花也开了，一派生机勃勃、春意盎然的景象。春来花开正当时，祝贺吕振的勤奋劳动有了新的收获！

读“旧时光”，我想到的是时间。我们每个人的一生，都是一段时间；或者说我们每个人的生命，都是一个时间的容器。我们的人生历程就是不断从容器里往外掏时间的过程。掏时间是必然的，不想掏也得掏。等把时间掏完了，人的生命就终结了。时间无边无际的悠长，才显出人生的短暂；时间无与伦比的强大，才显出生命的弱小。在悠长的时间面前，不知有多少人千方百计想长生，却往往短命。在强大的时间面前，不管多么强悍的人最终也不得不低下头颅。当人们意识到时间不可超越和不可战胜时，才对时间敬畏起来，珍惜起来。诸如“人生如梦”，“寸金难买寸光阴”，还有近年来媒体上流行的“时间都去哪儿了”的感喟，无不清醒地表达着人们紧迫的时间意识。于是人们行动起来，开始争分，开始夺秒，把时间紧紧抓在手里，以免稍一松懈，滑得像泥鳅一样的时间就会溜掉。

同时我们也看到，绵延不绝的时间对有的人来说是一种煎熬，他们愁得不行，觉得夜也长，昼也长；冬也长，夏也长；天也长，地也长。这么多的时间到哪里去花呢？这么长的时间什么时候才能熬到头呢？为了打发时间，他们或打牌，或搓麻将，或玩游戏，或刷信息，或干点儿别的什么，反正只要把时间分阶段打发掉了，他们就像取得了阶段性的胜利。特别是一些从工作岗位上退下来的上了岁数的人，他们打发起时间来更是大手大脚，毫不吝惜。时间嘛，当然保持着惯有的尊严，对打发它走的人毫不留恋，你让我走我就走，一走便是“黄鹤一去不复返”。

不必把写东西这件事情看得多么高尚，多么高贵，说得普通一点，被动一点，其实我们的写作也是在消费时间，打发时间。有所不同的是，我们打发的时间似乎并没有走远，有时候还会回来，让我们重温旧梦。这样的觉悟我以前并没有，随着拥有的时间越来越少，是我最近才觉悟到的。去年，上海文艺出版社为我出版了一套《刘庆邦短篇小说编年》，收到样书后，对其中的有些篇章我重读了一遍。那些篇章多是我三四十年前写的，人物、情节和细节都记不太清了。重读之后，我们像是久别重逢，过去的一切一下子变得清晰起来，心潮起伏，先是泪眼相望，继而紧紧拥抱。这表明，写作既是打发时间的一种方式，同时也是抓住时间和留住时间的有效途径。我不由感叹，这一辈子选择了写作真是不错，真是幸运！

我看到了，吕振的这部书里承载的也是时间。书的内容分为“嗜书”“纪人”“读札”“清赏”四辑。在我看来，这四辑作品如同四尊质地考究的容器，尊尊容器里盛的都是时间，满满的时间。有的时间如粮，粒粒饱满；有的时间如泉，碧波荡漾；有的时间如酒，香气四溢；有的时间如金，闪闪发光。具体说吧，如吕振在第一辑里所写的《在地铁上读书》，就传达出他惜时如金的时间意识。他每天上班坐地铁需要一个小时，他把这一个小时利用起来了，每天坚持在地铁上读书。他算了一下，这样读下来，每周能读一本书，一年最少能读五十本书。读书还不是写作，还不一定能留住时间。但是，写作必须读书，读书是写作的前提，是在为写作做积累和准备，要当一个好作者，须先当一个好读者。对于这一点，吕振无疑有着明确的认知和自觉的行动。再比如他在第二辑里所写的《访上海鲁迅故居》，这篇文章定是在有了大量的阅读准备之后，怀着崇敬的缅怀之情而写。吕振写得小心翼翼，像是生怕惊动了鲁迅先生；又写得细致入微，把三层小楼里一切陈设都写到了。同样是出于对鲁迅先生的敬仰，我也一直想到上海的鲁迅故居瞻仰，可一直没能得到机会，读吕振的这篇文章，等于随着吕振去了一趟鲁迅故居。在吕振的目光和笔触所到之处，我不仅“看”到了鲁迅的餐室、工作室、会客室、卧室，还“看”到了日历牌、闹钟、旧藤椅、窗花纸，以及先生用过的修书工具和药品等。除了实物，吕振还以一些实物为线索，穿插着写了一些鲁迅生活和工作的往事，可谓睹物思人，情景交融，像这样写鲁迅故居的文章，我以前还没读到过。第三辑更是时间的记录，其中收录的文人信札手稿，跨越了半个世纪的时间，非常珍贵，在这些文字中抽丝剥茧、考证细节、追怀往事，就如慢慢品味散发着文化气息的陈年老酒，让时间变得醇香生动起来。第四辑是吕振写的书评，持论公允，感情饱满，是认真阅读后的思想沉淀。我相信，书中这些用心之作，吕振自己也很喜欢。但喜欢归喜欢，过个十年二十年后，他对自己所写的文章也不会记得那么清楚，至少不会像刚写完那样差不多能背诵下来，但这不要紧，有文章在，有书在，就有时间在。若干年后拿起书来，你的时间会重新走回来，为你呈现过去的一切。

我这样翻来覆去地说时间、时间，其实说的也是情感、思想和生命。时间是虚的东西，夜深人静之时，时间虚得常常令人恐惧。我们对抗恐惧的办法，或者说自我安慰的办法，是通过劳动，把虚的东西变成实的东西。一如农民把时间变成粮食，矿工把时间变成煤炭，我们是把时间变成文字，变成文章，变成书。这样一来，我们就把虚的东西落实了，变成了一种载体。时间之载体在留住时间本身的同时，也留住了我们的情感、思想，乃至生命。我们为某件事情动过情，流过泪，通过写作，我们把那段感情记录下来。我们对现实有所思考，有所感悟，通过独特的语言，在文章中为自己的思想命名。随着岁月的消磨和流逝，我们常常以为自己的感情淡薄了，思想迟钝了，曾经有过的感情和思想似乎不复存在。然而，莫道往事成烟云，“落花时节又逢君”。我们所逢的君不是别人，正是书写者自己，这是多么让人欣喜而美好的事情啊！

我们通过写作留住时间、生命、自己，还不是最终目的。我们所写下的每一篇作品都是一面镜子，回头看以前的作品，我们像是在照镜子。通过照镜子，我们在回顾自我，检视自我，也是反思自我，并进一步修炼自我，以达到完善自我的目的。

今年春节期间，我和夫人与吕振夫妇聚会，我说吕振可以考虑写点长一些、大一些的东西。他说他正准备写系列散文，内容主要是故乡的童年往事。写童年往事当然可以，我给他的建议是，不一定以系列散文的形式写，不妨写成小说试试。写小说毕竟局限少一些，自由一些，可以插上想象的翅膀，飞得更远一些。

2019 年 3 月 13 日于北京和平里

目　　录

CONTENTS

第一辑　嗜　书

第二辑　纪　人

第三辑 读 札

第四辑　清　赏

第一辑 嗜书

书中有味是清欢

小时候家乡有个风俗，婴儿在一周岁的时候要搞个“抓周”仪式，全家老少聚集在院子里的老槐树下，地上铺一块大红布，摆上许多物品，寓意着各种职业，如小锄头象征农民，桃木梳象征剃头匠，螺丝钉象征工人，算盘象征会计，毛笔象征书法家……当然还有一本书，象征着教师等与文化相关的职业。此时，一周岁的婴儿端坐其间，淳朴的乡下人相信，孩子伸手抓到的第一件器物就是以后的人生路。虽然我“抓周”时尚不记事，但想象一下，身为教师的祖父和曾经做过教师的父亲，在那一刻定然是心情忐忑的。最终我没有辜负他们的期望，用稚嫩的小手握起了爷爷那本《唐诗选》，那是一本封面有山水人物的薄册子，想来应该是图画吸引了幼时的我。

五六岁的时候，我开始喜欢看连环画，自己手里的看完了，就和同村的玩伴们交换着看，如果遇到自己特别喜欢的，则想据为己有。可是，他们怎么会轻易相赠呢？这个时候，我就要运用童年的“外交手腕”了，可以用他们喜欢的东西来交换啊，诸如父亲为我买的大白兔奶糖、五颜六色的玻璃球、过春节剩下的鞭炮，甚至是我自己从河里抓来的草鱼。虽然这些我也舍不得，但在连环画的诱惑下，却也果断地拱手相赠了。

现在回忆起来，有一件事印象深刻，我曾得到一本《封神榜》连环画，爱不释手，看了足有十几遍。我好奇于土行孙的土遁法术，希望自己也踏上一对哪吒的风火轮，盼着也像雷震子一样见风就长，同时，看到恶人闻太师死于姜子牙手中时，心里特别解气。那年深冬时节，下着鹅毛大雪的一天清晨，我正躺在被窝里看这本《封神榜》，叔叔突然来到我的房间，看到我读得津津有味，便坐在床头对我说："你给我讲讲封神榜的故事吧！"然后一把将书夺了过去。我嘿嘿一笑，二话没说，一口气从头讲到尾，叔叔表情非常惊诧，他对我说，你一个字也没有讲错。不知道叔叔这话是真是假，但足以证明我对这本书的熟悉程度了。这件事给予我的自豪感和自信心，使我久久难以平静。要知道，那时的我还是个六七岁的孩子。

我对文学的热爱，受家庭熏陶可谓颇大。祖父吕锡源先生从新泰一中毕业后，开始教小学和初中的语文，一教就是三十多年，我老家县城许多学校他都执教过，家里自然攒下了一些书。我父亲也曾在学校代过一段语文课，后因其他原因转行，但一直负责单位的文字工作。逢年过节我到外公家走亲戚，他的堂屋里也有几架书，可能因为我父母婚配时讲究门当户对，我外公张敬岳先生也干了一辈子乡村教师。在这期间，从各种各样的连环画，到插图本的四大名著，我都读了不少，书籍给我幼小的心灵打开了一扇天窗。

初中和高中七年，虽然学业负担重，但我依然干着被老师当做不务正业的事——读课外书。父母给的零花钱，我都买了杂志和书，如饥似渴地阅读着，杂志有《小小说选刊》《意林》《中国校园文学》，书籍先是买了鲁迅、巴金、沈从文、冰心、钱钟书等现代文学大家的集子，后几年又开始广泛涉猎当代文学和外国文学作品，如中国的王蒙、余华、贾平凹、陈忠实、莫言、迟子建，西方的托尔斯泰、福楼拜、司汤达等，这些书大都是在莱芜二中对面的三联书店以及口镇新华书店所购。

后来到青岛读大学，书店多了起来，于是除了购买文学作品以外，还陆续购得一些专家学者的文史哲学术著作，只要自己喜欢的，尽数讨来。每逢周末，我经常光顾昌乐路青岛文化市场旧书摊，在风中来回踱步一两个小时，总能淘到几本自己心爱的宝书。大学毕业的时候，我运回家的藏书已有上千册。有一次因为搬家，我把书装进了二十多个箱子，后来发现家具倒容易搬运，而这一箱又一箱的书却成了难题。母亲说："挑拣挑拣，没用的就卖了吧！"我口头应着，心里却如何舍得？

古人说，书中自有黄金屋、颜如玉、千钟粟，对我而言，并不奢求通过读书获得多少物质回报。我之读书，只是兴趣使然，为了使自己的灵魂不在岁月的侵蚀下变得荒芜。

我之藏书，不求珍本善本，没有苦心孤诣，只是率性而为，喜欢便买下，读完便珍藏，如此而已。

书中有味是清欢，抚摸着自己读过的一摞又一摞的书，思想漫步于书山雅境，幸福之情难以言表。如今又已迈入寒冬，遥想风雪之夜，一尊红泥小火炉，一盏绿蚁新醅酒，品读着几本自己最爱的书，情趣自此而生，别味其乐无穷。

校园文学与青春时光

1997 年夏天，我还在莱芜市口镇中学读初中，记得有一次，语文老师李敬军先生布置了一篇作文，题目是《秋天的故事》，我受当地报纸刊登的一则新闻启发，写了一个村委会为孤寡老人牵线搭桥举行集体婚礼的故事。在当时，这篇文章因为选题新颖，语言流畅，被李老师当作范文在作文课上宣读点评，这让我感到非常自豪。下课后，一些同学向我请教作文写法，我却没有成型的经验与他们分享。不过自此以后，我更加认真对待每一次写作文，也开始大量阅读文学作品，同时，我的作文被当作范文宣读的次数越来越多。

初中三年级的时候，在校长张廷勇先生的倡议下，学校创办了校刊《启明星》，发表教师和学生的文学习作。经过老师的推荐，我有两篇文章在创刊号上发表。后来我回忆起这段经历，总觉得每个孩子都是可塑之材，老师一个鼓励的眼神、一句赞扬的话语，可能会对一个学生以后的人生路产生很大的积极作用，相反，以学习成绩为单一标准，不提倡培养兴趣，一味地批评苛责，实在是一种摧残天性的愚昧做法。

2000年秋，我进入莱芜市第二高级中学读书，对文学的喜爱就比较自觉了。有一次我偶尔读到了一本郑州出版的《小小说选刊》，那一个个篇幅短小但情节曲折的故事深深地吸引了我，于是我开始订阅。那时的我情窦初开，喜欢上了一个女孩子，她清纯可人，学习成绩也很好，有一次她看到我阅读《小小说选刊》，便借了一本去看。记得在张爱玲的书中曾经有这样一段话，大意是，男女之间一旦开始借书看就复杂了，因为借了总要还，一来二往，感情也就深了。为了让这话在我身上应验，我更加坚定了订阅《小小说选刊》的决心，也每期必送给她看。后来，虽然我与那个女孩没有结出爱情的果实，但阅读这本杂志，确实对我文学素养的提升和读书写作习惯的养成有所帮助。直到今天，那四十多本留存着我美好记忆的《小小说选刊》，还放在我的书柜里。

从高二开始，我就热衷于给校报《二中学苑》写稿，我将初次写作的几首词投到校报编辑部，过了几天竟然发表了，这是我的作品第一次变成铅字发表在报纸上，心中为自己的写作能力得到肯定而激动不已。之后便一发不可收拾，我又连续在校报发表了十几首词和五六篇散文。随着文章见报次数越来越多，校报编辑许凌云找到我，问我是否愿意加入《二中学苑》编辑部，我自然满心欢喜，欣然应允，开始了一年多愉快充实的编辑生涯。《二中学苑》

是一份四开四版的校报，两周编辑印刷一次，印数在三千左右。编辑部设在教学楼三楼东南角一间简陋的办公室，主编是校办公室主任、我的语文老师王圣君先生，副主编是高三的学生宋涛，编辑有许凌云、温静、解传海和我，每人负责一版。那时我的学习成绩一般，但在文学创作上收获颇丰，也给了我足够的自信。编辑生活是非常快乐的，一年的时间，我连续发表了十几篇文章，被评为“优秀记者”和“优秀编辑”。高二下学期，又因写作成绩突出，选入了刚成立的《吐丝》文学社，成为校刊《吐丝》的学生编委，散文栏目的主编，并且在前两期《吐丝》上发表了五篇文章。这本杂志，得到了陈传军、王子象、吕庆胜等几届校长的支持。进入高三，学习开始紧张起来，于是《二中学苑》交由学生会编辑，我也开始专心致志备战高考。

2004 年，我考入青岛大学中文系，青岛有山有海，是一个能孕育文学梦想的地方。刚刚开学，我就注意到了校刊《青大园》纳新的消息，我积极报名，经过笔试和面试，顺利进入了《青大园》编辑部，与热爱文学的同学们一起经营着这块宁静自由的芳草地。在百团争艳的大学里，这是一个奇异的团体，在写稿、组稿和策划的时候，人人各抒己见，思想碰出火花，在审稿、印刷刊物和举办活动的时候，园子里的兄弟姐妹又都拧成了一股绳，出色地完成了各项任务。在《青大园》，我负责编辑“第一文化视点”栏目，从一名普通编辑做到了编辑部负责人，发表了十余篇文章。

在大学里，除了编辑《青大园》以外，还加盟过海子文学社，担任宣传部长，和社长穆利峰等一起创办了报纸《海云天》。另外，还担任着校学生公寓管理委员会报纸《家园》的东部校区负责人，负责组稿和发放报纸。校报《青岛大学报》和文学院院刊《望海潮》，也都发表过我的诗歌和散文，其中还获过两次全校征文一等奖。

尤其值得一提的是，在大一下学期一个春暖花开的日子里，我和几个同学无意间谈到，作为中文系的学生，我们班级应该有自己的创作发表平台，同学们互相交流切磋写作，于是大胆付诸实践，由我和同学乔福坤牵头创办了青岛大学历史上唯一的一份班刊《指尖草》，半月一期，共编辑印行了十期，发表了一百多篇同学们的文章，在校内引起了强烈反响，《青岛大学报》曾专门发文报道，最重要的是，班里三十五位同学每人都参与了撰稿，留下了青春岁月的美好回忆。后来，我到山东大学中文系读研究生，三年间，也在《山东大学报》发表了多篇新闻采访和散文随笔。

从《启明星》《二中学苑》《吐丝》，到大学里的《海云天》《指尖草》《望海潮》《青大园》《青岛大学报》《山东大学报》，这些校园刊物陪伴着我的青春一路走来，不管是投稿还是编辑，我都投入了许多精力，只管耕耘，不问收获，乐在其中。

记得作家张炜曾说过这样一段话："现代世界是充满了实用主义、妥协求存的一个世界，它究竟是否留给了作家一个小小的空间，还值得怀疑。但我仅凭自己微不足道的认识，想告诫自己一句的就是：在精神之域，人天生就应该是对抗世俗的。”我经常以此来激励自己，如今，我依然坚持做着自己喜欢的事情：读书，写作。读书，会启发我的智慧，陶冶我的情操，使我的精神生命更加充实。写作，是我丰沛情感的自然流淌，每当回味自己的文字，就知道我在某时某刻曾经这样思考过，曾经以这种方式将生命镌刻下深痕。

淘旧书的乐趣

这些年来，每当天气晴好的假日，去古色古香的旧书店、文化市场的旧书摊转一转，成了我多年雷打不动的爱好。我家里的藏书，旧书和新书各占一半，和买新书相比，淘旧书乐趣更多。

一曰猎奇。每次去逛旧书店，并没有想好要买什么书，因为列好了目录旧书市上也不一定有。但是，正因这种漫无目的的闲逛，才有可能带来更多惊喜。一些老版本且发行量较少的好书，都有可能在旧书市场上买到，但一定要来得早，来晚了就被有共同喜好的淘书人抢走了。当猛然发现一本寻觅已久而不可得的好书时，当发现一本尚不知其存在但与自己的研究课题或兴趣息息相关的书时，那种惊喜的心情难以用笔墨形容。还有更令我激动的，那就是发现了作家、学者的签名本或信札。当看到一本喜欢的旧书，打开扉页，忽然发现有作者签名题签，或者书中夹着一封作者信札，那简直就像发现了宝藏，心跳加速起来，就怕书摊老板或者周围买书的人看到，这时候要迅速平复心情，尽快合上封面，书不离手，若无其事地和老板闲谈，然后随口砍砍价，砍不下来也不要紧，立马结账走人。这种经历我遇到过多次，曾在北京旧书市淘到屠岸、袁鹰、李瑛、李希凡等作家学者的签名书和信札，在青岛旧书市淘到耿林莽、杨志军等作家的签名书和信札，在济南旧书市淘到张炜、刘玉堂、周来祥、吴义勤、施战军等作家学者签名钤印的书。

二曰省钱。爱书人买书，就像女人买衣服，永远不嫌多，永远觉得不够。像我这种收入一般的爱书人，怎样用最少的钱买最好的书，就成了一个值得研究的重要课题。如今出版的新书，大都注重精美的装帧设计，花里胡哨的东西多，可读性差，却以高昂的定价拦住了许多囊中羞涩的读书人。所以我认为，买旧书是一个省钱的好办法，在与书商讨价还价的过程中，也有技巧和趣味。市场上的旧书，大部分都是旧书商通过废品收购而来，或者是企事业单位图书馆更新馆藏时流出的，论斤称，成本低，自然卖的也便宜。那旧书到底有多便宜呢？试举两例。我曾淘到著名学者林非主编的《散文大辞典》，是一部大型散文工具书，定价60元，却以12元的价格购得。还有上世纪70年代人民文学出版社出版的鲁迅著作单行本，米黄色封面上有一个鲁迅雕像，我曾在旧书市以2元一本购得，共入手近三十种。这种情况还有很多，一般的书籍，均价也就5元，品相不太好的，有可能一两元一本，和新书比起来，价格悬殊。当然，这不包括晚清民国版本的旧书和一些古籍珍本，这

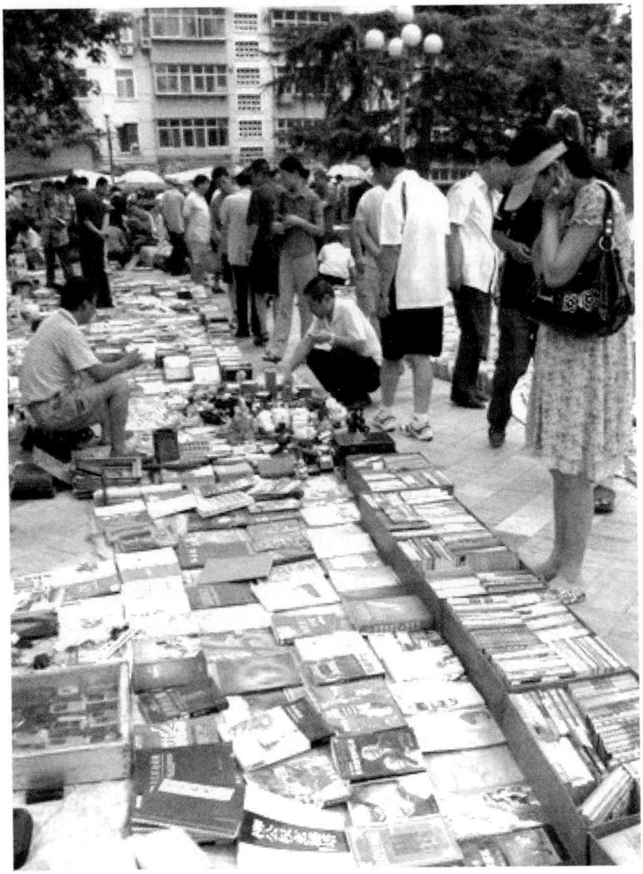

旧书市场一角

些书是价格不菲的。

三曰会友。喜欢逛旧书摊的人群，一般是比较固定的。常去旧书摊买书之后，会结识一些志同道合的爱书人，包括那些旧书店的店主。另外，我在旧书市场，曾经多次遇到大学同学和老师，在这种氛围下，偶遇也变得清雅脱俗起来。记得有一次，遇到了讲授先秦文学的张树国先生，与他聊起我的大学生活，聊起他那风趣的授课，美妙的画面如在眼前。还有的时候会遇到大学时的挚友，我们曾以读书结缘，如今又在书市相遇，自当指点江山激扬文字，重温象牙塔里的美好感情。也有的时候，会和旧书摊主们聊上一番，他们虽然没有很高的文化水平，但因为做旧书生意多年，浸淫久矣，胸中存了不少笔墨，也变得谈吐不俗。记得有一次，我从一位摊主那里购得一本讲萧红的书——《落红萧萧》，他看我也喜欢萧红，故而拉我坐下，张口便谈起了他脑海中的才女萧红，从她悲惨的身世，到与萧军的结合，到鲁迅先生的扶持，到去日本学习，到与作家们去延安，到和萧军分手，到与端木蕻良的情感，到骆宾基在香港送她走完一生，到她的坟墓从孤独的浅水湾迁回大陆……一切都那么清晰，我甚至觉得，他可以算得上是萧红研究专家了。

现在北京定居，虽然京城的旧书市很多，但一来工作繁忙，二来交通不便，去旧书市场淘书的次数少了，更多转向孔夫子旧书网。

在网上淘旧书，有利有弊，好处是旧书多，想买的书几乎都能找到，并且价格和品相可以货比三家，弊端是难以看到原书，也感受不到淘旧书的氛围。如今去外地出差，我每次都提前做好功课，在网上搜索目标城市有没有规模较大的旧书市场，交通路线怎么走，只要出差期间忙完公务，就会到旧书市场上寻觅一番，去年曾到武汉、天津、郑州的旧书市，淘了不少自己喜欢的好书。

明人于谦诗云：“书卷多情似故人，晨昏忧乐每相亲”，每每在闲暇时候，翻看书架上那一摞摞沾满岁月风尘的旧书，就会忆起哪本书在哪个城市的旧书店与我结缘，觉得幸福而美妙。

青岛淘书记

我很庆幸，与书结下了不解之缘。

记得有一次，在阅读黑龙江女作家迟子建的散文时，其中有一篇谈到了她的书房和书架。她说自己有很多书，但一直没有合适的地方安置这些宝贝，直到后来进入省作协，在哈尔滨买了一套大房子，才开始布置自己的书房。这个时候，选择合适美观的书架就是件大事了，迟子建果然是从大兴安岭走出来的冰雪精灵，她想到了自己的老家——漠河的北极村。她急忙赶回老家，将旧宅附近亲人栽种的成材树木伐掉，一截一截运到哈尔滨，雇人打成了漂亮的书架。她这个想法真好，置身这样的书房中，闻着家乡树木散发的香气，感觉亲切又踏实。

我没有迟子建那样的大房子，也没有家乡的参天大树，但这丝毫不影响我读书、买书和藏书。回忆起来，在青岛的那几年，确实买了一些书，但是，却以淘的居多。何谓淘书呢？这和买书的区别就是，找一些能打折的书店，或者去旧书市场，买些二手书，而不是直奔新华书店或在网上买价格不菲的新书。

我的淘书，有一些自己把握的原则，主要是和自己专业相关的书籍，包括小说、诗歌、散文、戏剧、文学批评等，另外，为了拓宽阅读视野，完善知识结构，还会买一些历史、哲学、美学、艺术、书画、中外文化等方面的书籍。

在青岛，关于淘书的地方，最主要的就是昌乐路文化市场。这里的书店大约有几十家，图书种类齐全，折扣也低。但这里最吸引我的，并不是大楼里的书店，而是大楼东侧的旧书一条街。每到周末，只要天气好，就会坐上公交车，直奔文化市场，书贩们已将自己收集来的旧书一一摆在路边，供顾客选择。这些旧书，也不乏一些晚清和民国年间的版本，但是价格比较昂贵，总要几百上千元。其余大部分都是新中国成立后出版的书籍，以七八十年代的为主。这类书籍，大都是企业和学校的图书馆清理的库存，品相好，出版社也不错，价钱又便宜，一般三五元就能拿下来，记得有一次我只花了 50 元钱，却淘回了十二本自己喜欢的旧书。

除了文化市场以外，青岛还有不少文史哲类的书店，比如，利津路的我们书店、台东国美西侧的碧云天书市、书城后面的图书菜市、中山路上的汉京书店、海水浴场旁边的品德书店、火车站附近的阿尔法图书超市等，我都经常光顾。在这些书店里，我曾经低价淘到过不少自己喜欢的书。比如 1973 年人民文学出版社的多册单行本《鲁迅文集》，人民文学出版社的《诗经选注》《楚辞选注》《魏晋南北朝文选》《李白诗选注》《杜甫诗选注》，泰山出版社的四卷本《百年大潮汐：中国思想解放运动文录》，中国社会科学出版社的《三言》，中国古籍出版社的《二拍》，大众文艺出版社的《中国文化名人书系》，以及朱光潜、宗白华、李泽厚、叶朗、刘纲纪等美学家的著作，林辰、王士菁、林非、刘再复、朱正等不同著者不同版本的《鲁迅传》，以及辜鸿明、胡适、陈独秀、郭沫若、叶圣陶、巴金、胡风、林语堂、丁玲、冰心等现代作家传记二十余种。还有王蒙、陈忠实、莫言、贾平凹、苏童、余华、张炜、余秋雨、毕淑敏、池莉、张贤亮、张承志、铁凝、迟子建、史铁生等当代作家的文集。

如今我已离开青岛多年，但每当回忆起当时囊中羞涩的我，奔波于青岛各大旧书店，为花很少的钱淘到一本喜爱的书而激动不已，竟恍如昨日。如今在书架前，看到旧书似青山乱叠，就会想起那段难忘的岁月。

签名书的魅力

签名书又称签名本，是指由作者、编者或译者亲笔签名的书。对于爱书之人，签名本有特殊的意义，通过题款内容和字迹，能看出作家的性情，能看出作家与受赠者之间的关系，还能了解不少文坛掌故，这既是人与人之间情感交流的记录，也是文学传播过程的反映，所以说，作家墨迹，值得珍惜。

每当劳碌了一天回家的时候，或者周末休息的时候，我总喜欢坐在案前翻阅旧书，和这些经过岁月洗礼且饱含思想精华的书籍进行心灵沟通。轻轻打开素雅的封面，一行劲秀的字迹映入眼帘：请某某先生指正，作者于某年某月。每次抚摸着作者签名本的时候，我的思绪便会不由自主地游回历史的长河，产生遥远的遐思，想象着许多年前的某一天，在书房中，这位作者刚刚出版了一本新著，他将书小心翼翼地放在桌上，心里荡漾着一种成就感和期盼与友人分享的喜悦。他翻到书的扉页，提起饱含浓墨的笔，写下了上面的话。而后，他合上书页，可能会抚摸书本良久，回忆着自己写作的甘苦，品味着他和被赠者之间的情谊，思考着该书面世后可能得到的褒奖或批评，这一切，在作者的心中荡起了无限的涟漪……这就是签名书的魅力所在。

我从大学开始喜欢收藏签名书，本科和研究生七年时间，读的都是中文系，毕业后又从事文艺工作，所以自己的阅读视野和兴趣爱好大都集中在文史哲领域，尤其以中国现当代文学作品和学术专著为主。我收藏签名书的来源主要有三个，一是作家或学者将著作签赠给我本人，二是师友将别人签赠他们的著作转赠予我，三是从全国各地的旧书店或旧书网上淘来，日积月累，也有了七八百册。

签名书种类不同，价值各异，什么样的签名书才是有价值的呢？我认为：签名有上款，自然比没有上款好；赠书者和受赠者是名家，或者一方是名家，自然比非名家好；所赠之书是作者的代表作，自然比其他作品好；除了上款和日期，若还题写几句赠言，自然比只有上款好；若是毛笔题写，自然比钢笔圆珠笔好；如果再有著者钤印，自然比没有印章好。总的来看，最值得收藏的签名书应该是名家签赠名家的代表作，有毛笔题款、赠言、钤印。当然，这种签名书是可遇而不可求的。

我收藏的签名书中，有一些自己特别钟爱的名家签赠本，比如夏衍签赠周明的《夏衍论创作》、丁玲签赠黎辛的《我的生平与创作》、萧军签赠白舒荣的《萧军近作》、陈伯吹签赠孔罗荪的《中国铁木儿》、严文井签赠张毕来的《严文井散文选》、端木蕻良签赠叶至善的《曹雪芹》、

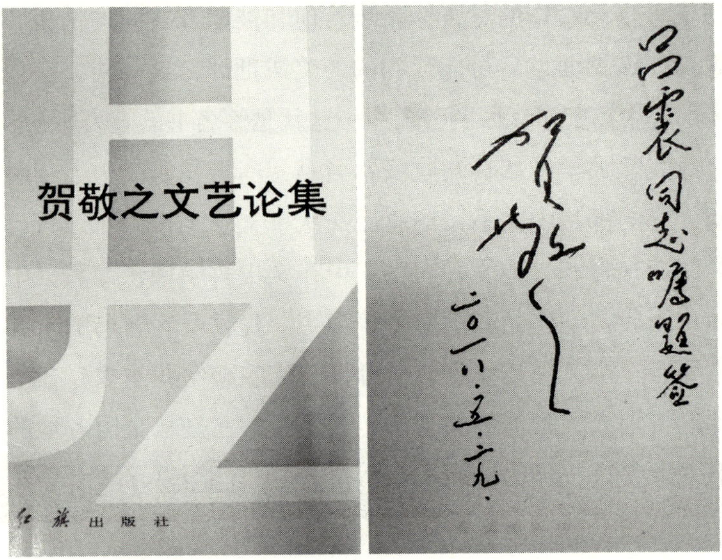

著名诗人贺敬之为作者签名书影

刘白羽签赠杜宣的《刘白羽散文选》、骆宾基签赠王瑶的《骆宾基短篇小说选》、曾卓签赠徐迟的《美的寻求者》、袁鹰签赠谌荣的《袁鹰散文选》、钱谷融签赠王元化的《〈雷雨〉人物谈》等。这些签名书既能看到名家墨迹，又有独特的史料价值，还可以延伸出不少故事。

例如从丁玲签赠黎辛的书，来考察二人的关系，黎辛1942年4月从延安鲁迅艺术学院分配到《解放日报》工作，丁玲是他的直接上司，黎辛曾回忆，自己在延安吃的最好的一顿饭，就是丁玲请他吃的烤馍片和香肠。1955年丁玲、陈企霞被定为“反党小集团”后，黎辛也受到牵连，1978年才平反，这本丁玲在1983年签赠给黎辛的书，是他们渡尽劫波情谊在的有力证明。例如骆宾基签赠北大教授王瑶的书，骆宾基在扉页题签：“王瑶同志指正 骆宾基 1981 年 6 月 24 日于马公寅初百年寿辰纪念会。”经查阅资料发现，1981 年 6 月 24 日上午，北大原校长、著名社会学家马寅初在北京医院度过百岁寿辰，北大为马老举行任教 65 周年和百岁寿辰庆祝会，邀请许多作家学者出席，北大王瑶、老作家骆宾基都参加了此次祝寿会，在会上，骆宾基将新出版的《骆宾基短篇小说选》赠予王瑶先生，一本书见证了一个重要时刻，连接起了三位重要人物。

签名书的收藏，还要注意辨别真伪。现在有些书商为了追求经济利益，制造出许多模仿名人墨迹的签名书，流通到市场上，要通过一些细节进行甄别，比如和该作家其他真迹比对字迹，看签字的运笔方式，比对印章刀痕凹凸点和刻印功夫，研究书籍出版时间、版本和签赠年代，考察作者和受赠者之间的关系，以及作者和受赠者当时生活的城市，旧书购于哪个城市等，这需要综合的知识积累和经常翻阅名家真迹练就的眼力。

王实甫在《西厢记》里写道：“量着穷秀才人情则是纸半张”。是啊，自古文人多寂寥，礼尚往来也就是几杯薄酒，几篇诗文，秀才人情纸半张，再也没有其他值钱的东西可以相赠。正如这些签名本，虽然不是金银财宝，但也是文人友谊的见证。有的人以为是废纸一堆，可对于热爱文学热爱藏书的人来说，这承载着“秀才人情”的几张纸几本书，是多么珍贵啊！以后的生活中，我可能还会认识更多的作家、学者，可能还会有更多的签名本摆在我的案头，这都是上天的恩赐，是大欢喜，作为有思想的人类，还有什么比认识精神上的朋友、比获得精神礼物更让人激动的呢？我很庆幸自己与书结缘，以自己喜欢的方式生活，从读书藏书中追寻文坛旧事，感受似水光阴，吾愿足矣。

在地铁上读书

在北京，生活压力大，工作节奏快，交通成本高。看看身边的人，从家里到单位，路上用半小时的工夫，算是很近的，用一个小时，距离比较正常，用两个小时的也不鲜见，有的人晚上住在河北、天津，白天坐车到北京二环内上班，这来来回回在路上的时间，就耗费了许多生命。

我住在通州，上班在西单附近，坐地铁需要一个小时。在这不短的时间内，我却从来没觉得枯燥乏味，因为有书读。早晨六点半出门，地铁上还有座，找个地方坐下，打开书包，拿出早已准备好的书，便开始了愉快的阅读旅程，不知不觉一个小时就过去了。当然，如果一路站着非常拥挤，恐怕就很难享受读书之乐了。

有人问我，你平常公务繁忙，哪来的时间读书和写作呢？我思考了一下，日常时间被繁忙的行政工作搞得支离破碎，确实很难有大段的闲暇来阅读，只能从别的地方挤时间，好像只有地铁上这一个小时，能够保持不被打扰，心无旁骛地读书。放下手机，在地铁上捧一本书读，身心沉浸其间，忘记了周围的嘈杂，是一件非常幸福的事。诸君可不要小看这一个小时，只要坚持得好，每周就能读一本书，一年能读五十多本书呢。有时候为了一个写作选题，我会借来十多本参考书，在地铁上一本接一本地读，用一支红笔圈圈点点做记号，等到这些书都读完了，文章也就成竹在胸了。

当然，在地铁上读书也有局限，不是任何书籍都适合在地铁上读。我的经验是，在地铁上最好阅读散文随笔或文坛掌故之类的书，这类书不枯燥，能够带来阅读趣味，让旅途充满快乐，最关键的是，单篇容量小，坐到哪里看到哪里，下车时把书本一合，说停就停，并不影响阅读效果和兴味。有两种书不太适合在地铁上读，一是长篇小说，容易将感情带入，看得入迷，忘了时间，可能坐过站，这种情况我经历过两回，还有就是如果看到精彩处，突然到站下车，心里老是惦记着下面的情节会如何发展，觉得很不踏实；二是学术著作，这类著作需要在安静的环境下细细咀嚼深入思考，可是地铁上的环境并不适宜，有人玩游戏，有人看网剧，将音量调得很大，非常影响阅读，在这种环境中自然无法细心研读学术著作。

现在我已经养成了一个习惯，不管是乘坐地铁还是火车、飞机，都要带上一本书。有时候在地铁上，偶尔抬起头来，看到有人也在看书，四目对视，就会有得遇知音的会心一笑。在地铁上读书，不是为社会营造良好的书香氛围，而是为了节约宝贵的时间，为了内心的安宁和充实。

为母校捐书

在山东莱芜我的老家里，有1500余册藏书，都是我在读大学和研究生期间购买的。来北京工作后，这些书就被我装进箱子里，封存在了老家。2017年春节回乡探亲期间，我将这些书整理了一番，把一些做研究需要的书带到北京来。在这个过程中，我发现有些以前读过的书，特别是文学类图书，较为常见，就不需要专门运至北京了，但放在家中使其生尘，又觉得可惜，于是冒出一个念头，可否将这些书挑出来，捐赠给母校？我的母校有很多，从小学、初中、高中到大学，共有五所，到底捐给哪所学校呢？经过慎重考虑，我觉得大学图书馆藏书已经很丰富，还是捐给中学比较实用，从学生的接受程度来看，我的这些藏书，高中生大体上能看懂，于是确定将这部分书捐赠给母校莱芜市第二中学图书馆，供师弟师妹们借阅。

有了这个想法，我就开始精挑细选，遵循的标准是，留下需要经常查阅的工具书和学术著作，其他的文学作品，以及和我的专业关系不大的历史、法律等图书，都可以捐赠。

经过三天的时间，我从中选出了七百余册，装进了十五个纸箱里，打算捐赠给母校。

为了把这件事情做得更加完美，更有纪念意义，在2017年国庆假期，我在每本书上签上自己的名字，盖上赠书章，然后将书名、作者和出版社等信息录入电脑，做成电子目录，便于母校图书馆工作人员归类存放。在这个过程中，父亲和妻子帮了我的大忙，我们三人流水作业，我在图书扉页签名，每本书都写上“校友吕振赠书”，写完后交给父亲帮我盖章，然后父亲再将书交给我的妻子，由她在电脑上录入图书信息，忙活了两三天，终于完成了这项工作。

我将这七百余册捐赠图书的电子目录进行了分类整理，主要包括以下几类。首先是文学作品，大约有四百多册，古典文学作品有《红楼梦》《聊斋志异》《孽海花》《徐霞客游记》《老残游记》《曾国藩家书》等，现当代文学作品较多，包括鲁迅、巴金、冰心、赵树理、张爱玲、王蒙、宗璞、梁晓声、刘以鬯、路遥、张贤亮、莫言、曹文轩、刘震云、贾平凹、铁凝、叶兆言、苏童、余华、阿来、韩少功、格非、方方、范小青、毕飞宇、邱华栋、池莉、毕淑敏、何建明、陈建功、叶辛、陆天明、张平、周梅森、王跃文、徐贵祥、叶广芩、王海鸰、戴厚英、霍达、王旭峰、谈歌、李洱、杨志军、王朔、韩寒、张悦然等作家的作品，大部分是中国20世纪文学史上较有影响的作家，另外还包括几套丛书，如《新时期中国少数民族文学作品选集》17册、

《山药蛋派经典文库》11 册。外国文学作品都是一些经典名著，比如《简·爱》《红字》《百年孤独》《老人与海》《假如给我三天光明》《阿尔芒斯》《麦克白》《基督山伯爵》等。文学理论作品有乐黛云、李准、陈晓明、李洁非、戴锦华、韩毓海、孟繁华、葛红兵等著名学者的著作。另外，还有历史、政治、教育、法律类图书若干本。

2018 年 8 月底，我与母校莱芜二中取得联系，向学校表达了我想捐赠私人藏书的想法。校长宋宪伟先生非常高兴，欢迎我尽快回母校看看。

9 月 5 日上午，天朗气清，我终于回到了阔别十四载的母校，在校园里边走边看，当年读书求学时的情景历历在目。这些年，校园环境有了很大变化，盖起了许多新楼房，尤其是宿舍楼和餐厅有了较大改善，操场也铺了塑胶，校园的绿化也越来越好了。正值教师节前夕，我还看望了当年教过我的张俊峰、杨凤霞、李明、鉴道新、李明华五位老师。

和老师们聊起当年上学时候的事，我觉得在二中读书那几年，主要有两个收获。一是培养了吃苦耐劳的精神，当年同学们大部分都来自山区，家庭条件艰苦，一日三餐以自带的煎饼和咸菜为主，舍不得从食堂买菜买饭，虽然日子很苦，但大家都很快乐。记得高三那年，学习压力大，我早上 5 点半起床，6 点开始早自习，晚上学到 12 点才睡，白天上课犯困，有时候吃辣椒提神，有时候拿圆规扎自己的胳膊，这些吃苦的经历，磨练了意志，日后在生活中遇到点挫折也就不害怕了。再一个就是喜欢上了文学，爱上了创作，高一的时候，王圣君老师教我们语文，我因为作文写得好，担任了校报《二中学苑》和校刊《吐丝》的编辑，在上面发表了几十篇文章，这对一个高中生而言，是很重要的，建立起了对文学创作的自信心，我工作以后一直坚持读书写作，保留一块精神的自留地，觉得非常幸福，这种兴趣，就是在二中埋下的种子。

宋校长专门带我到母校的文昌图书馆看了看，我的十几箱书专门放在了一个地方，校长说要留出几个书架专门存放我的书，一是便于学生借阅，二是给学生们树立一个热爱读书回馈母校的榜样，还给我颁发了荣誉证书。这次母校之行虽然时间短暂，但依然勾起了许多美好的回忆，老师们的热情也让我感动。作为一个毕业多年的老学生，我只是用自己的方式，尽了一点绵薄之力，以后如果有机会，还会以更多的方式感恩老师，回馈母校。

赠书的无奈

读书是我喜爱的一种生活方式，以前在中学的时候，买了不少书，也知道了不少作者，古今中外的都有，大都是逝去了的，如鲁迅、老舍、钱钟书、巴尔扎克、托尔斯泰，那时候觉得，书离自己很近，作者离自己很远。

进入大学以后，身边的老师大都出版过学术著作，想想自己阅读某部书，而作者就在眼前，就在课堂上授课，觉得真是不可思议。他们思想深邃，能写文章出专著，让我们这些学生心生崇拜。从那时起，我培养起另一种读书爱好，除了阅读经过历史沉淀的名家名作之外，也喜欢收集和阅读身边师友的著作，想看看他们在日常生活背后，脑海中都思考些什么问题，主要在哪些学术领域耕耘，这样会对师友进一步加深了解，既是学习他家之长的重要渠道，也是巩固友谊的好方法。自从有了这种想法，于是便经常向出版过专著的师友们索书读。

现在回忆起来，在大学期间跟许多师友要过书，比如冯光廉老师的《中国近百年文学体式流变史》、姜振昌老师的《经典作家与中国新文学》、魏韶华老师的《中国现代文学史论》、潘凤亮同学的《教育能够改变什么》等，师友们也都慷慨相赠，并在扉页题字留念。当时想的简单，知道老师们出过这方面的书，自己较感兴趣，就向他们索取了。当然，也有自己买的时候，但更多的是乐于直接向作者索要，究其原因，一是学术著作印数少，很多书在书店中无法买到，二是跟老师和朋友索书，可以直接获得签名题赠本，这对热爱藏书的人来说很有纪念意义。于是，大学期间通过向师友们索书，大大丰富了我的藏书宝库。

可是，真正到自己成了作者，出版了第一本书，才感到向人索书的不明智和赠书的无奈。

2011 年 9 月，我出版了一部谈大学生活的书，出版社首印 3000 册，因为自己初出茅庐，稿酬自然较低。另外，出版社是将这本书走市场的，而非科研基金资助的学术著作，所以出版社只舍得赠送作者 5 册样书，其他全部要在市场销售收回利润。我知道书出来后要给亲友赠送一些，借此回报大家对我的关爱，于是自己预购了 30 册。

不久以后，书顺利出版，收到了连出版社赠送的共 35 册书，喜悦之情自不待言。可随之而来的便是赠书，教过自己的恩师们当然要先送，从中学到大学到研究生，该送的老师起码有十几位；自己以前和现在的领导最好也送几本，以示尊重；媒体的朋友们更要送，因为他们在很热心地帮我宣传。这样一圈下来，手头的书全送出去了，还有许多朋友和同学，仅仅听说了我出书的消息，都还期盼着能收到我送他们的书呢！后来又买了几十册，不久以后又送完了。再买一些吧，有点舍不得，毕竟当时自己还在读书，没有任何收入，呕心沥血写作一年多，二十多万字，本想靠这点稿费和同学们打壶酒喝，再添置几件衣裳，却因为自己买自己的书几乎花光了。朋友见面就问："听说出书了，签名送我一本呗！"我知道这是人家看得起咱，如果不送，如何对得起朋友们的热情期待呢？可是，我又如何去解释，自己的书也需要自己花钱购买呢？之前翻阅中国赋学会会长龚克昌先生的《两汉赋评注》，曾看到先生在后记中说："我虽预购一百三十部，也仍无法满足友人的索取。"从中能体会出龚先生高兴之余也透着些许无奈，因为这部书定价 186 元啊。

其实，花钱还只是一个方面，更重要的是有些友人索书，只为新鲜，收到书后，好的束之高阁不再翻阅，更有甚者直接卖了废品，让作者无比心寒。很多作者签名赠送友人的书，被当做废品处理掉，流落在各地旧书市场和旧书网上。

任何事情，自己经历了才知道苦衷，这也让我明白了一些事。后来，我又陆续出版了两本书，拿到样书时虽然也感到欣悦，但已经没有了出版第一本书时的激动，也没有了熟人都要送一本的冲动，心态淡定平和了许多。友人跟你索书，也许只是客气一下，有时候不必当真。赠书范围要尽量缩小，控制在一二十位理解和支持自己搞创作的至亲友人即可。另外，也要根据图书内容来区分，只送给对自己写作内容感兴趣的，拿到书后会认真阅读的朋友，没有必要为了让大家知道自己出了新书，就逢人便送，自己累人家也累。书写得好，不用宣传别人也会知道，写得不好，送给人家也不会看。

如今师友们出了新书，真感兴趣的话，我就会花几十元去网上或者书店买一本看，也算是对师友的支持，如果不是特别需要的话，也就没必要索书，免得让人家无奈，表示一下祝贺也就罢了。

我写的三本书

《大学，梦想与青春赛跑》

2008年6月，我刚大学毕业，进入青岛日报社工作。那年夏天，我的恩师、75岁的青岛大学中文系老主任冯光廉先生给我打电话，说有些大一新生刚入学，思想上有很多困惑，学校邀请他去给新生做报告，但他刚做了眼部手术，不能出门，于是想给大一新生写点文章，帮助他们走出困惑，这样可能比做一场报告影响更大。先生问我是否有时间，请我一起来做这件事。我感念于先生对学生的关爱之情，也想借此机会再跟先生请教一些学术和人生问题，于是便爽快地答应下来。

每个周末，我都到先生家中，确定主题后，由先生讲，我录音整理，然后融合进我自己的一些思考，再由先生修改定稿。工作大约进行了两个月，共写成十篇文章，3万多字，在《青岛大学报》上开了个专栏，名为《与大一学生谈心》，连载了十期，反响很好，许多老师和学生都跟先生说，看了之后收获很大。

文章发表后，引发了我的不少思考。这次与先生的合作，只是重点针对大一新生探讨了十个话题，根据我自己的体会，还有很多关于大学生活的问题并没有在这次写作中提到，也有一些其他年级的大学生给我发邮件，咨询别的问题。于是，我萌发了自己给大学生写一本书的念头，主要目的是根据过来人的经验，给大学生在学习和生活上提供一些思路和方法，希望他们少走弯路。

我首先对书的结构进行了思考，精心选取了 40 个左右的话题，将这些话题归为省身、学习、生活、未来四个部分（第一部分省身：目的、现状、立志、成才、反思、环境、迷茫、创新、社会；第二部分学识：专业、老师、听课、考试、读书、英语、研究、补习、论文；第三部分生活：军训、社团、竞选、朋友、爱情、入党、兼职、网络、娱乐、旅游、实习、聚会、毕业；第四部分未来：目标、考研、考公、就业、出国、创业、未来），表达了自己的一些经验和看法。我深知，每个人都有弱点和局限，我自己也一直在探索和成长，我的观点并不一定适用于每一个大学生，学弟学妹们可以自己甄别、借鉴，只要其中某些话、某些章节，能对大家起到一定的帮助，我就知足了。

从 2009 年初开始动笔，一边上班一边写作，断断续续用了一年多时间，2010 年夏天完成了初稿。当年 9 月，我到山东大学中文系读研究生，又对书稿进一步做了修改。20 万字的书稿完成后，我就在网上向出版社投稿，北京、上海、吉林各有一家出版社看中了书稿，经过比较，最终确定由中央广播电视大学出版社出版。

在等待出版的过程中，我请我的硕士生导师、山东大学文学院院长郑春教授为该书撰写了序言，他在序言中认为这部书有三个特点：一是有感而发，有针对性；二是行文流畅，亲切幽默；三是感情真挚，事例生动。他认为这部书稿对大学生有较好的借鉴意义，有助于他们规划具有特色的大学生活。另外，郑老师还请百家讲坛主讲人、山东大学著名学者马瑞芳教授为该书撰写了推荐语，印在腰封上，马老师写道："享受青春的同时，为实现梦想拼搏。一位优秀大学毕业生的经验结晶和深情追述，值得后来者参考。"

2011 年 9 月，我的第一本书《大学，梦想与青春赛跑》由中央广播电视大学出版社正式出版。该书面世后，一段时间内曾进入当当网同类图书销售排行榜前三名，新浪读书频道也做了连载，《山东商报》《山东大学报》等媒体做了报道，我也受邀在山东大学、济南大学等高校为新生做了几场报告。

《人间情怀》

2013 年春天，研究生毕业前夕，我想把自己多年来写的散文随笔出版一个集子，以纪念繁花满树的青春岁月。我先找到了 2003 年读高中时写的较早的一篇《忆青春》，然后一路找来，直到2013年5月写的一篇《莫言在山东大学》，共挑选出18岁到28岁十年间写的八十余篇散文随笔，其中有些文章在《青岛日报》《山东大学报》《鲁中晨刊》等报刊发表过，也有一些没有发表，之所以收集在一起，是因为这都是我生命历程和思想轨迹的真实记录，是我精神上的“孩子”，我很珍视她们。

我将这些文章按照内容分为六辑，分别是恋故乡、忆青春、悟人生、谈学问、品名流、聊师友，共22万字，还配了十几幅自己和家人的照片，以达到图文并茂的效果。经友人介绍，得知山东省散文学会正在策划出版一套《中国风文丛》，于是我将散文集定名为《人间情怀》，交给山东省散文学会。

我将打印的书稿分别呈送我的两位恩师，八十高龄的鲁迅研究专家冯光廉先生和中国新文学学会副会长贺仲明教授，请他们赐序，他们欣然应允。冯先生不辞劳苦，撰写了四千余字的序言，他在序中认为这部书蕴含了“诚”和“爱”的精神，有悲天悯人的情怀，体现了独立思考和创新思维。贺老师在序言中鼓励我说：“吕振将要走上的工作岗位是党政机关，他肯定需要对自己作一些调整和改变，但我相信，他身上更基本的品质，他的真诚、热情和向上的精神，是不会随着时间流逝而消失，是会与他人生的发展相始终的。那样，吕振的发展将不只是他个人的发展，更是一种精神的发展，能够更多地促进我们社会的发展——我们当前的中国，最需要的就是这种精神，我们的青年也最需要这样的品格。”

这段论述，令我非常感动，就像鲁迅在回忆藤野先生时所说的那样，每当深夜疲倦，正想偷懒时，想起这些话，便使我忽又良心发现，而且增加了勇气，继续投入到紧张的工作和学习中去。

2013 年 9 月，散文集《人间情怀》由中国文联出版社正式出版。在该书封面勒口上，印上了鲁迅文章中的一段话：“街灯的光穿窗而入，屋子里显出微明，我大略一看，熟识的墙壁，壁端的棱线，熟识的书堆，堆边的未订的画集，外面的进行着的夜，无穷的远方，无数的人们，都和我有关。”引用这段话的目的，是对《人间情怀》这个书名做一注解。

当时冯师在序言中还说过一句话：“它展现出作者的许多优长，同时也显露出他的若干弱点和局限。”随着自己的成长和成熟，现在回头看这本书，逐渐对以前的文字不满意了，其中有些观点过于稚嫩，有些过于片面，有些过于琐碎，还有些甚至不能成立，这也就是为什么许多人都“悔其少作”的原因吧。但是通过这本书的出版，系统保留了自己青少年时期的思想状况和创作轨迹，立此存照，也并不后悔。

《书人书事——我收藏的签名本》

2013 年 7 月，我到北京工作。工作之余，仍然坚持读书写作，并越来越喜欢收藏旧书，尤其是收藏签名本（由作者、编者或译者亲笔签名的书）。凡到一个城市出差，我总是喜欢到旧书店逛逛，淘点旧书，搜寻一下有没有签名本，以满足自己的精神爱好，日积月累，也收藏了几百册。

因为喜欢收藏签名本，所以一些关于签名本的著作就进入了我的视野，比如于润琦编著《唐弢藏书 签名本风景》、曹正文著《珍藏的签名本》、陈子善著《签名本丛考》等。看了这些书后，我觉得很有意思，于是也想写一点关于这方面的书话文章。

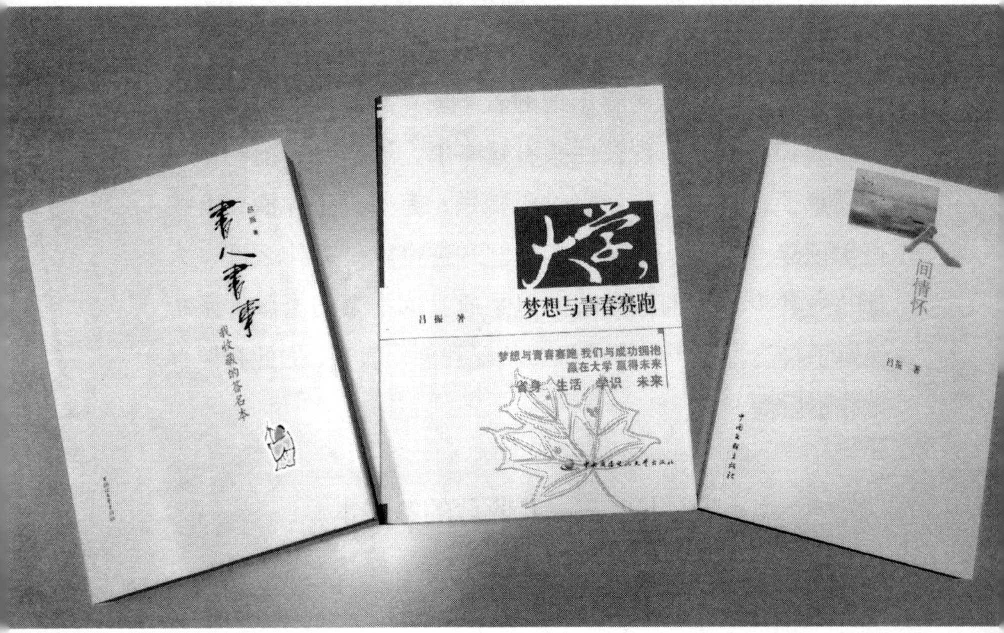

作者著述书影

为了迎接新文学发轫一百周年（2017年），从2016年夏天开始，我陆续从自己收藏的签名书中挑选了100本（包括夏衍、丁玲、萧军等六十位著名作家的签名本和宗白华、钟敬文、钱谷融等四十位著名学者的签名本），每本书写一篇小文章，以个人的方式纪念新文学百年历程。文章除了介绍著作版本及题签内容外，如与作者有个人交往，则重点谈谈逸闻趣事，兼及著作本身。如与作者并无交往，则重点谈谈作者与受赠者之间的关系，以及自己的阅读感受，有话则长无话则短。

2017年秋天，这本20多万字的《书人书事——我收藏的签名本》创作完成，配上200余幅彩色书影，于2018年5月由浙江文艺出版社出版。著名作家、河北省作协主席关仁山先生专门用毛笔题写书名寄来，令我非常感动。该书出版后，《中国文化报》《中国艺术报》等报刊和一些重要网站都做了新书推荐，《中国新闻出版广电报》也发表了书评文章。

这本小书的写作，是读书藏书的副产品，是与师友们交游忆往的副产品，生命中有这些人、这些书，是一笔不可多得的精神财富，以书话的形式将此记录下来，与爱书者分享，供研究者参阅，也算实现了爱书之人的一个小小心愿。

第二辑 纪人

鲁迅先生的生活情趣

当我想起鲁迅先生，并写下以下文字的时候，心里燃着的是一盏温暖的人间灯火。

自从先生逝世后，他的本相逐渐模糊变形，一再受到过度阐释和文化误读，不管是正面还是负面的。何以才能接近鲁迅的本真呢？我觉得，他当之无愧是文化界的猛士，是思想界的先驱，但首先，他是一个有血有肉的人，是他母亲鲁瑞老太太的儿子，是爱妻许广平的丈夫，是爱子周海婴的父亲，是许许多多人的朋友。

鲁迅曾说："其实，我这个人，只有在文章里给了人许多忌讳，至于其他……倒不如一般人想象中的那么使人怕……"

鲁迅还说："……譬如勇士，也战斗，也休息，也饮食，自然也性交……"

其实，在生活中，鲁迅是一个富有情趣的人，他的那些生活细节，让人回味起来，感到如此的朴实温存，甚至令人捧腹大笑。

1926年鲁迅受林语堂邀请，到厦门大学国学院任教，这个时候，他正与许广平热恋，二人书信往来频繁。据鲁迅的学生章衣萍回忆，鲁迅说："在厦门，那里有一种树，叫做相思树，是到处生着的。有一天，我看见一只猪，在啖相思树的叶子。我觉得：相思树的叶子是不该给猪啖的，于是便和猪决斗。恰好这时候，一个同事的教员来了。他笑着问：'哈哈，你怎么同猪决斗起来了？'我答：'老兄，这话不便告诉你'……"你相信吗？这便是鲁迅，如孩童般可爱的鲁迅，可能在他心中，相思树代表着美好的爱情，寓意着他和许广平之间的深深思念，当他看到猪竟然在吃相思树叶的时候，便气愤地与之决斗起来了。

后来，鲁迅和许广平的爱情进展顺利，迁居上海以后，1929年9月27日，鲁迅的儿子在医院出生了，他一直守护在爱妻身边。第二天，鲁迅兴冲冲地走进医院房间，将一盆小巧玲珑的文竹轻轻地放在了床头的小桌上，令许广平大为感动。文竹，也称云竹，其叶片轻柔纤细，密如羽毛，常年翠云层层，枝干有节似竹，独具风韵。鲁迅是想通过此物，向爱妻表达一种似水柔情，一种深切抚慰。由此可见，他的心思是多么细密，他对许广平的关怀也是如此润物无声。鲁迅也有爱，他满腔的爱意一点都不比别人少。现在的情侣喜欢送玫瑰花，我们的鲁迅先生，在九十年前就已经很浪漫了。

海婴出生后，老来得子的鲁迅非常高兴，在给母亲的信中经常谈及海婴。当时有人嘲讽鲁迅疼爱孩子的行为，

作者收藏的著名版画家颜仲先生木刻版画《鲁迅》

鲁迅便写了《答客诮》这首诗：“无情未必真豪杰，怜子如何不丈夫。知否兴风狂啸者，回眸时看小於菟？”是啊，山中的猛虎尚且频频回望它心爱的小老虎，何况是人呢？疼爱孩子为什么就不是大丈夫！鲁迅这首诗是他深沉的父爱的宣言。

在家庭生活中，鲁迅和许广平也有闹别扭的时候，看看鲁迅先生是怎么做的呢？他会一个人睡到黑黑的凉台地上去，后来三四岁的儿子海婴找到了他，便也一声不响地和爸爸并排睡下，许广平到凉台上看到此种情景，不禁转怒为笑，鲁迅先生便爬起身来说道：我这个人脾气真不好，一场家庭矛盾就这样化解了。

鲁迅与家人饶有情趣地生活着，自然，与朋友也是。

他在上海居住的那段日子里，萧军、萧红夫妇喜欢到先生家里来。有一次，萧红来了，穿着红色的上衣和咖啡色的裙子。那天鲁迅先生兴致很好，对萧红的穿着评头论足起来："你的裙子配得颜色不对，并不是红上衣不好看，各种颜色都是好看的，红上衣要配红裙子，不然就是黑裙子，咖啡色的就不行了，这两种颜色放在一起很混浊……你没看到外国人街上走的吗？绝没有下边穿一件绿裙子，上边穿一件紫上衣，也没穿一件红裙子而后穿一件白上衣的……"鲁迅先生接着又说："你这裙子是咖啡色的，还带格子，颜色混浊得很，所以把红衣裳也弄得不漂亮了。""……人瘦不要穿黑衣裳，人胖不要穿白衣裳；脚长的女人一定要穿黑鞋子，脚短就一定要穿白鞋子；方格子的衣裳胖人不能穿，但比横格子的还好；横格子的，胖人穿上，就把胖子更往两边裂着，更横宽了，胖子要穿竖条子的，竖的把人显得长，横的把人显得宽……"这真是一位服饰搭配专家的话，让人难以想象是从外表严肃的鲁迅口中说出来的。他是读过许多美学书籍的，比如服饰、饮食等生活美学，也都有自己的心得体会，而不是像只钻研古书的老夫子一样，对世俗生活嗤之以鼻。

此外，鲁迅先生还喜欢看电影，并且经常请朋友一起看。他看过的片子有《三剑客》《城市之光》《仲夏夜之梦》《复仇艳遇》等。有一次，他向同在上海大陆新村居住的茅盾先生要求，借他的儿子用一下，茅盾先生莫名其妙地答应了，后来才知道是请他儿子看电影。

对于篆刻和绘画，他也是很钟情的。他曾用很大的精力收集汉魏碑文拓片，并且经常参观画展，晚年还特别支持中国木刻版画的发展。

在生活上，鲁迅也有很多嗜好，比如抽烟、喝酒、吃茶点、吃糖、种花、养鱼等。特别值得一提的是，鲁迅在北京的时候，还曾养过一段时间壁虎，他的这种养爬行动物的爱好，恐怕连今天的青年也不及吧！

先生一生都在强调人的天性发展，他喜欢个性张扬的魏晋风度和恢宏大气的汉唐气象。他是一个复杂的存在，如一条河流，有直有曲，有急有缓，有义无反顾冲破桎梏的雄劲，也有默默无声滋润大地的慈爱，他会一直流淌下去，奔腾不息。

访上海鲁迅故居

目前在国内，鲁迅先生的故居至少有四处，按照他生活过的城市为序，分别是浙江绍兴东昌坊口、北京阜成门内西三条21号、广州白云路西段白云楼、上海虹口区山阴路大陆新村9号。近日因事到沪小住，一心想去看看先生的故居和墓园，了却多年的夙愿。

入住吉祥路酒店后，第二天早晨9点出门，右拐步行五分钟即到先生故居，如今的门牌号是山阴路132弄9号。走进弄堂西头第二户，门口是黑底绿字“鲁迅故居”牌匾，东侧旁院是售票处，故居门票八元，里面有几位工作人员，待人和善热情，墙壁上有很多关于鲁迅的纪念品和书籍。幸运的是，当时去参观的只我一人，鲁迅故居管理处主任瞿斌先生亲自陪我参观并讲解了故居历史。

这是一座红砖红瓦的三层楼房，走进黑铁皮大门，是一个小花园。走上台阶，就是会客室，前厅摆着西式餐桌，西墙放着书橱、手摇留声机，还有瞿秋白离开上海去江西瑞金时赠给鲁迅的工作台。过了玻璃屏风，便是餐室，西墙角是一个双层碗橱，东墙放着衣帽架和海婴小时候的玩具柜。

二楼的前间是鲁迅的卧室兼工作室，南窗下放着书桌和陈旧的藤椅，鲁迅当年即在这张书桌上写出了不朽的杂文。靠东墙是一张带白色顶棚的黑铁床，床上的薄棉被、印花枕头，均按原样布置。1936年，重病缠身的鲁迅仍然坚持写作，后来就在这张床上离世。梳妆台上挂着一个旧日历牌，撕到1936年10月19日那一天，台上的闹钟，指针对着5点25分，这些珍贵的物件，成为永久的纪念。这间卧室采光较好，但玻璃却全用花纸贴住了，瞿斌先生告诉我，当年有许多特务在对面楼上监视鲁迅，先生亲自贴上这些窗花纸，防止被他们偷窥。二楼后间是储物室，放着先生和许广平用过的几个大木柜，还有一些修书工具和药品，如先生用的鱼肝油丸等。

三楼是海婴和保姆的卧室，有一张木制大床，书桌书架，上面放着海婴小时候的照片两帧，先生曾写过一篇杂文《从孩子的照相说起》，里面谈到了这两张照片，“我曾在日本的照相馆里给他照过一张相，满脸顽皮，也真像日本孩子；后来又在中国的照相馆里照了一张相，相类的衣服，然而面貌很拘谨，驯良，是一个道地的中国孩子了”，先生从中看出了中国人对一切事无不驯良，压抑了个性和创造力。还有那张大床，鲁迅夫妇睡的铁床较小且不柔软，而海婴的木床大且舒服，于是我想起了鲁迅在《阿长与〈山海经〉》中对自己保姆的回忆——“一到夏天，睡觉时她又伸开两脚两手，在床中间摆成一个‘大’字，挤得我没有余地翻身，久睡在一角的席子上，又已经烤得那么热。推她呢，不动；叫她呢，也不闻。”先生自己小时候受过这样的罪，可能形成了一种防范心理，一定要给海婴买张大床，不让保姆再压着海婴，重复自己痛苦的经历。三楼后间是客房，放着简单的卧具、桌椅和书橱，在这里鲁迅曾掩护过瞿秋白、冯雪峰等共产党人，萧红亦在此间住过。

再往上走，便是阳台了，就在这阳台上，也发生过许多故事，林贤治在《人间鲁迅》中写道：“他（鲁迅）一面渴求理解，一面又满足于孤独。感激，反抗，无奈，就这样一直纠缠下去。大大小小的冷战，也就相应地循环出现。冷战是可怕的。有时候，只要许广平说了一句在他听来不以为然的话，他就沉默，沉默到要死，最厉害的时候，连茶烟也不吃，像大病一样，一切不闻不应。或者在半夜里大量地喝酒，或者像一匹受伤的羊，躲到草地去舔自己的伤口一样，走到没有人的空地方蹲着或睡倒。有一次夜晚过后，他就睡到黑暗的阳台地上，后来海婴寻到了，也一声不响地并排睡下，这时他才爬起身来。”这个小小的阳台，是鲁迅孤僻性格的见证者。

这座故居现为上海市重点文物保护单位，保存得较为完好，其中绝大部分物件是原物。说到此处，不得不佩服许广平女士的先见之明，她知道鲁迅先生用过的物品都有文物保护价值，于是在先生逝世后，她将全部家具保存在淮海路淮海坊，新中国成立后复原鲁迅故居时，全部捐赠国家，并由许广平亲自按照当年原样布置，鲁迅晚年的许多朋友也都一起帮忙回忆当时的情景，使故居保持了当年的原貌。先生在这所房子里写了许多经典杂文，并编辑《译文》杂志，翻译《死魂灵》等作品，提倡木刻版画，还编辑整理了瞿秋白遗著《海上述林》。

走出先生故居，从山阴路转到甜爱路，不远处即是鲁迅公园。鲁迅墓位于公园的西北隅，周围种植着苍翠的松柏、香樟等常青树，以及其他鲁迅生前喜爱的花木，显得宏伟、庄严、朴素。墓前草丛中屹立着著名雕塑家萧传玖所塑鲁迅铜像，他安静地坐在藤椅上，左手执书，右手搁在扶手上，神采慈祥亲切，却又透露着坚毅不拔。墓栏之内，是安放鲁迅灵柩的墓椁，外用光洁的花岗石铺筑，并镶缝密封，墓穴左右各有一棵松柏，是鲁迅夫人许广平和儿子周海婴所植。墓后是照壁式大墓碑，用花岗石砌成，上面镌刻着毛泽东手书“鲁迅先生之墓”六个金字，气魄非凡。我仔细观察，先生的墓前有许多拜谒者敬献的香烟，他们懂先生，知道先生写作的时候喜欢吸烟。我在墓前向先生深深地三鞠躬，待离开时，看到一位老人徐步而来，也在墓前立住鞠躬，我知道，在今天的中国，懂得先生和珍惜先生文化遗产的人还有很多。

不远处的湖边即是鲁迅先生纪念馆，馆名为周恩来总理亲题。建筑外形具有鲁迅故乡绍兴民间住宅的传统风格，馆内收藏了上万件珍贵文物，重点展现了他在上海十年间的社会文化活动，包括鲁迅先生的手稿信札，以及写给外国友人的书法条幅，还有许广平最钟爱的那张照片上鲁迅穿的紫色毛衣。最为珍贵的国家一级文物有《故事新编》和译作《毁灭》的手稿，还有鲁迅遗容石膏面模，上面残存鲁迅的两根眉毛和二十二根胡须，这是鲁迅先生肉身存世的唯一物品。另外，还有先生参加杨铨葬礼时使用的雨伞，1933 年 6 月，民权保障同盟总干事杨杏佛被国民党特务暗杀，先生曾写下《悼杨铨》：“岂有豪情似旧时，花开花落两由之。何期泪洒江南雨，又为斯民哭健儿。”

离开先生纪念馆，我又参观了四川北路内山书店旧址，此店为日本友好人士内山完造所设，当年鲁迅先生常来店买书、会客，并曾在此躲避当局追捕，许多友人写给鲁迅的信，也都是寄到内山书店，由老板代转，但现在此处并未辟为专门的文化景点对外开放。为了深切感受上世纪二三十年代上海的文化氛围，我又赶到多伦路文化名人一条街，这里有左翼作家联盟旧址，走在这条老街上，脑海中浮想联翩，当年大上海的车马喧腾，历历如在眼前。

此次鲁迅故居之行，先生的形象在我脑海中更加鲜活起来。一个城市，无论经济多么发达，没有文化就没有灵魂，终究是肤浅的。上海对许多文化名人故居保护得很好，这也彰显了执政者和民众的文化素养。虽然先生离我们远去多年，但真正理解先生，吸收和传承他的文化遗产，依然任重道远。

秋风秋雨谒老舍

在青岛居住已经五年有余，在这里，有峻峭的崂山，浩瀚的黄海，还有现代文学史上一大批文化名人留下的精神遗产。上世纪30年代，王统照、老舍、洪深、杨振声、梁实秋、闻一多、沈从文、萧红、萧军、舒群、吴伯箫等人来到大学路、鱼山路、黄县路这些地方居住，一起教书、写文章、办杂志，对青岛的文化发展起到了巨大的推动作用。

农历九月二十日，青岛已是暮秋，萧瑟的风阵阵袭来，伴随着细细的秋雨，吹散了一地的黄叶。此情此景，使我触目伤怀，怀念青岛的老街、老房子、老故事。于是便想冒雨前往这些名人旧居，感受一下文坛先辈们住过的房子、走过的老路，看看能否寻到当年的某些旧迹。

雨依然淅淅沥沥地下，不算大，我便把伞收起来，当我走进黄县路旧街的时候，心情有些凝重。这条街道用青石块铺就，有些高低不平，两侧是斑驳破旧的百年老屋，路上没有碰到一个行人，在繁华的青岛，突然置身于这样一片静谧苍凉的天地，就像换了人间。走了一段路，看到

青岛老舍故居（作者摄于 2009 年）

墙角有位老人叼着烟袋仰头看天，我便上前询问老舍故居的准确位置。老人答道：往前走左拐小胡同，黄县路 12 号就是。连忙谢过，继而徐徐前行。

这个巷子更显偏僻，大约仅有三米宽，两侧是些低矮的旧楼。入巷五十米左右，便看到道路右侧一个破败的院落，门口两侧分别有一块黑色的小石牌嵌在墙上，左侧书：“青岛市重点文物保护单位　老舍故居　青岛市人民政府一九八五年公布”；右侧书“文化名人老舍故居　黄县路 12 号　老舍（1899 年～1966 年），北京人。现代作家、人民艺术家。1934 年至 1936 年受聘山东大学中文系教授，在该寓所创作了《骆驼祥子》等文学名著。青岛市人民政府二零零三年”。

走进院门，看到一幢灰色的二层小楼，左右各有一个拱门可以出入，一层六个窗子，二层八个窗子，大都破损不堪，没有了玻璃，只有一些锈迹斑斑的窗棂。门框也很陈旧，锁着铁锁，一眼望去便知已经很久无人居住。门口有四层青石台阶，两侧各有石垛。院子里还种着一些君子兰和大丽花，唯独这红色的花儿给这秋日的院落带来一丝活气。院子南面有一棵粗壮的老银杏，几间偏房，正在拆的样子，已经没有了屋顶。院中还有一条青石铺的小路，一株被砍过的粗树桩也清晰可见。

正当我一个人沉浸在这座荒旧的院子里，忽然从南侧无顶的偏房里走出来一位老者，头发已经全白，佝偻着背，穿着七八十年代的老式中山装，一双破旧的青布鞋，满脸皱纹朝我微笑。我大惊，转而一想，应该是这市井之中走门串巷收废品的，看到这个荒旧院子，进来看看有什么物件。我便走上前去，试探性地问这位老者在这里做什么，他的回答却让我欣喜万分。

老人说："我就在楼上住，这里只剩我们一家了，这边的房子拆得不像个样子，叫人心疼。"

"为什么拆了呢？"我问。

"听说市里要大修，但是老房子拆了很可惜，像靠南边的这间偏房，就是当年给老舍先生看门的人住过的。"

"您怎么知道？"

"我今年八十五啦，七十多年前老舍先生住在这里的时候，我和他是邻居，当然记得。我们很熟，那时候我还是个十几岁的孩子，老舍在山大教书，老舍夫人胡絜青经常招呼我们进院子里玩。门口那棵老银杏树，就是六十年前我栽的。"

顿时，心头不知怎的，涌上了一股暖流。仿佛历史一下子被这位老人的口述给拉近了，仿佛老舍先生就在眼前，仿佛七十多年前，这个院子里的人和事，都一一浮现了出来，仿佛我又听到了老舍先生那爽朗的笑声从窗子里发出来，还有洪深、王统照、吴伯箫、臧克家等著名作家在这座房子里一起商讨下一期《避暑录话》该怎样编辑的声音……

在夏天，老舍和他的夫人在树下喝茶乘凉。一到冬天的时候，老舍先生最喜欢蹲在台阶石垛上晒太阳，看看自己侍弄的一些能越冬的花草。

是啊，老舍先生很爱养花，当年院子里可是花香满径的。那时候，黄宗江、黄宗英、黄宗洛艺坛三兄妹就住在楼上，他们走西门。老舍先生住在一楼，其中一间会客厅，一间书房，剩下两间是卧室。老舍先生走东门，不远就步行到山东大学。他每天忙着看书、查资料、编讲义和接待来访的学生。在这栋小楼里，老舍写了散文《西红柿》《避暑》和小说《月牙儿》，这些作品收入《蛤藻集》和《樱海集》，老舍将书名取为《樱海集》，是因为他爱青岛的樱花和大海。另外，老舍还在这所房子里写下了中外瞩目的文学巨著《骆驼祥子》。夫人胡絜青在这里生下了他们的第三个孩子。胡絜青上世纪 80 年代重游青岛的时候，最难忘的就是这处旧居，她曾经也来和这位老者叙谈旧事。当她看到老楼仍在，却物是人非，老舍栽下的那棵冬青树也已经被砍掉，只留下了木桩，于是泪眼婆娑。

老人向我娓娓道来，就像在讲述自己的故事。晚生何幸，冒雨拜谒老舍故居，竟遇亲历者。历史在他口中渐渐变得鲜活起来，我沉浸其中，更感谢这秋风和秋雨，将这些故事演绎得那么沧桑，那么有味道，这才是真正的老舍，真正的老舍故居。游人如织不是作家希望看到的景象，他需要安静，这座老楼需要安静，要读懂他和他的文章也需要安静。但是，又不能缺少一个讲述者，历史是在讲述者的口中传承，思想也是在讲述者的口中延伸。关于老舍，关于老舍夫人胡絜青，关于这个沧桑的院落，关于上个世纪 30 年代青岛的文坛旧事，应该有一个讲述者。而我面前这位满头银发的老人，正在用他那满脸的皱纹和弯曲的脊背向我讲述着一段段往事，承担起了这份文学和历史的责任。

再走一走这青石阶，再蹲一蹲老舍先生晒太阳的石垛子，再看一看那花草和银杏树，再抚摸一下那历经沧桑的门框和窗棂，再感受一下老舍先生居住在这里的气息，再看一看即将拆除的偏房……走出这座清寂的院落，秋雨仍然在下，树叶越落越多，渐渐积了起来，覆盖了那小石阶路，踩上去沙沙作响。回头望去的一瞬，感觉这个院子的主人，已经立在了我的心里。

梁漱溟在莱芜

近读上海人民出版社出版的80余万字的《梁漱溟日记》，发现一个令我惊讶的细节，1933年12月，梁漱溟曾到过我的家乡山东莱芜，并在我小时候生活的乡镇口镇做过三次演讲。《梁漱溟日记》原文记载：

1933年12月

4日 回邹。

15日 赴济。

17日 到泰安，宿山口寨。

18日 到莱芜口镇。

19日 讲三次。

20日 到莱芜城，当夜宿第三区塔子。

21日 行百里到泰安。

书中注释说，梁漱溟17日到泰安是为了下乡视察训练部学生在各县的工作情况，21日乘畜力大车日行120里返回泰安。日记记录的非常简单，只能看出梁漱溟在莱芜待了三天（18 日、19 日、20 日），在口镇演讲了三次，具体内容不详，这引发了我的查考兴趣。

先说说 1933 年的梁漱溟，这一年，由他主持的山东乡村建设研究院在邹平已经成立了两年多，在时任山东省政府主席韩复榘的支持下，活动搞得如火如荼。乡村建设研究院是全省乡村建设工作的指导中心，也是训练干部的场所，研究院分为三部分，一是乡村建设研究部，招收大专学校毕业生或同等学力人员，由梁漱溟亲自指导进行理论研究，培养高级人才，先后办了三期，毕业五六十人；二是乡村服务人员训练部，招收中学、师范毕业生或同等学力人员，着重业务训练，培养基层干部，毕业后分到各县从事乡村建设，先后办了四期，毕业一千余人；三是实验区，即邹平实验县，后又增划菏泽为试验县，试验县由研究院直接领导，县长由研究院提请省政府任命，具体负责乡建方案的试点推广。

为了搞清楚梁漱溟从泰安转道莱芜的动因，我查找了关于莱芜的近代史著作和地方志书。据记载，梁漱溟在邹平乡村建设运动中推行教育改革，设立乡学、村学，乡学受县政府指导，村学受乡学指导，下设成人部、妇女部、儿童部等，组织全村民众入学，倡导社会改良运动。在推行过程中，莱芜也受到影响，建立了口镇古嬴民众学校和高庄塔子民众学校，聘请部分山东乡村建设研究院毕业的学生授课。梁漱溟到泰安视察训练部学生工作情况时，了解到莱芜的民众学校红红火火，便决定亲至口镇考察访问。

民国年间，口镇是莱芜城北的商业重镇、交通枢纽，当地士绅宁子彬与李树国、王希曾等于1933年创办了口镇古嬴民众学校。宁子彬（1892 ~ 1963）是口镇赵家庄人，毕业于省立泰安中学，曾任寨里高等学校教师和二高校长，是一位开明士绅和实业家。军阀张宗昌督鲁时，社会混乱土匪蜂起，宁子彬辞去校长职务，联合泰安、新泰、莱芜、肥城、博山、章丘等地方士绅，创办民团自卫，任七县剿匪民团总指挥。他还受乡村建设和实业救国的影响，积极创办实业，改善民生，他创办的“艺瞻”商号，下设铁工厂、木工厂、丝工厂、布工厂等，影响很大。

宁子彬创办的古嬴民众学校，校址在口镇北门里玄帝阁东厢的山西会馆以及关帝庙、泰山行宫庙内，房舍共二十间。开学前对教室进行了修缮，购置了桌、凳、教具和书籍。经费来源由县补助400元大洋，口镇牙行和麻行各赞助200元，鱼果行赞助50元。聘请山东乡村建设研究院毕业的李菊轩等十多名教师授课。结合当时的形势，学校提倡学以致用、文武兼备、农工并重，课余之暇，进行军训，并设农场、小卖部，让学生学习耕种、经商，培养真才实学。口镇古嬴民众学校开办四年，毕业四个班，培养学生二百多人，抗日战争爆发后停办。

据记载，民国二十三年（1933）12月18日下午，梁漱溟到莱芜口镇古嬴民众学校视察指导，晚上在学校演讲一个多小时，介绍了个人生平及学术主张，这次演讲梁漱溟没有记入日记。19日，又在学校大讲堂演讲，全天分上午、下午、晚上三场，演讲题目为乡村建设，内容是：西洋教育与中国教育不同，西洋以个人为本位，中国则以伦理为本位；办教育要从伦理着手，发扬旧精神，养成新习惯；中国建设必须走乡村建设之路，必须走振兴农业以引发工业之路。这些观点都体现在这一时期他撰写的《乡村建设理论》一书中。

关于梁漱溟20日从口镇到莱城并夜宿塔子的情况，目前没有找到详细资料，只能做一番推测。塔子村隶属高庄镇，战略位置重要，村西有一条主要的官道可跑马车，是通往新泰和泰安的交通要道。据村史记载："1932年村里成立小学堂，学生近二十名，时任教员有亓余孚、亓展如等，抗日战争爆发时停办。"这可能就是高庄塔子民众学校的基本情况，从规模和影响来看，不如口镇古嬴民众学校。我猜想，梁漱溟之所以20日夜宿塔子，一是为了看一看塔子民众学校的办学情况，二是通过塔子村西的官道方便乘畜力车回泰安。

梁漱溟在莱芜的这三天，只是他在山东搞乡村建设运动七年间一个小得不能再小的细节。他的乡村建设，目的是从社会最基层入手，以中国传统儒家伦理观念，借用西方团体组织为新型社会组织服务，解决中国问题。他在晚年回忆自己从事乡村建设的初衷，认为当时的中国有两大欠缺，一是缺乏"团体组织"，农民散漫，不关心国家，他希望将农民组织起来，从团体自治入手，实现地方自治，团体自治的主要形式是合作社，包括生产合作、消费合作等；二是缺乏“科学技术”，通过乡村建设，把外国的先进技术介绍给农民，改良农作物品种，提高生产力。他认为，乡村建设运动是“重振古人讲学风气而与近世的社会运动并合为一”，是自己理想的志业所在，他在邹平度过四十岁生日时，曾自撰联语“吾生有涯愿无尽，心期填海力移山”，能够看出他推进乡村建设运动的信心和决心。正当梁漱溟搞乡村建设踌躇满志的时候，抗日战争爆发，山东政局不稳，严重影响了乡村建设研究院的工作，梁漱溟本打算组织乡建人员守土抗战，但韩复榘为保存实力无心抗战，急于撤退，1937 年 10 月 16 日，梁漱溟离开邹平，随后山东乡村建设研究院解散。

虽然历时七年的山东乡村建设运动以失败而告终，但这场规模较大的社会实验，对于乡村社会秩序、文化教育、风俗民情的改善和农村经济的发展，是不容忽视的。如今我们回忆起那一代知识分子为国为民风尘仆仆积极奔走的岁月，心里依然充满感动，他们尝试寻求不同的路径，希望通过自己的努力实现国富民强，这是一种顶天立地的宏愿，是一种悲天悯人的情怀，值得后人铭记。

汪曾祺在莱芜

之前零星地读过一些汪曾祺的散文和小说，最近在《新华文摘》上看到三篇纪念汪曾祺的文章，又引起了我的阅读兴味，于是从图书馆借来北京师范大学出版社 1998 年出版的八卷本《汪曾祺全集》，开始翻阅。令我意想不到的是，在第四卷一篇名为《泰山拾零》的散文中，汪曾祺居然写到了我的家乡莱芜，这着实让我激动了一番。

这篇文章写于 1987 年 3 月 24 日，最初发表于《文学家》（1987 年第 1 卷第 2 期），主要内容是汪曾祺回忆十几年前游泰山的情景。他到底哪一年游的泰山，文章中没有明确交代，在《汪曾祺年谱》中也没有查到，但从别人的回忆文章中了解到了一些线索，汪曾祺曾三次游泰山，前两次主要为了创作京剧《沙家浜》，到泰山体验生活创作采风，写出了新四军伤病员“要学那泰山顶上一青松”等戏词。由此可知，他回忆的登泰山应该是上世纪 60 年代末的事情。在文末，他说，“我们顺便到莱芜看了看”，从泰山到我的老家莱芜只有五六十公里，汪曾祺为什么登完泰山又转道去莱芜，是受人邀请的吗？他和谁一起去的莱芜？在莱芜待了几天？这些在文章中都没有体现，也难以查考，仅从这篇文章中，聊一聊汪曾祺对莱芜的印象。

阅读过汪曾祺作品的人都知道，他除了是小说家、散文家，还是剧作家、美食家，每到一地，只要有机会，便尝一尝当地的美食，听一听当地的戏曲，他到莱芜也不例外，所关注的依然是美食和戏曲，具体来说，就是雪野湖的鳜鱼和地方戏莱芜梆子。

对于雪野湖的鳜鱼，他写道：

> 莱芜有中国最大的淡水养鱼湖，据说湖的面积有三个西湖大。坐了汽艇在湖里游了一圈，确实很大。有几只船在捕鱼，鱼都很大。午饭、晚饭都上了鳜鱼，鳜鱼有七八斤重，而且不止一条。可惜煮治不甚得法，太淡。凡做鱼，宁偏咸，毋偏淡。厨师口诀云：“咸鱼淡肉”，——肉淡一点不妨。这样大的鱼，宜做松鼠鱼，红烧白煮皆不宜入味。

汪曾祺所说的湖是我老家的雪野湖，湖面开阔，有一万八千多亩，四周群山环抱，树荫苍翠，风景宜人。靠山吃山靠水吃水，多年来，周围的百姓都以养鱼为生，鱼种主要有鲤鱼、草鱼、鲫鱼、花鲢、白鲢、黑鱼等几十种。汪曾祺笔下的鳜鱼，应该也有，但我估计产量不多，因为它是吃鱼的鱼，不能放养。现在的雪野湖，是给莱芜市民提供生活用水的主要水源地，为了避免污染，从十几年前就已禁止人工养殖了，成了旅游度假区。

鳜鱼是汪曾祺最喜欢吃的鱼，他曾专门写过一篇《鳜鱼》，认为鳜鱼刺少，肉厚，蒜瓣肉，细、嫩、鲜。对于鳜鱼的做法，他觉得清蒸、干烧、糖醋、做松鼠鱼，皆妙。如果氽汤，汤白如牛乳，浓而不腻，远胜鸡汤鸭汤。他对在莱芜吃的鳜鱼不太满意，一是太淡，二是做法上不入味，鱼太大就不能红烧白煮了。不知今天雪野湖的鱼宴，厨师们的技艺提高了没有。

吃完了雪野湖的鱼，汪曾祺晚上还看了莱芜梆子，他写道：

> 莱芜梆子的特别处是每逢尾腔都倒吸气，发出“讴——”的声音。所以叫做“莱芜讴”。倒吸气，向里唱，怎么能出声音呢？我试了试，不行。这种唱法不知是怎么形成的，别的剧种无从这样的唱法。由“莱芜讴”我想到“赵代秦楚之讴”会不会也是这种唱法？“讴歌”，讴和歌应该是有区别的。“讴”，会不会是吸气发声？这当然是瞎想，毫无佐证。

对于戏曲，汪曾祺是行家，他是《沙家浜》的主要编剧，“垒起七星灶，铜壶煮三江”的经典唱词就出自他的笔下。另外，他还写了《杜鹃山》《范进中举》《一捧雪》《大劈棺》

等剧目。他谈论戏曲艺术的文章，结集为《汪曾祺说戏》一书，2006年由山东画报出版社出版。汪曾祺不但会写戏，自己还会唱一些京剧和昆曲的片段。他头一次听莱芜梆子，就抓住了这个剧种的最大特色，那便是“讴”的唱腔。

莱芜梆子形成于18世纪中叶，清朝光绪年间繁荣兴盛，专业班社演出活跃。上世纪50年代成立了莱芜梆子剧团，几十年来排演了《三定桩》《借闺女》《红柳绿柳》《正月十五雪打灯》《儿行千里》等优秀剧目。莱芜梆子唱腔最显著的特点就是高亢雄壮、气氛热烈，特别是男腔用假声翻高、往里吸气演唱的立嗓，女腔的尾音翻高八度、使用假声演唱的小嗓，称为“讴腔”，清亮高昂，余音萦绕，无论是反映兴致勃勃的情绪，还是表现气愤难忍的心情，都能收到良好的效果。当地老百姓看戏，觉得最好听的部分就是这个“讴腔”。据老艺人讲，这种唱法要求演员在演唱时脖子和肩膀挺住不动，后咽壁抬高立住，先把肺里的气完全呼出去，然后再憋住肺、嗓子，压住喉咙，往里一点一点吸气时用极高的“讴”音唱出。这种吸气发声，音色奇特，个性突出，难度很大。难怪对各个戏曲剧种都很熟悉的汪曾祺，也被这独特的“莱芜讴”给震撼到了。

雪野鱼和“莱芜讴”，给汪曾祺留下了深刻印象，以至于十几年后仍念念不忘。一座城市，一种食物，一个剧种，在文人的笔下演绎一番，便有了别样的味道。在写这篇文字之前，我没有找到任何记述汪曾祺与莱芜的文章，可能没有人注意到汪曾祺去过莱芜这件事，也可能有人注意到了但觉得没有说的必要。出于对汪曾祺的喜爱和对家乡的怀恋，我写了这篇小文。其实还有一个目的，就是希望每个城市都能梳理一下这座城市与文化名人的关系，既包括出生于这座城市的文化名人，也包括曾经来过这座城市的文化名人，哪怕只有一点琐碎的资料，只要能如实记录下来，就能为后人提供点鲜活的历史，同时还能提升城市的知名度和文化内涵。有文化名人为家乡代言，何乐而不为?

从何满子先生的名片说起

近日买到一本著名杂文家何满子先生签赠友人的《中古文人风采》，该书 1993 年 2 月由上海古籍出版社出版，内容是解读汉末魏晋文人精神世界的随笔文章。在阅读过程中，我发现书中夹着一张硬卡片，本以为是该书前主人为了方便阅读放的书签，抽出来一看，竟然是何满子先生本人的名片，让我一阵惊喜，这说明何满子赠送友人著作时，为了便于对方和自己联系，附赠了一张名片。

仔细端详这张名片，让我感到诧异，因为实在太简单了，只有“何满子”三个大字，下面有地址、邮编、电话两行小字，任何职务都没写，这真的是一位著名作家的名片吗？这些年来，我也见过不少作家和学者，收到的名片也有几百张，名气没有何满子先生大，但职务却很多，不是这个协会主席就是那个学会理事，不是这个高校教授就是那个杂志编委，有一次收到一位老兄的名片，职务多得写不开，竟然把名片印成两张折叠在一起，令人忍俊不禁。

我首先觉得，何满子先生想必是一个非常谦虚的人，

何满子先生（1919 ~ 2009）

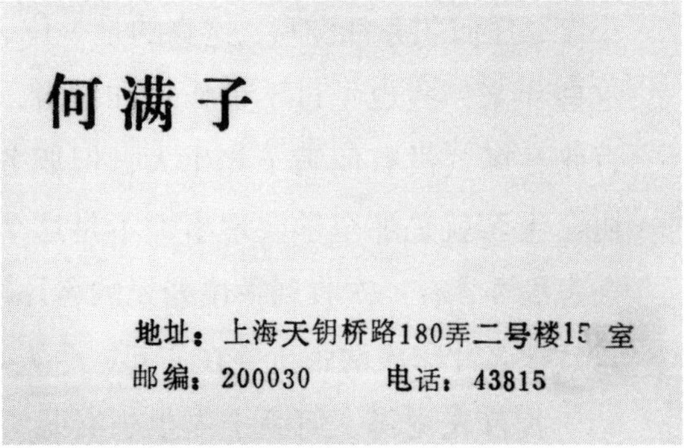

何满子

地址：上海天钥桥路180弄二号楼15 室
邮编：200030　　电话：43815

何满子先生的名片

他可能不愿意在名片上印上著名学者和杂文家的闪亮头衔，但这几乎空白的名片，也同样能看出他的自信，“何满子”这三个字，足以证明自己的身份，有几十本学术专著和杂文集在那里，天下谁人不识君？没必要靠一些虚头巴脑的职务来给自己装点门面。

但后来我仔细查阅了何满子先生的资料，发现不全是这么回事儿，原来他确实没有任何社会职务，无官一身轻。该书出版的这一年，他已经从上海古籍出版社退休三年。在职的时候，他也只有“上海古籍出版社编审”这个身份。以他的资历和名望，担任个作协主席或者杂文研究会会长之类，名副其实，但上海市作家协会多次动员他加入，他也没同意，这和他的性格有关。他曾在一篇文章中说，“要我成为某个组织的一员，这是与我的性格格格不入的。从我进入人生之初，就给自己定下三条，也可说‘三不主义’吧，我始终遵行着的：一是不做官，神气一点叫做不羡权势；二是不随人俯仰，高攀一点叫做坚持独立思考；三是不参加任何党派组织，这条大概没有什么好名目可攀附，只是图个尽量少受约束。”（《中国现代文学史上头等大事中一个小人物的遭遇》）

何满子先生写中古文人风采，我却在这张简单的名片上看到了何满子本人的风骨，这与一些趋炎附势追名逐利的文人相比，真是云泥之别。他曾经说，学者周振甫先生跟他讲过，当年钱钟书曾多次对周说，“读书人最易为虚荣所误，但也不必为这样的人可惜，他们肚子里也就只有这点营造虚荣的有限货色”。何满子先生自己也说：“认真治学的人讲求宁耐寂寞，甘坐冷板凳，而不愿侥幸求取虚誉。名为实之宾，时光终会证明那些名不副实的空壳才子即使曾火红一时，终将成为泡沫人物，只弄到一时的风光而已。”（《议“明星化”》）

由何满子先生名片的空白，使我想到了他学术道路上的一段空白。1955 年 5 月，在上海震旦大学文学院任教的何满子，受胡风案牵连被捕入狱。1956 年 9 月释放，进入古典文学出版社任编辑。1958 年 10 月，被打成“右派分子”，全家迁往宁夏中卫县劳动。1964 年回上海，在上海出版文献资料编辑所工作。1966 年 9 月，被遣返浙江富阳农村老家。1979 年 1 月，右派改正，回上海古籍出版社从事编辑工作。此时的何满子已经整整 60 岁，按照常人的生活轨迹，30 岁至 60 岁是年富力强的黄金时段，60 岁之后就可以安享晚年了，可是何满子从 36 岁到 60 岁的这二十多年，遭遇了牢狱、流放、下乡之苦，不要说做学问，有时甚至性命难保，他在回忆录中无不遗憾地说：“从 1955 年到 1978 年的二十三年间，我正处在生命的旺盛时期，就以最低的写作效率来估计，每天写 1000 字，这些年也损失了 1000 万字的东西。我怎么能弥补这些损失呢？年岁不饶人，看来是回天无术了。这才是一个人真正的悲哀。”（《跋涉者：何满子口述自传》）

他在遣返回富阳老家的十二年中，不但无法做学问，连读书也是奢侈。没有书读，何满子精神饥渴难耐，据他女婿王土然回忆，当时家里有一本64开的小日历，上面有关于庄稼栽培、病虫防治、卫生防疫的小常识，何满子却翻来覆去地仔细看，实在找不到书读，只好借此解馋。后来女婿给他借到了一套《资治通鉴》和《苏东坡集》，何满子大喜过望，舍不得一口气读完，怕看完了又没有书读了，于是每天分配了阅读量，细嚼慢咽，这就是知识分子在那个年代的生动写照。

由此，我又想到了个人命运与时代的关系。今天我们处在和平的环境中，感觉不到时间的宝贵，也感觉不到清平世界对一个人事业发展的作用有多大。可是，让我们回想一下上世纪知识分子的生命经历，尤其是1900年前后出生的那一代人，即使活到七八十岁，也几乎一生都处在战争、运动和贫困中，要想在安静的环境中读书做学问，何其难也！这是时代的悲剧，也是个人的悲剧。从这个角度来说，我们不能不庆幸自己生活在一个能够安心经营事业、拓展兴趣的时代。

何满子先生在上世纪80年代回到上海后，重新焕发了学术青春，不停地读书、写作、审稿、讲学、带研究生。从1984年到2007年这二十多年里，他先后出版了十几本学术专著和三十余本杂文集，成为著名学者和杂文家，真应了杜甫那句诗，“庾信平生最萧瑟，暮年诗赋动江关”。

送周来祥先生远行

2011年7月6日下午，与刘树升兄一起，到济南粟山殡仪馆送别美学家周来祥先生。坐校车到殡仪馆吊唁厅后，下起了小雨，周先生生前好友、亲人弟子几百人一起参加了追悼会，当我看到学界名宿朱德发、孔范今等白发苍苍的教授步入灵堂，当我听到先生亲人和学生那呜咽的哭声，顿感鼻腔一阵酸楚，泪水盈眶，学术界损失了一位巨擘，学子们也失掉了一位良师。

我第一次听到周来祥先生的名字，是在大三那年徐良老师的美学课上。徐老师是复旦大学教授、美学家蒋孔阳先生的研究生。在课上，他讲到中国当代美学流派有几位代表性人物，有主观论的吕荧和高尔泰，客观论的蔡仪，主客观统一论的朱光潜，实践美学论的李泽厚，以及和谐美学论的周来祥。我知道其中几位学者早已仙逝，高尔泰、李泽厚与周来祥还健在，前两位早已定居海外。山东大学的周来祥先生是和谐美学学派的创始人，他的代表作有《美学问题论稿》《文艺美学》《论美是和谐》《再论美是和谐》

《三论美是和谐》《中国现代美学》《中国古代美学》《周来祥美学文选》等多部，在中国及国际美学界都享有盛誉。1999年在北京召开的《周来祥美学文选》学术研讨会上，季羡林先生和张岱年先生都对他的美学思想作出了很高的评价。周先生六十年来培养了许多美学人才，桃李遍天下，有人曾风趣地说，中国美学界的学术会议，周门弟子占半壁江山。

去年来山东大学读研究生以后，曾多次遇见周先生在校园里散步，有一次是在南门小树林，有一次是在文史楼前的小花园，还有一次是在十号宿舍楼前的路上，其他时候我都忘记了，但总不下四五次。先生散步时，精神矍铄，腰杆笔挺，满面红光，有时候穿着一件白衬衫和黑裤子，有时候里面一件坎肩，外面穿一件米黄色长风衣，颇有大家风范。我是一介学子，刚来山大，先生不识我，故我也未主动向前行礼。但每次遇到先生，都为他的身体健康而高兴，心里默默地祝福仁者长寿。去年5月6日，周先生还做客青年学者沙龙，与青年教师探讨学术传统的薪火相承。10月份，中文系56级校友回母校时，周先生作为教师代表也参加了庆祝活动。所以当我得知先生辞世的消息时，简直不敢相信。

我是上周在青岛友人家中，从校内网上看到同学转发先生逝世的消息，刚开始以为是谣言，虽然最近未见他在校园中散步，但是才半年时间，先生怎么可能就撒手人寰。我立即给在山东大学文艺美学研究中心值班的肖家鑫兄发信，他回复：“是真的，因为癌症。”呜呼！长歌当哭，又一位尊敬的先生走了。这几天，陆续看到一些悼念文章，有些是中年学者的回忆，对周先生的去世，感情悲凉但比较释然，可能年龄大的人已经看惯了生死，人人都有这一步，周先生 83 岁也算高寿。还有些青年学子写的回忆文章，笔调非常伤心悲戚，将恩师的逝去看作精神支柱的坍塌。作为山大文学院的学生，我在悲悼之余，心里空落落的，今人成为古人了，能亲身感受到的先生也逐渐成为只能流传的故事。先生健在时，提到美学，山大可以自豪地说，我们有周来祥先生；先生健在时，学院里可以请先生再给学生们讲一堂美学课，接受美的熏陶；先生健在时，我们还可以在小树林里看到白发的周先生精神矍铄地散步，那么亲切，那么真实。可当今天下午，我亲眼望着鲜花翠柏中躺着的先生时，知道这一切真的已经成为过去，成为历史，随着先生的辞世，也带走了许多东西，包括山大人内心的精神慰藉，包括经历过民国的那一代学者的风骨，这怎能不令人感到悲凉中的空虚。

听周先生女儿讲，当先生知道自己身患绝症时，很冷静，没有惊慌，没有马上去医院治疗，而是先忙着完成各种工作。他按原计划给学生们开了大课堂的讲座，把眼前的工作都安排妥当后，才去了医院。动了大手术两个月后，就给博士生上课，接着又给博士生审阅和修改论文，还为另一位博士生制定了培养方案和论文设计，先生这种敬业和热爱学生的精神令人感动。

这两年，钱学森、季羡林、任继愈、王元化等老一代学者去世了不少，一代人的离去，对文化界来说，也代表着一个时代的结束。对于一所大学同样如此，在我看来，如今的山大文学院，能够称得上“先生”而非“教授”“老师”者，无非也就是美学专业的周来祥先生和古代文学专业的袁世硕先生二位了，他们的学术成果和人格修养都享誉学林。大学之大，在于大师，大师身上凸显的，并不单单是学问的高深，还有一种难以言说的民国时候知识分子的名士风气，新时期成长起来的这批学人，称他们为“大师”“先生”总觉得有点矫情，觉得他们身上缺了些风骨，多了些庸俗的东西。所以，老一代学者的逝去，总会引起学界一片痛惜之声，他们哭的不仅是哪个人，更是一种难以传承的文化和人格。

先生一路走好！

王蒙与白先勇谈小说创作

2007 年 4 月 17 日，中国海洋大学邀请著名作家王蒙、白先勇来校开讲座，研讨小说创作，我和友人一起在现场聆听了他们的精彩演讲。

讲座由香港著名翻译家金圣华女士主持，她先做了简短的开场白，她说青岛的春天风光明媚景色宜人，说请到两位文坛大师在此交心实乃幸事。这时候的王蒙半靠在椅背上，神情略显严肃，而70岁的白先勇则满面笑容和蔼可亲。讲座以金圣华提问，王蒙和白先勇轮流回答的形式来共同探讨小说创作问题。

随着讨论的深入展开，气氛逐渐热烈起来，王蒙先生也一改严肃面容，转而字字珠玑妙趣横生。他们先探讨了各自的文学起步，王蒙小时候在作文方面受到姨妈的启迪，想用文字表达内心深处的青春迷茫和对美好未来的渴求，逐步走上了文学创作道路，他说自己的文学心路历程和新中国的政治环境息息相关。白先勇说，自己在少年时生过一场肺病，病了四年多，被隔离之后，他幼小的心灵尝尽

王蒙与白先勇谈小说创作

了生活的苦闷和孤独，既然外界的精彩自己不能去体验，那何不在纸上为自己开创一片美妙奇幻的天地呢？这一场病成就了一位大作家。他们都认为生活的苦难可能是作家的财富，当然，生活幸福的人也不是写不出作品来的，对此王蒙指出新一代的年轻人要把握美好生活，在满足中找到不满，在幸福中联想到不幸，这样才能冷静地观照生活和人性，写出深刻的文字来。另外他们二人还都谈到作为小说家应具备的一些素质，颇为重要的就是思想自由，想象奇特，具有对自然敏锐的观察力和对人生强烈的感悟力，花开花落，云卷云舒，都能勾起一丝情怀，成就一篇佳作。

后来又谈到了小说创作中典型人物、故事情节和社会背景的轻重作用，对此二位则有不同的看法。白先勇概括自己的创作过程，他以自己在大陆发表的第一篇作品《永远的尹雪艳》为例，认为写小说是人物先行，寻觅到了合适的人物，使其性格饱满血肉充沛，然后再根据人物扩展故事情节。对于青年学子搞文学创作，他建议先要细读部分文学经典名著，然后注意观察生活，吸收素材，充分想象，厚积薄发。王蒙则认为自己的创作中，情绪起了很大作用，他的内心深藏的潜意识中的情感力量催促着自己在写作，天马行空，不吐不快，所以有时候他凭着那股创作热情一天能写近两万字，难怪著名作家陆文夫曾评价他更像个诗人而不是小说家。当被问到对自己的哪部作品最满意时，王蒙举了自己上世纪80年代复出后写的一篇短篇小说《夜的眼》，白先勇认为自己写得比较投入的作品是《游园惊梦》，一个短篇小说写了五遍，用了半年时间。

讲座进行到高潮的时候，金圣华女士转向台下说道："请迟子建也上台讲几句吧，算是对两位文坛前辈的心灵回应！"这真是一个惊喜，想不到台下还坐着当代著名女作家迟子建呢！

话音刚落，一位身材姣好束着长辫的女士站起来走到台前，许多镜头便对准了这位年轻漂亮的东北女作家，迟子建温文尔雅地说自己是来向两位前辈学习的，是为了更好的体验生活和创作，并且在很多方面能和老作家们取得共鸣。在中国最北端雪地里长大的迟子建，用她的作品给文坛吹来一股清风，也给现场的听众带来了清新的喜悦和异样的激动。

讲座在学生和作家之间的一个个精彩问答中接近尾声，

王蒙的幽默厚重，白先勇的博学和蔼，金圣华的敏锐机智，迟子建的谦虚真诚，使得整个讲坛相映成趣韵味无穷。学子们忘记了作家那硕大的名号和耀眼的光环，在轻松和谐的氛围中，尽情领略了他们的文学思想和人生感怀，相信现场每一个听众，都会铭记这场精神盛宴。

求教王得后先生

我脑海中，经常会浮现一个情景：在北京朝阳区安贞里，有位七十多岁的老者，头发花白，前倾着身子坐在电脑前，努力克服着视力的衰退，用大号字艰难地给有求于他的学子解答着学术问题。夏日里，他顶着太阳，腋下夹着一本书，去邮局给一个远方并不熟悉的学子寄出最新的专著。

这个学生便是我，这位老者，便是著名鲁迅研究专家王得后先生。

一次偶然的机会，知道了王先生的邮箱，这让我一惊。他是现代文学界的老一辈学者，1934 年生人，据我所知，这一代学者会上网的很少，但是王先生却能够自如地收发邮件，由此便知，他是个喜欢接受新事物、乐于挑战自己的人。

我喜欢读先生的文章，在与先生邮件往还之前，已经读过他的学术著作《两地书研究》《鲁迅心解》和随笔《垂死挣扎集》。经查阅得知，他还出版过《人海语丝》《世纪末杂言》等杂文集，但当时我在青岛，像样的文史类书店不多，许多学术著作特别是多年前出版的，已经难以寻觅。于是想给先生写信，看看他是否还有存书。邮件发出后第二天，就收到了先生的回信，他说等他到鲁迅博物馆书屋找一找，如果有，就给我寄来，但后来发现那里也没有，于是给我寄来了他的夫人赵园老师签赠的一本著作《北京：城与人》。

我知道王先生以鲁迅研究名世，是李何林先生的弟子，于是在阅读和研究鲁迅的过程中遇到什么问题，就会给先生发邮件请教。有一次，我在信中告诉先生，自己最感兴趣的是鲁迅思想对当代社会的指导意义，具体地说，即鲁迅过时了吗？他对国情和国民性的认识对当今社会及国人的意义何在？我知道这个问题不容易谈，谈浅了说不明白，谈深了可能触及其他敏感问题，我在信中跟先生举例，如《聪明人和傻子和奴才》一篇，我即联想到如今有些官员具有扭曲的奴才人格，而丧失良知追逐名誉和金钱的某些学者教授们，则与其中的聪明人无异，具有实干精神的傻子们却越来越少。于是向先生请教，这个题目值不值得做？从何处下手来做？需要哪些准备工作？对此，先生回复说："研究只是对研究对象的一种发现，恰如天文学家观察星空一样。根柢在非常熟悉对象，发人之所未发。不读原著，不熟悉原著，仅凭一点观感，是难成大的成就的。"先生的话，让我那颗狂热的心逐渐冷静下来，知道了自己的盲目肤浅，知道了学术研究并非凭空想象，要坐得住冷板凳，要认真阅读原著，有了真切的体会才有发言权。先生的话，我一直谨记，也作为日后做研究的一种警醒。

2010年1月，先生的新著《鲁迅与孔子》在人民文学出版社出版，先生寄我一册，并在扉页题签："吕振先生指正，王得后求教。"这使我诚惶诚恐。先生这部书，从"生死""温饱""血统""妇女""发展"等论题入手，深刻分析了鲁迅与孔子的根本分歧，说明了鲁迅为什么绝望于孔夫子，为什么反对中庸。

2012年4月，我的硕士论文《论鲁迅书信的当代意义》开题在即，这时候，我又想起了王先生，想听听他的意见，于是给先生发去邮件和论文提纲。还是第二天，便收到了先生的回信，提出了自己的意见。先生说：

> 我双目黄斑变性，视力大减，已经不能读书读报，只能在电脑上把字放大，阅读与写作。但我愿意拜读您的大作。开题报告也浏览了一下，意义部分写得很好。"书信""日记"，初衷本是不发表，不给公众看的，似乎不说"著作"更准确，换一个名词如何。虽然如此，已经公开发表，它的意义自然起了变化，不妨碍人们研究。只是正如您开题报告后面也提到了的，不能不看到它的"私密性"。因为收信人不同，写法，内容也不同，有些是"应酬"，不可不注意。

同时，先生还在信中提到另外一件事：

> 鲁迅博物馆有一个《鲁迅全集检索系统》，后又稍稍改变了一些，成《鲁迅用语汇典》，以1981年《鲁迅全集》为底本，输入一个，或两个，最多七个字，可以检索《全集》中全部相关的内容。只是当年手工录入，有错字；格式也是文本式，应用时校对后就好用的。检索出来后，可以直接“复制”，也可以集中“阅读”和“保存”。不知道您有没有？如果没有我可以发给您一个，您自动安装就能运用了。自然，这只是工具，功底还在自己熟读《鲁迅全集》。比如书信，鲁迅对收信人的称呼不止一个，必须分别输入每一个称呼，才能检索齐全。

这对于研究鲁迅的人来说，真是一件大好事，因为《鲁迅全集》需要时时查阅，但是十八卷的全集，要查到哪句话哪篇文章在第几卷，着实是个难题，会耽误很多功夫。先生提到的检索系统，可以节省很多时间，于是给先生回信，希望能够发我一份，便于研究和写作。先生又跑了一趟邮局，给我寄来一个光盘，安装成功后，才解决了我查阅电子版《鲁迅全集》的问题。

如今我的书架上，摆着先生的两摞著作，一摞是学术专著，计有《两地书研究》《鲁迅心解》《鲁迅与中国文化精神》《鲁迅教我》《鲁迅与孔子》，一摞是杂文随笔集，计有《人海语丝》《世纪末杂言》《垂死挣扎集》。先生既搞学术研究也坚持写作杂文随笔，两条腿走路，感性思维和理性思维结合得很好。先生认为，研究鲁迅而不写杂文，是说不过去的，不能深层次了解鲁迅的心智结构，了解鲁迅的杂文创作。

记得先生在一篇散文中曾提到过这样一件事，妻子赵园问他，如果有下辈子，你会选择怎么生活，先生说，如果真有来生，我还是要研究鲁迅。落笔至此，我心头一热，充满感动，先生何幸，与大师鲁迅精神相遇，青年学子何幸，有这样谦虚热忱的先生为我们答疑解惑，阐释鲁迅。我从王得后先生和赵园先生的著作中，获得了深远的教益，在此，向未曾谋面的二位先生真诚地说一声：谢谢！

舅公任孚先先生

在我的老家山东莱芜，提起从这方热土走出去的现当代文学名人，第一位当属吴伯箫，他 1906 年生于莱城吴花园村，上世纪三四十年代就以散文创作成名，代表作《记一辆纺车》曾收入中学语文课本，新中国成立后曾任人民教育出版社副社长、中国社科院文学研究所副所长、中国写作研究会会长等职，有散文集《羽书》《北极星》等十余种行世。第二位是诗人吕剑，他 1919 年生于口镇林家庄，年轻时做过教师、记者，后任《人民文学》编辑部主任、诗歌组组长，出版有诗文集《溪流集》《燕石集》《吕剑诗钞》等。前两位都是现代文学界的知名人物。这第三位，就是当代文学评论家、山东省作协副主席任孚先先生。

我和任先生既是老乡，又是亲戚，我喊他舅公。他 1935 年 9 月生于莱城东关，高中时到徐州读书，因成绩优秀被推选为徐州市学联学习部部长。一次偶然的高中生夏令营，他和同学到了红瓦绿树碧海蓝天的青岛，也第一次到了山东大学（山东大学 1958 年才从青岛迁往济南），因为喜欢青岛的环境，于是他立志报考山东大学。

高考之后，他如愿以偿进入山大中文系读书。那时候，山大可谓名师云集，中文系有“冯陆高萧”四大导师（冯沅君、陆侃如、高亨、萧涤非），历史系有“八马同槽”八大教授（杨向奎、童书业、黄云眉、张维华、陈同燮、郑鹤声、王仲荦、赵俪生），在这样优越的学术环境中，本来就学习认真刻苦的他，取得了更大的学术成绩，在著名学术刊物《文史哲》发表了《谈青春之歌》《论“厚古薄今”》，在《山东大学学报（人文版）》发表了《论〈红旗谱〉》等文章，在《山东文艺》发表了评论肖端祥、邵勇胜等农民作家的文章，在《大众日报》《青岛日报》《济南日报》等报刊发表了数十篇文艺思想杂谈及评论。作为一位还未毕业的学生，能够取得这样的成绩，是很让人惊异的，所以引起了当时文学界的关注。1960 年他大学毕业后，分配到山东省文联文学研究所，成为省文联第一位科班出身的专职文学评论工作者，之后四十余年笔耕不辍，撰写了大量评论文章。1983 年 9 月，山东人民出版社出版了任孚先文学评论集《片羽集》，这是改革开放后山东省出版的第一部个人文艺评论专著。1985 年，时任山东省文学研究所所长的任孚先，创办了山东省第一份也是唯一一份文学理论刊物《文学评论家》，并担任主编，该刊以理论性、当代性、探索性并重的特点，发表了一系列有重大影响的理论、评论文章，为新时期当代文学的发展提供了一方争鸣的园地。

任先生学术研究的着力点在现当代文学领域，最能代

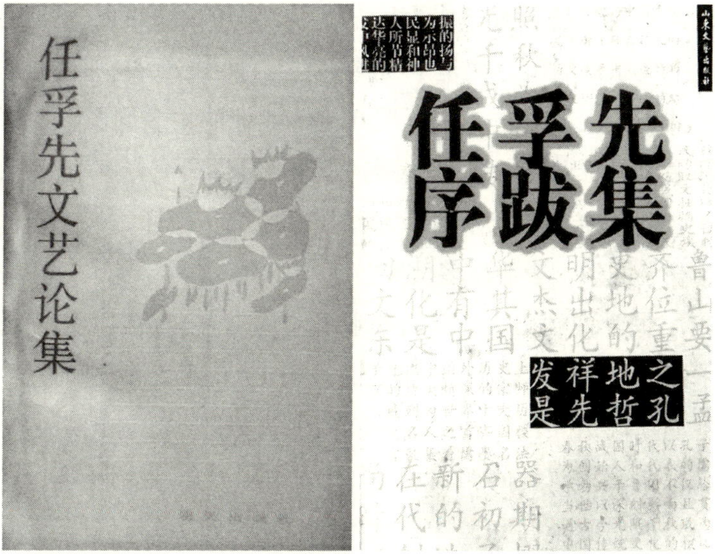

任孚先部分著述书影

表其学术水平的，是新时期以来的当代文学批评，尤其是对山东本土的作家，他倾注了大量心血，对刘知侠、冯德英、王火、李存葆、张炜、王润滋、矫健、李贯通、毕四海等作家的创作都有深刻独到的评析，文章收入《片羽集》《文学创作漫谈》《山东解放区文学概观》《山东新时期小说论稿》《任孚先文艺论集》《任孚先序跋集》《现代诗歌百首赏析》等著作中。另外，在古典文学领域他还撰写了《白话插图〈山海经〉》《〈聊斋志异〉评析》《〈聊斋志异〉艺术论》等著作。在文学资料方面主编有《中外文学评论家辞典》《齐鲁文化大辞典》《山东新文学大系（当代文学部分）》等。

我在山东大学中文系读研究生的那几年，因为离得近，经常去找舅公聊天。作为校友，我们聊的最多的，便是山大中文系的旧事。他是1956年考入山大中文系，那一届学生共108人，号称“一百单八将”，他的很多同学，后来都做出了骄人的成绩，有著名《文心雕龙》研究专家牟世金，著名散文研究专家佘树森，财政部原部长项怀诚等。他们这些老同学，毕业后多次聚会，2010年10月，他们这一届39名同学回到山大，举行毕业五十周年聚会，在山大引起了轰动。看着头发花白的他们，学子们觉得无比感动和自豪。他们还向山大捐赠了冯沅君陆侃如夫妇雕像，并出版了纪念文集《我亲爱的新山大》。除了聊山大，我们还谈些国内外的时政新闻和文坛现状。舅公已年过七旬，但人老心不老，当他跟我谈起韩寒和郭敬明的时候，我真的很佩服他接受新事物的眼光。

舅公与家乡莱芜始终保持着密切的联系，尤其关心家乡文学事业的发展，不管平时有多忙，只要是莱芜的文学青年来拜访，他总是有求必应，悉心指导。他曾为莱芜散文作家杜焕常的《汶水西流去》、王志文的《乡情》、师承瑞的《红石谷》、亓勇主编的《吴伯箫纪念文集》等书作序，1998年莱芜市举办“全国首届吴伯箫散文大奖赛”，他也到现场做评委。

舅公晚年，回忆起自己的研究之路，也有不少遗憾。他曾对我说，在最好的年华，受“文革”影响，没做多少研究，八十年代后，又一直担任省作协领导职务，耽误了不少时间，用在文学研究和批评上的精力不足三成，如果再多下一些功夫，肯定会有更坚实更深入的成果。

2014 年，舅公身患胃癌，身体每况愈下，曾到北京、上海等地诊治，效果不佳，于 2015 年 10 月 14 日凌晨逝世，享年 80 岁。当时我因在京有重要会议，未赶到济南参加 10 月 16 日下午的追悼会，深感遗憾。后来听友人、作家张期鹏说，他曾试图将任老的著作、手稿、资料、藏书等进行系统整理，联系莱芜市图书馆或档案馆妥善保藏，却因种种原因无奈搁浅。另外，任老在晚年还撰写了一部未完成的自传，已有十余万字，他在山东文学界驰骋五十载，称得上是“百科全书”式的亲历者，他的自传定有一些鲜为人知的史料，但如今随着先生的逝去，这部未完成的传记不知是否还有机会面世。

舅公年少时历经乱世，负笈求学之年，勤奋刻苦，佳作迭出，待工作后，一头扎进山东当代文学评论领域五十载，默默耕耘，不改其志，奖掖后辈，竭心尽力，不辱文艺评论家之使命，山东文坛永远记得您！

温儒敏先生的山大情怀

温儒敏先生是著名现代文学研究专家，曾任北京大学中文系主任、中国现代文学研究会会长。我读大学时，他与钱理群、吴福辉合著的《中国现代文学三十年》，是全国许多高校中文系的通用教材，影响很大。

2011年夏天，我在山东大学中文系读研究生，忽然有同学得到消息，说温先生要从北大来山大任教，但不知是否确切。从那天起，我们现代文学专业的学生就翘首以盼，一是盼望先生真能来山大，我们有机会亲聆名家授课，二是希望先生能重振山大文史见长的传统，带领山大中文系的学术研究水平再上一个新台阶。

正当消息不胫而走的时候，我的导师、文学院院长郑春教授给我打来电话，说这个学期温儒敏先生就要给山大本科生开课了，为了回应学术界和教育界的关切，学校计划安排我和山东商报首席记者徐玉芹，一起对温先生做个专访。接到任务后，我的心情既激动又忐忑，激动的是，能够在温先生来山大的第一时间与他接触，通过采访向社会释疑解惑，忐忑的是，不知温先生这样的著名学者是否容易打交道，不知采访任务能否顺利完成。

2011 年 9 月 8 日下午，我和徐玉芹一起走进了温先生在山大知新楼的办公室，先生谦逊热情，声音温润如玉，落座后即签赠我们新出版的《北大中文系百年图史》，一下子从心理上拉近了距离。我们最关心的问题，自然是先生为什么来山大任教。先生说，一是因为自己已经 65 岁，虽然北大很照顾他，作为有影响的教授博导可以延缓退休，但他觉得年龄到了，占着在职的名额不好，自己在北大的工作可以告一段落了，换个地方安静下来再做点事情也不错；二是因为山大是学术重镇，学风比较淳厚，也是他年轻时很向往的名校，济南离北京较近，来回也方便。当时南方和海外有些高校也想聘请他去任教，待遇都很好，但他没有答应，当山大文学院郑春院长跟温先生联系，热情邀约他来山大时，他几乎在第一时间就同意了。

温先生极为认真敬业，他说自己在北大几乎每隔一个学期或两个学期就要给本科生上课，已经坚持了三十年，成了习惯。他来山大之前，与学校接洽时就提出，开学的第一件事就是希望给本科生上课。为了上好第一学期的课，他与夫人在暑假期间就定居济南，并在炎热的夏季把大量书籍从北京运来。

9 月 13 日上午，温先生开始为山东大学 2009 级文学院本科生讲授《现代作家作品专题研究》课程，带领学生对鲁迅、郭沫若、茅盾在内的十余位具有代表性的现代作家的作品进行深入研究。温先生在课堂上嘱咐学生，学习要以读原著为主，至少读三遍，即快读——了解原著的概况，系统读——全面、系统掌握原著，研究性读——对重点、关键、疑问等边读边研究。要珍惜自己的阅读感受，通过对照课本上的导读和评论，形成自己对作品的新认识，并试着用自己的语言高度概括作品，将厚书读薄。

当年 11 月，温先生受邀赴青岛大学做了一场题为《大学传统与大学文化》的学术报告，主要谈了中国大学的五种“重病”，包括办学市场化、教授项目化生存、学校无特色的平面化、官场化以及乱搞工程的多动症。温先生的演讲发表后，许多媒体都做了报道，在教育界引发很大反响。我很敬佩先生针砭时弊的勇气，面对社会问题，他践行着恩师王瑶先生的名言——“不说白不说，说了也白说，白说也要说”，这种明知不可为而为之的入世批判精神，体现了知识分子的良知和坚韧，我深受触动，就此事写了一篇文章，取名为《知识分子的韧性表达》，发表在《山东大学报》上，温先生看到文章后给我发邮件说：“我赞同你的观点，知识分子要有责任感，当然还要了解国情。在中国改革不容易，光是痛快发言也不能解决什么问题，应当从我做起，为国家和民众做点切实的事情。”

先生言行一致，说到做到，他所倡导的这种改革精神和为国为民做事的情怀，在他来山大之后，很快在学术研究上付诸实践，这就是他带领山大现代文学研究团队开辟的新的学术领域——文学生活研究。

文学生活，主要是指社会生活中的文学阅读、文学接受、文学消费等，也涉及文学生产、传播、读者群、阅读风尚等，甚至还包括文学对社会生活各个方面的影响，范围很广。温先生连续发表《“文学生活”：新的研究增长点》（《中国现代文学研究丛刊》2012年第8期）《“文学生活”概念与文学史写作》（《北京大学学报》2013年第3期）两

温儒敏先生在山东大学文学与新闻传播学院做报告后，与中国现当代文学专业硕士研究生合影（前排左三为温先生，左一为作者）

篇论文，对“文学生活”概念的内涵、外延、意义等做了具体阐释。从 2013 年开始，山东大学文学院成立了“当代中国文学生活研究中心”，启动了以温先生为首席专家的国家社科基金重大项目《当前社会“文学生活”调查研究》。“文学生活”的调查研究意义是多方面的，既能很好地沟通文学与现实社会之间的关系，赋予文学研究更多的现实情怀和精神活力，促进文学的发展，对于研究者本身来说，也是一种学术锻炼和自我完善。

关于“文学生活”的第一批调查报告包括九个题目：《农民工当代文学阅读情况调查》（贺仲明）、《学校教育背景下的大学生文学阅读状况的调查》（黄万华）、《近年来长篇小说生产与传播的调查报告》（马兵）、《网络文学生态的调研报告》（史建国）、《茅盾文学奖获奖作品接受情况调查报告》（张学军）、《当下文化语境中鲁迅作品的阅读与接受》（郑春　叶诚生）、《金庸武侠小说读者群调查》（刘方政）、《城市白领文学阅读情况调查》（程鸿彬）、《影视互动及观众接受情况调查》（丛新强）。前七项以“文学生活”专题研究形式，集中在《中国现代文学研究丛刊》发表，在学界引起高度关注。2015 年 10 月，“文学生活与学术新视野”研讨会在济南召开，与会学者高度评价了“文学生活”研究作为学术概念的意义，认为这项研究改变和拓展了中国现当代文学研究的现有格局，冲出了“兜圈子”现象，使文学主动走向社会，是一场文学研究的方法学革命。

任何一种文学观念，任何一个研究领域，想推陈出新，做到前人未达到的高度，都不容易，正因为有难度，所以才值得去攻克。温儒敏先生从关注“语文教育”到研究“文学生活”，都有个一以贯之的思路，那就是使学术更贴近社会，更能为推动社会发展提供智力支撑。希望温先生带领学术团队扎扎实实搞下去，奉献更多接地气的好成果，给学界带来新风尚。

用文学温暖人间的刘庆邦

在当代作家中，刘庆邦的创作极具特色，他的作品大都围绕着乡土和矿区这两个主题展开。其代表作《神木》，描写矿井下的阴暗生活，两个骗子将打工者骗到井下谋财害命，其中对人性善恶的描写震撼心灵，这部小说曾获老舍文学奖，据其改编的电影《盲井》曾获柏林电影节银熊奖。有评论家认为："刘庆邦一直默默关注着底层社会的人和事，怀着对民间的热爱与关怀，对生命的敬畏与尊重，以朴实无华的语言记载着民间生活的苦乐酸甜，挖掘着底层人物的灵魂，吟唱着民间社会生命的悲歌。"

2015 年 9 月下旬，一群文学界的朋友在京聚会，我赶到和平里附近酒店时，大家都已就座，我一眼就认出了坐在对面的刘庆邦老师，于是主动打招呼，他也微笑示意。其他在座的还有《十月》主编陈东捷，《阳光》主编徐迅，作家荆永鸣、刘玉栋等。那晚大家推杯换盏，聊得很尽兴，庆邦老师安静地听大家聊天，时而表达一些自己的看法，对年轻人也非常谦逊，尤其让我敬佩的是他酒风豪爽，大家敬酒，来者不拒，谈笑之间，半斤入怀，这对于一位六十多岁的老人来说，是很了不起的。宴席结束的时候，送庆邦老师下楼，他步履稳健，握手与大家话别，然后骑上一辆停在路边的旧自行车，潇洒而去。在这万家灯火的京城里，车水马龙的街道上，有位花甲老者面色微醺，徐徐骑行，无人知晓，这就是蜚声文坛的刘庆邦！

10月下旬，我与庆邦老师相约，到兴化路《阳光》杂志社拜访他。我赶到时，他已在楼下等候，还是骑那辆自行车来的。我们一起到他写作的办公室，面积不大，但干净温馨，书桌和窗台上养着绿植，书桌后面的书架上，有庆邦老师自己写的书，也有朋友们送他的书。那天我们聊了很多，庆邦老师讲了自己原来在农村和煤矿的生活经历，以及如何走上创作之路，并签赠我短篇小说集《麦子》《清汤面》和长篇小说《黑白男女》。临近中午，庆邦老师说，天冷了，咱们到楼下去吃涮羊肉吧，我请你喝酒，随后他拿出一瓶早已备好的白酒，但那天我还有其他事情，就匆匆告别了庆邦老师，他执意要将那瓶酒送给我，让我带回去喝，我非常感动。

那天没吃上涮羊肉，我心里总觉得有些遗憾，正好我爱人做图书出版工作，她也很仰慕庆邦老师，于是在2017年深秋，我们夫妇邀请庆邦老师夫妇一起聚餐。在热气腾腾的火锅店里，我们敞开心扉，聊文学创作，聊社会热点，还聊了许多人生路上的苦辣酸甜，不知不觉，一个下午过去了，直到饭店里客人们都散尽了，我们才依依话别。

知道庆邦老师是河南人，喜欢听豫剧，于是只要有经典豫剧进京演出，我就邀请庆邦老师一起观看。这两年，我们一起看了李树建主演的《程婴救孤》，刘忠河主演的《打金枝》，还有《三哭殿》《朝阳沟》等经典老戏。每到一出戏演到高潮的时候，庆邦老师都会大声喝彩鼓掌叫好，这种熟悉的乡音和旋律，唤起了他对童年的美好回忆，对故乡的无限怀念。

近几年，他在乡土和矿区这两个题材各推出了一部长篇力作。《黄泥地》描写了农村巨大变革中出现的基层腐败现象，小说在村支书卸任、改选、告状、上访等一系列跌宕起伏的事件中，通过对不同人物的心理刻画，表现了中国农村改革进程的复杂与艰难，深刻揭示了人心的冷漠、正义的无助，极具现实批判力。《黑白男女》写的是煤矿瓦斯爆炸后，死难矿工身后的孤儿寡母对生活和感情的重建，该书感情丰富细腻，语言自然老练，写出了家庭支柱倒塌后，人们面临外在的、内心的种种压力和挣扎，但同时不屈于命运的安排，依然追求着爱，依然顽强的生活，让人感到温暖和希望。

究竟如何评判一个作家的作品，要看在读者心中的分量重不重。有读者这样评价刘庆邦："在陕北，提到路遥，就有人请你吃饭；在矿区，提到刘庆邦，就有人请你喝酒。相比那些粉饰太平的文字，这才是真正的文学；相比那些为权者言的墨客，这才是真正的文人。一个作家，失去了创作的依托，失去了说真话的勇气，也就失去了存在的意义。欣慰的是，我在这位河南作家身上看到了人性的亮点，看到了文字的光芒。"

莫言在山东大学

莫言与我的母校山东大学的渊源由来已久，早在1988年，山大文学院就曾在莫言故乡高密召开了“莫言创作研讨会”。2001年，莫言应邀担任山东大学文学院兼职教授，与贺立华教授联合招收研究生，并开设了“创作学”和“当代作家论”两门课程。2013年4月27日，已经获得诺贝尔文学奖的莫言再次来到山东大学，受聘担任山大讲座教授。当天下午，莫言与文学院的师生亲切座谈，畅聊文学与人生。我在现场聆听了莫言的讲座，他对文学创作的许多观点给我留下了深刻印象。

作为在文学创作领域耕耘了三十多年的写作者，莫言的创作理念发生过不少变化，“刚开始想把好人当坏人写，把坏人当好人写，到了九十年代以后，慢慢意识到应该向内转，应该把搜索社会黑暗面和他人阴暗面的放大镜投向自己的内心，也就是把自己当罪人写。这里的‘自己’并不是跟我本人画等号，而是每个人都应该有反思自己行为的意识，不能把所有的责任都推给别人”。有同学跟莫言探讨《蛙》中姑姑的形象，认为是体现忏悔意识的人物典型，莫言表示赞同，说这部作品是对上世纪80年代开始的计划生育政策的反思。

莫言在创作过程中有没有困境？如何突破自己？他用自己的亲身经历来解答同学们的困惑。“作家的创作过程就是一个自我搏斗自我挣扎的过程，精神困境实际上还是围绕着作品里的人物，这个人到底有什么样的典型意义？是不是在别人的作品里已经有过很多类似的人物了？如果没有独特性，写出来就没什么意思。另外这个人物到底代表了什么样的思想？放在整个社会思潮中有没有存在的价值？这是常常令我困惑的。比如《生死疲劳》中蓝脸这个人物，到底有什么意思呢？别人都加入人民公社，就是他不入，要单干，后来我发现实际上这是一种有意义的个性，有的人一根筋到底，但属于逆历史潮流而动，这种坚持就没有意义，蓝脸当时看起来是逆历史潮流而动，但在整个历史链条中他却代表了一种正确的方向，这样一种坚守，这样一种对整个社会大众的对抗，就是有价值的，所以当我把他放到整个历史过程当中，就感觉这个人物有意义，所以就写下去了。”

纵观莫言的创作之路，他一直在努力求新求变，希望创作出具有“莫言特色”的作品来。他的笔下有很多特殊人物，比如身体残缺者、身怀绝技者、精神变态者，在《四十一炮》中，莫言将罗小通吃肉写得跟宗教仪式一样，《丰乳肥臀》里迷恋女性乳房的上官金童也带有某种象征意味。

莫言将人的食欲、性欲等本能欲望极端放大，来洞察人性的一些秘密。另外，对于叙事结构创新，莫言在《生死疲劳》中借用了佛教六道轮回的概念。对于文体创新，《蛙》尝试了跨文体写作，将小说、书信、戏剧等文体形式熔于一炉，增加了小说的丰富性和多义性。

文学与政治一直有着藕断丝连的关系，“歌颂”与“暴露”也是很多文艺理论家探讨多年的话题，文学创作到底有没有禁区？如何对文学作品中的社会问题进行艺术处理？面对师生们的疑问，莫言谈了自己的看法。

“一个作家如果觉得到处都是地雷，那就是不成熟的，小说写政治问题和最敏感的社会问题，完全可以进行艺术处理。文学既不是歌颂某个阶级的工具，也不是反对某个党派的工具，不是向体制挑战。文学是写人的，无论什么样的人，在作家心中首先是个人，然后才是其他的符号，作家最应该关注的不是人身上的阶级性，而是人身上共有的普遍人性。之所以中国作家能走向世界，外国作品能翻译成中文感动我们，就是因为这些作品描写了普遍人性。过去的一些作品之所以狭隘，就是非要把作品变成某个阶级的文学，用这样的方式来构思人物，发展到极端就是样板戏。从八十年代，大家开始意识到这是不科学的，违背了文学的基本规律，文学开始超越阶级、超越政党、超越时代、超越国境，有了这样的高度，无论写什么样的问题，都不会形成障碍。文学与政治的处理还是有办法的，这和有没有胆量干预现实并不矛盾，一个人在生活中可以很谨慎，但写作时站在这样的高度就完全可以放开。”

此次莫言受聘山东大学讲座教授，当年就招收了三名硕士研究生。莫言说，“我能够在山大保持讲座教授的席位，还是要靠我今后的创作，假如今后还能写出大家比较满意的作品来，讲座教授的含金量也就保住了。”莫言想通过两种方式实现自己在山大的教学计划：一是认真准备教案，再到山大来的时候，会讲一些系统的文学知识；二是以聊天的形式，讲自己的作品和创作心得。在莫言眼中，师生关系是平等的，“在文学这方面，很难说是谁教谁，因为我们都是读者，我更愿意跟大家进行平等交流，比如针对某本书，或者我的某部作品展开讨论，你们有什么创作我也愿意帮着看一看，教学相长，希望大家从中都有收获。”

精神高原上的张炜

在我家墙上，挂着一幅张炜先生题赠的书法作品，内容是一首他自拟的五绝：“春风徐来日，红花满枝头。指向白云处，雄鹰更悠游。”这幅行楷运笔独特、清新淡雅，书卷气颇浓。读这首诗，使我想起了杜甫的诗句“江碧鸟逾白，山青花欲燃”，这两句诗中，有青山绿水，白鸟红花，形成了一幅色彩鲜艳意境高远的山水画。张炜这首诗，也有春风、红花、白云、雄鹰，构成了绿、红、白、黑四重色彩，且有雄鹰昂首天外自在飞的开阔意境，我体会，这既是他创作上追求的自由境界，也是对我为人为文的一种期许。

初识张炜先生，是在2013年夏天，那时我即将来京工作，友人张期鹏在济南垂杨书院宴客，我和山东艺术学院崔云伟教授应邀赶到的时候，发现著名作家张炜、刘玉堂在座。见到心仪已久的作家，心里很高兴。那天人不多，除了我们四位，还有张期鹏夫妇，共六人。席间聊了张、刘的文学创作近况，以及他们打算编一套散文丛书的设想，张炜签赠我一本新出的散文集《品咂时光的声音》。自此我们建立了联系，后来他每有新作出版，总会寄我一册，我陆续收到了《独药师》《寻找鱼王》《艾约堡秘史》等作品。

张炜默默耕耘了四十余年，文学成就有目共睹，但他的创作之路却充满艰辛，他拒绝外界纷繁的干扰，如苦行僧一般，双脚行走在齐鲁大地上，了解社会生活，搜集民间传说，严肃的思考历史和人性，将生命全部投入神圣的写作中。他为了寻求安静的环境，有时候会住在无人的山村，《古船》的后半部分就是他在济南南郊一个废弃的变电小屋里写成的。据朋友讲，有一年他藏到一处多年无人居住的三线建设时期的山中老屋读书写作，缺乏基本生活条件，大雪封山的深冬差点冻死，朋友看望他时已经高烧卧床三天了，不得不紧急送医院救治。即使是在功成名就的今天，张炜依然认为，搞文学艺术最重要的就是安静和专心，在网络时代，作家更需要抵抗庸俗，需要保有不受冲击不致溃散的那种角落和环境，只有处于这样的场境，才能有杰出的深邃的艺术思维发生，才会产生温暖可信的文学作品。

2010 年，张炜在作家出版社推出了 450 万字的长篇小说《你在高原》，这部用二十三年精心打磨的长篇巨制一经推出，就震惊了整个文坛。人们难以想象，在这场文学的“马拉松”中，他是凭借怎样的毅力坚持下来的。这是一部用孤独和寂寞抵抗庸俗的作品，张炜在寂寞中劳动，在劳动中享受欢乐，经历了一次诗性的长途跋涉，这种创

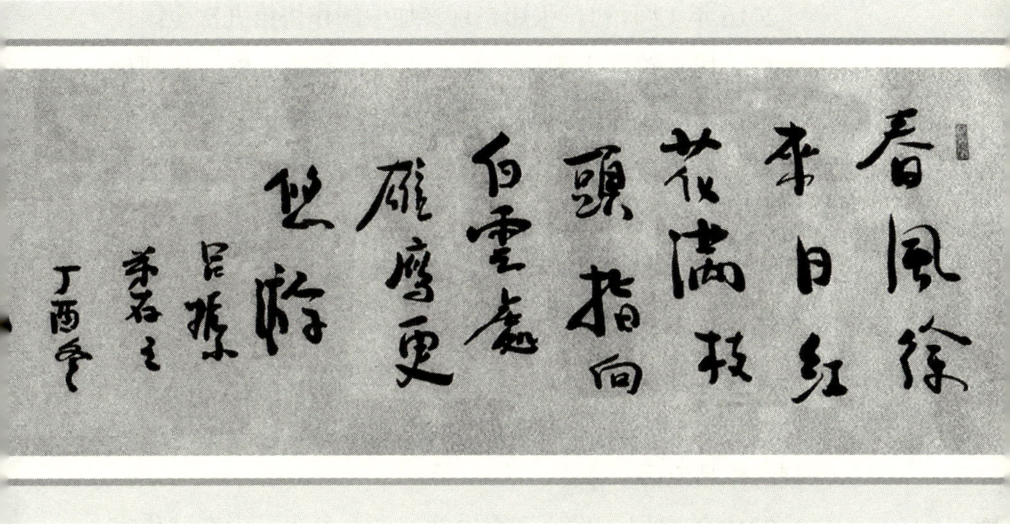

张炜先生赠作者书法作品

作本身，就让人心生敬意。茅盾文学奖颁奖词这样写道：“《你在高原》是长长的行走之书，在广袤大地上，在现实与历史之间，诚挚凝视中国人的生活和命运，不懈求索理想的高原。张炜沉静、坚韧的写作，以巨大的规模和整体性视野展现人与世界的关系，在长达十部的篇幅中，他保持着饱满的诗情和充沛的叙事力量，为理想主义者绘制了气象万千的精神图谱。《你在高原》恢宏壮阔的浪漫品格，对生命意义的探寻和追问，有力地彰显了文学对人生崇高境界的信念和向往。”北大中文系教授陈晓明也鲜明地指出，如果汉语文学有高原，《你在高原》就是高原；如果汉语文学有脊梁，《你在高原》就是脊梁。

2016年12月初，张炜来京参加中国作协第九次全国代表大会，住在首都大酒店，晚上我和作家刘玉栋一起到他房间叙谈，聊起四天的会议日程很紧张，他说“身子累，心不累”，这话让我记忆深刻，能够感受到他的精神洒脱和超然物外。两天后，他高票当选中国作协副主席，对于他几十年来创作的一千多万字的厚重作品而言，这个身份实至名归。但我知道，他已将名利看得很淡，这既不会成为他引以为豪的资本，也不会成为他继续写下去的羁绊。这样一位充满大爱远离喧嚣认真思考的作家，会继续用他深刻的作品说话。

2018年岁尾，我到济南出差，先去参观了山东省作家协会的张炜工作室，晚上与张炜先生等友人小聚，他依然那么质朴爽朗，那么真诚热情，这与他作品的复杂深刻形成了鲜明的对比。那天他从家里带了两瓶好酒，我们聊了许多，但主题依然围绕着他营造的文学世界。酒至半酣，他给我提了两个希望，一个关乎文学一个关乎生活，一是希望我能够继续关注文学作品和文坛思潮，不偏不倚地写一些理论性指导性较强的大块文章，二是希望明年夏天，我带着妻子和女儿一起去烟台的万松浦书院住几天，看看大海和松原，喝点葡萄酒，我深受感动，铭记在心。

如今的张炜先生年已花甲，当年卢青河畔默默读书的翩翩少年，已经是著作等身的大作家。但他依然经常独自行走于广袤的原野，吹着海风，思考着天人之变、万物之灵。对于文学，他始终芳心似火，就如他之前所说的，“这几十年来，也许有两个方面我是没有改变的，这让我稍感欣慰，一是我对文学的深爱没有变；二是我相信人世间有正义、有真理，并且要追求它。我庆幸这没有改变的两个方面，是它使我还能一直往前走下去。”

刘醒龙说的三件事

知道刘醒龙，是从他的中篇小说《凤凰琴》改编的电影开始的。记得那时我上初中，从荧屏上看到这部电影，影片中山区民办教师的苦苦坚守，深深打动了我幼小的心灵。我的老家在农村，我的祖父和外祖父都是民办教师，他们辗转在七八所乡村中小学教了一辈子书，上世纪80年代才转为公办教师，享受到正常待遇，我的许多老师也都是民办教师，所以我从小对民办教师有着特殊的感情。民办教师这个群体，在乡村过着贫穷的生活，却担负着启蒙者的重要角色，他们用自己有限的知识带领农村的孩子摆脱愚昧，用微弱的灯光照亮了许多农村孩子的未来。

上世纪90年代，刘醒龙关注到了这群特殊的知识分子，开始为他们发声，先是写了中篇小说《凤凰琴》，小说拍成电影后，把在山村默默奉献的民办教师群体推到了全国观众面前，无数人为之动容，流下热泪。十几年后，刘醒龙意犹未尽，又用一部长篇小说《天行者》继续讲述民办教师艰苦卓绝的故事，为这些“在二十世纪后半叶中国大地上默默苦行的民间英雄”树碑立传，该书于2011年获得第八届茅盾文学奖。

我第一次见到刘醒龙，是在山东大学中文系读研究生的时候。受山大文学院贺仲明教授邀请，2013年5月30日，刘醒龙来到山东大学文学大讲堂，与同学们进行交流，他是继莫言之后受邀的第二位在文学大讲堂开讲的作家。他以“文学的觉悟”为题，与师生畅谈读书心得与创作经验。他说自己是从一名草根成长起来的作家，几十年的文学经历使他懂得，在文学的道路上，写作只是很小的一部分，更重要的一部分则是读者，“伟大作品的产生需要伟大的读者”，而“读者素质决定着文学的高度”。他认为读者虽然年龄上有差距，但阅读文本时总有相通之处，其中承载的人文精神会在一代代国人中传承。另外，他还谈了自己处女作发表的经过，以及写作长篇小说《圣天门口》的收获与遗憾。

印象最深的是，他建议同学们在有生之年要做三件事：“第一件，一定要看一次杨丽萍的孔雀舞。我看舞剧时，包括我自己的作品改编的舞剧，只是觉得很美，但是有一次看了杨丽萍的孔雀舞，她那种对人性、生命和美的演绎，让我泪流满面。第二件，要去一次青藏高原，最好能喝到珠穆朗玛峰上的泉水，那种水与身体毫无阻碍的融入感，那种干净澄澈，让人终生难忘。第三件，一定要静下心来，细细读一遍《红楼梦》。”

在现场提问环节，刘醒龙与师生充分互动，解答了大家关于阅读和写作的诸多问题。他鼓励同学们多读书、读好书，认为读书是为了让人心灵明净。在谈及写作与故土的关系时，他说故乡是写作之根，更是文学生长的基点，古今中外多少作家无一例外都有自己的“根”，对“根”的怀念、热爱与不舍，能激发出作家的写作才华，如果离开了对故土和亲人的爱，写作的魅力将会丧失。

后来，我在北京又见到了刘醒龙。2016年10月，全国文艺创作经验交流会在中国职工之家召开，我和刘醒龙、彭学明等在一个桌上吃早餐，聊起山大那次讲座，刘醒龙还记忆犹新。我跟他说，当年您讲的三件事，我只完成了最后一件，认真读了《红楼梦》，前两件只能以后再找机会去实现。他说，“我是文学大讲堂的第二讲，前面莫言讲过一次，我怕讲不好，还有点紧张，但讲完以后，效果还不错，有学生说，你讲的比莫言讲的还好！”随即他哈哈大笑起来，我看到了一个幽默自信的刘醒龙。

怀念兄长荆永鸣

2019年4月13日中午，我正在看微信朋友圈，看到《中篇小说选刊》的公众号更新了一篇文章，题目是《纪念作家荆永鸣先生》。我心头一惊，永鸣兄怎么了？此文怎么用上了纪念亡人的语气？前段时间我们还通了电话，我还看到他发的微信啊！于是我立刻百度，看到有人在微博上说，作家荆永鸣4月12日突发心梗去世。我依然不敢相信，又给我们的共同好友、山东省作协副主席刘玉栋发短信求证，玉栋兄回复，4月11号永鸣去四川参加《十月》杂志社在李庄的活动，刚到机场就发病，送到医院后没抢救过来，夜里去世了。呜呼！您怎么突然就走了呢？我敬爱的永鸣老哥！

与永鸣兄相识，是在2015年秋天，几位文坛的朋友小聚，玉栋兄介绍我和在座的永鸣兄认识。他是内蒙古赤峰人，我感觉他为人豪爽，颇具侠气，我们聊得很投缘，虽然他长我二十多岁，但他坚持以兄弟相称，让我喊他大哥，并相约有空再聚。分别后，我们平常会在微信上交流，我也一直关注着他的创作情况。第二年春天，他给我打电话，说他在房山有个小酒馆，晚上约了朋友们一起小聚，关仁山从城里开车过去，让他捎我一起去，但那天单位正好有事，我没有去成。

去年5月，中国作协鲁迅文学院举办当代现实题材创作高级研修班，全国各地有代表性的四十多位作家参加，荆永鸣和刘玉栋也都参加了这个班，我们相约在鲁院门口一家酒馆小聚。当晚参加的还有安徽的许春樵、重庆的张者、云南的潘灵、山东的东紫等作家朋友。那天我带去了永鸣兄的一本中篇小说选《在时间那边》，请他题字留念，他说最近有些头疼，眼睛有点看不清楚，我就不再强求他写字。我跟他说，还是到医院做个详细的检查，心里踏实。大家看他身体不舒服，考虑到他还有心脏病，就没劝他喝酒，但他说，有这么多好友在，不喝酒没意思，少喝一点，一松口，就喝了三瓶啤酒。酒席进行到一半，永鸣兄突然跟我说，老弟你把书拿来，我给你写吧！我连忙把书递上，以为他会写上常见的“请某某先生惠存”之类的话，但他却把桌上的碗筷和酒杯统统推到一边，一副极其认真的姿态，写下了一段北宋秦少游的《江城子》：

小槽春酒滴珠红，
莫匆匆，满金钟。
饮散落花流水各西东。
后会不知何处是，

烟浪远，暮云重。

戊戌夏日与吕振小弟偶遇八里庄鲁院，

写秦观词　荆永鸣

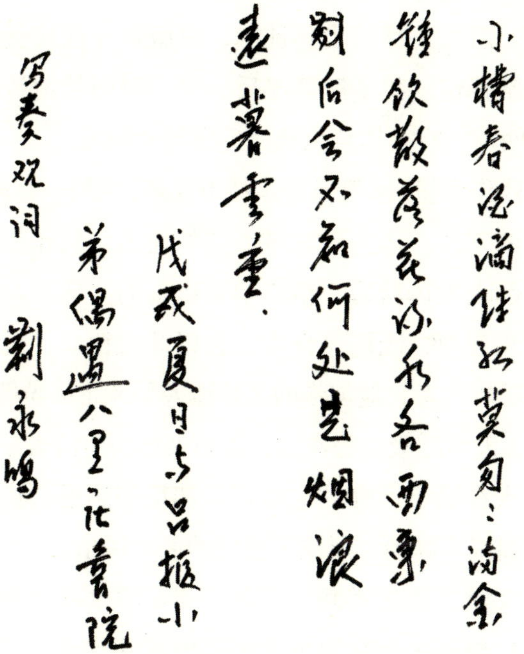

荆永鸣先生手迹

永鸣兄沉浸其中，忘了酒桌上的推杯换盏，一口气写满了一页纸，期间因为一句词拿不准，还想了许久，这让我非常感动，能够看出他对朋友的真诚。但同时我又觉得，在大家欢聚的高兴时刻，永鸣兄为何会联想到这样一首伤感的词呢？我猜测他的心绪可能不太好，不知是因为创作的事，还是身体原因。散席后，我劝他还是要戒烟限酒，抽空去检查一下，医院方面如有需求，我可以帮他联系。

下半年，永鸣兄给我打过两回电话，说他有一部新的长篇小说，因为与南海筑岛工程有关，怕涉及海疆主权等敏感问题，需相关部门出具证明，出版社才能接受出版，这令他非常苦恼。我了解情况后，第一时间帮他咨询了有关部门的朋友，将具体意见及时反馈给永鸣兄。

在当代作家里，永鸣兄的作品不算多，大约一百多万字，但他笔下的东西，那些描写城市“外地人”的作品，都是经过真切的人生体验后，精心孕育出来的。他在北京胡同里开了家小餐馆，既用来谋生，也以此为窗口，观察形形色色的底层打工者，他创作的《外地人》《北京候鸟》《北京时间》《大声呼吸》等作品，从小人物的生活表象入手，刻画外地人在城市面临的生活艰辛和精神焦虑，挖掘人性内涵，把握城市脉动，形成了独特的艺术风格。

喜欢文学、喜欢喝酒、喜欢交朋友的永鸣兄走了，永远地走了！想起去年在酒桌上他写的那几句话，“饮散落花流水各西东。后会不知何处是，烟浪远，暮云重”，真是一语成谶。他走后，朋友们说起来，都认为他是个讲义气的好人、好大哥，也是个满足了基本温饱就一心扑在文学上的有良知的作家，他走得太早了！他的书，他给我的题词，寄托着我对他永久的怀念。

诗画双绝关仁山

上世纪90年代，河北作家何申、谈歌、关仁山推出了一系列贴近百姓生活、揭示现实矛盾的文学作品，受到文坛关注和读者好评，被评论界称为河北文坛的“三驾马车”。多年来，他们不断将笔触聚焦城乡沃野，推出了不少现实主义力作，尤其是现任河北省作协主席关仁山，陆续出版了《大雪无乡》《天高地厚》《白纸门》《日头》《麦河》《金谷银山》等有影响的作品，充满了理性反思与人文关怀，呈现出大气升腾的艺术风范。

关仁山能够取得今天的创作成就，离不开他多年深入生活的扎实积累。在上世纪80年代步入文坛之初，同为河北唐山老乡的著名作家管桦欣赏关仁山的才气，送他一幅书法：“扎根乡土，热爱生活。”没想到，这句话确定了关仁山日后的创作基调。他始终坚信，写作像种地一样，不能被喧嚣浮躁的社会干扰，要沉到生活的细部认知生活，农民可以不关心文学，但文学万万不能不关注农民。上世纪90年代，他曾在唐山市黑沿子镇涧河村挂职副村长，跟着渔民出海，到农民家里聊天，身上揣着小本，随时采访记录。几个月后，“雪莲湾风情”系列小说的开篇《苦雪》脱颖而出，刊发于《人民文学》并获年度小说奖。此后，他连续写了《蓝脉》《红旱船》《落魂天》等一系列小说。1997 年，关仁山被聘为广东文学院合同制作家，到佛山市罗村镇挂职副镇长。2001 年，关仁山想了解土地规模经营和现代农业发展，又主动要求到河北唐海县挂职副县长，与那里的基层干部和农民朝夕相处了三年，收获很大，促使他写出了长篇小说《天高地厚》。2016 年 9 月 2 日，关仁山在全国文艺界“深入生活、扎根人民”主题实践活动经验交流会上发言，他说人民不是喊在嘴上，而是要记在心中，父老乡亲就在我们的身边，他们的喜怒哀乐，他们的命运起伏，都会让我们牵挂和动情。正因为他心里装着人民，所以笔下才有乾坤。

关仁山不仅是一位深入生活、善于思考的作家，他还是一位书画家，他的主要身份是河北省作协主席，但还有另一个身份不容忽视，那就是中国作协书画院副院长。有一次文朋诗友在京相聚，关仁山在座，我知道他近年来在文学创作之余，书画创作颇丰，尤其他画的葡萄和白牡丹是一绝，并在唐山、石家庄等地办过画展，于是很冒昧的开口，想跟他求一幅画。我想，他若答应自然好，如果拒绝了，也可以理解，毕竟他的画已经价值不菲。过了几日，竟收到了他寄来的快递，我激动地打开一看，是一幅四尺白牡丹，气韵生动，跃然纸上，让人爱不释手，他在画上

关仁山先生赠作者画作

题跋“大雅吉祥日，飞花开吕家”，以贺我女儿出生，令我感动不已。关仁山的白牡丹备受文坛推崇，作家尧山壁在《关仁山的性情书画》一文中说：“关仁山的画法很特殊，别人画红牡丹和黄牡丹居多，他画的是白牡丹，这真的不多见。他的画给我们清雅之感。他画的《清心可鉴，文苑繁荣》，一幅画，可谓寓意深远。牡丹是落叶小灌木，生长缓慢，株形小，有丛有独，有直有斜，有聚有散，各有千秋。他的画法是清雅一色，这是挑战，他用笔先蘸淡草绿，笔尖蘸少量藤黄点出花蕾，其中花苞一笔两笔点出即可，结果就花朵绽放，有单瓣，有重瓣，千姿百态，显示出画家的真性情，以求达到绘画精神之所在。”

放眼今天的文艺百花园，关仁山可能是作家里书画造诣最深的，是书画家里写作水平最高的，他用这两幅精彩的笔墨，涂抹出了不一样的人生亮丽风景。

书痴师兄安武林

著名儿童文学作家安武林，我喊他大师兄。1988 年，22 岁的安武林已经发表了不少文章，因文学特长被山东大学中文系破格录取。大学期间，他一有时间便泡在图书馆里，沉浸在书的海洋，广泛的阅读为他日后的写作打下了坚实基础。后来，他笔耕不辍，推出了小说《泥巴男生》《夏日的海滩》，散文集《母亲的故事是一盏灯》，童话《噗噜噗噜蜜》《老蜘蛛的一百张床》，诗集《月光下的蝈蝈》，书话集《爱读书》《醉书林》《读书如同玩核桃》等著作，加入了中国作协，荣获过全国优秀儿童文学奖、张天翼童话金奖、冰心儿童图书奖、陈伯吹儿童文学奖、文化部蒲公英儿童文学奖等，几乎囊括了儿童文学界所有奖项。

2010 年，我从青岛日报社辞职，到山东大学中文系读研究生，从此我也成了山大人，我和安武林成了师兄弟，当然，他大我二十二届，当年他的好几位同学都已成了我们的老师。

我到北京工作后，2014 年秋天，在一次山大校友聚会上，我结识了大师兄安武林。他知道我也喜欢读书藏书，于是把我引为同道，他出版了新著，每次都签名送我，还给我求来了曹文轩、汤素兰、黄蓓佳、周晓枫等作家的签名本，我们每个季度也会约在一起喝酒谈天，何等畅快！有这样一位大师兄，给我初来北京时的寂寥岁月带来了不少欢乐。

与师兄安武林熟悉后，我发现他有三多：一是书多，他在北五环的家中有一间很大的书房，藏书达两万多册，现在他每到一个城市，仍然会到旧书市场淘书，一买一麻袋，他曾专门写过一本书话，取名就叫《醉书林》，除了藏书多之外，他写的书也多，现在已经出版的单行本就有160多本，属于高产作家。二是朋友多，在他的微信里，能看到他经常受邀去全国各大城市做讲座、搞签售，每到一个城市，总有许多朋友，总要喝上几杯，这也锻炼了他的酒量，这些朋友中，大多是志同道合的作家、书友。三是故事多，我们每次喝酒聊天，总能从他口中听到很多趣味深长的故事，包括他自己成长的经历，还有不少文坛掌故，这些故事，对同席者来说，既是一种精神滋养，更是有意思的“下酒菜”，我们每次吃酒都痛快淋漓，就因为有了这些情怀满满的好故事。

2018年元旦，和友人相约一起去拜访大师兄，到了他在北五环的家中，首先映入眼帘的是墙上一幅莫言的书法作品《引领风骚》。他热情招呼我落座，但我根本淡定不下来，心心念念想去他的书房搜书，于是他把我带到了他的书房，一个140多平方米的半地下室，我开始了美妙的淘书之旅。一会儿看看这个书架，一会儿看看那个书架，不时抽出一本翻看，然后毫不客气地收入囊中。大师兄站在一旁，笑眯眯地看我挑选，说喜欢的就拿走，于是我也顾不得面子了，一口气挑了三十多本，有唐弢《海天集》、黄裳《故人书简》、王利器《历代笑话集》、刘绪源《解读周作人》、吴小如《中国文化史纲要》、《梅兰芳演出剧目选集》等，装了三个大布袋。另外，他还主动赠送我著名儿童文学作家陈伯吹先生的一页手稿，文学评论家束沛德的三页信札，以及曹文轩早年出版印量很少的签名小说集。嫂夫人笑着对我说，他知道你来，开始翻箱倒柜找陈伯吹先生的手稿，但忘了放在哪里了，急得满头大汗，最后好不容易找到了。

看着我搜寻的一堆“战果”，我问大师兄，心疼不心疼，师兄呵呵一笑，说：“有你能看中的书，说明我买书藏书的眼光还可以，过段时间再来选。”中午一起出去吃羊肉火锅，我们边吃边聊，还是兴致很浓地谈淘书读书藏书，酒肉下肚，尽兴而归，回来的路上，理了光头的大师兄忽然觉得头皮发凉，这才想起来将帽子落在了酒店，嫂夫人说，他一见好朋友就兴奋，这已经不知道是丢的第几顶帽子了，我听后捧腹大笑。

如今的安武林，依然在写他的诗，写他的童话，除了在纸上营造精神家园外，他还在楼下开发了一片花园，种了很多花花草草，每当这些花草发芽开花的时候，总能给他带来写作的灵感，跟大自然无限亲近，大自然也会给予意想不到的馈赠。

另外，安武林的女儿安朵蓝也喜欢读书写作，现在在中国少儿出版社工作，还和她爸爸一起在《文艺报》发表过儿童文学的书评。俗话说“打虎亲兄弟，上阵父子兵”，希望大师兄安武林和他的女儿，能够继续给文学界奉献更多的精神食粮。

第三辑 读札

陈伯吹先生的一页诗稿

陈伯吹先生是我国著名儿童文学作家，他 1906 年 8 月生于江苏宝山（现属上海），曾任少年儿童出版社副社长，著有《阿丽思小姐》《波罗乔少爷》等童话作品和《绿野仙踪》等译著。1980 年，他捐出 5.5 万元稿费，设立陈伯吹儿童文学奖（后更名为陈伯吹国际儿童文学奖），现已举办三十多届评奖，对我国儿童文学的发展起到了重要推动作用，金波、任溶溶、曹文轩、张炜、王安忆等著名作家都曾获此奖。

我收藏的这页陈伯吹先生的手稿，是儿童文学作家安武林所赠。诗稿的内容是陈伯吹先生观看越南电影《同一条江》后用诗歌形式写的影评。

《同一条江》是越南拍摄的一部故事片，1960 年由上海电影译制厂翻译配音后，在国内上映，我从网上找到这部黑白影片看了一遍。影片的大致内容是：阿运和小怀是一对年轻的恋人，两人分别居住在边海江的两岸，感情深厚的他们筹划着举办婚礼，但没有想到的是，在举办婚礼

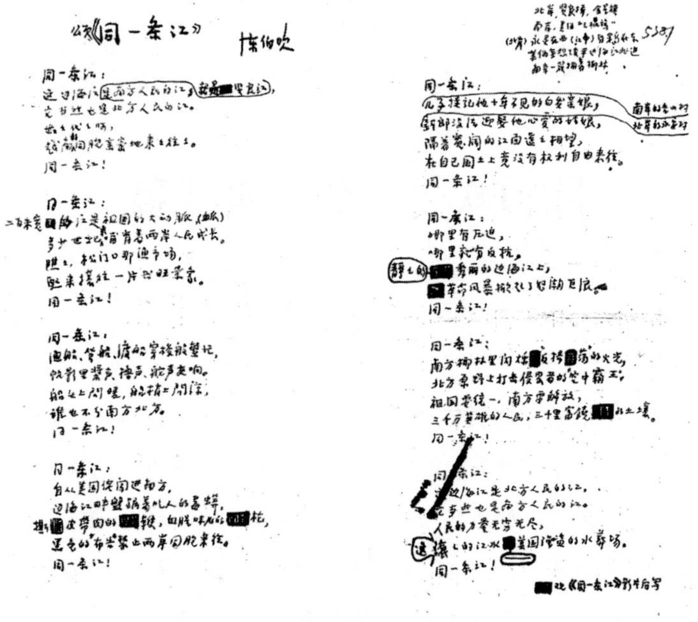

陈伯吹先生手稿

的当天，因为政府签订的军事条款，边海江成为越南北部与南部的临时分界线，两岸人民被边海江分开了。政府封锁了江口，禁止两岸人民往来。阿运和小怀忍受着思念之苦，克服种种困难，在乡亲们的帮助下，逃过了当局的监控，最终走到了一起。影片从一对恋人的小视角，反映了政治事件对百姓生活的重大影响，具有一定的艺术性。

陈伯吹先生的这页诗稿，是观看影片《同一条江》后写下的感受，时间应该也是1960年，题目就叫《颂〈同一条江〉》，全文如下：

同一条江：
这边海江就是贤良江，是南方人民的江，
它当然也是北方人民的江。
世世代代啊，
越南的同胞亲密地来来往往。
同一条江！

同一条江：
二百米宽的江是祖国的大动脉，
多少世纪来哺育着两岸人民成长。
瞧瞧，松门口那鱼市场，
熙来攘往一片兴旺景象。
同一条江！

同一条江：
渔船、货船、渡船穿梭般繁忙，
帆影里桨声、橹声、舵声交响。
船头上问暖，船艄上问凉，
谁也不分南方北方。
同一条江！

同一条江：
自从美国佬闯进南方，

边海江畔盘踞着吃人的毒蟒，
撕皮带肉的鞭，血腥味儿的枪，
黑色的“布告”禁止两岸同胞来往。
同一条江！

同一条江：
南岸的吉山村，儿子挂记他十年不见的白发亲娘，
北岸的永安村，新郎没法迎娶她心爱的姑娘，
隔着宽阔的江面遥遥相望，
在自己国土上竟没有权利自由来往。
同一条江！

同一条江：
哪里有压迫，
哪里就有反抗，
静静的秀丽的边海江上，
革命风暴掀起了怒潮巨浪。
同一条江！

同一条江：
南方椰林里闪烁“反扫荡”的火光，
北方原野上打击侵略者的“空中霸王”。
祖国要统一，南方要解放，

三千万英雄的人民，三千里富饶的土壤。
同一条江！

同一条江：
这边海江是北方人民的江，
它当然也是南方人民的江。
人民的力量无穷无尽，
这滚滚的江水——美国强盗的水葬场。
同一条江！

（观《同一条江》影片后写）

这首诗从格式上来看，写得很工整，内容也直白易懂，从手迹来看，陈伯吹先生修改过一稿，但不知当年他是否给报纸或杂志投过稿，从目前我所见到的资料来看，并未见到这首诗公开发表过，四卷本《陈伯吹文集》也没有收入，不知是因为写完后忘记了还是因为陈伯吹先生本人对这首诗的内容及艺术质量不满意，我将这首诗抄录在这里，也算给研究陈伯吹生平著述的专业人士提供一点未刊资料。

郭汉城先生的诗词手稿

今年已经103岁高龄的郭汉城先生，是我国著名的戏剧理论家。他1917年9月生于浙江萧山，新中国成立后曾任中国艺术研究院副院长、中国戏剧家协会副主席、《中国戏剧》主编等职，他和张庚先生一起主编的《中国戏曲通史》《中国戏曲通论》，是该领域的权威理论著作，他担任总主编的《中国戏曲经典》《中国戏曲精品》，也在业内影响很大。几十年来，他和张庚先生培养了一大批戏剧研究的中坚力量，形成了较为完善的戏剧理论体系，被人称为“前海学派”。

郭先生不仅研究戏剧，他在旧体诗词创作上也造诣颇深，自上世纪80年代以来，他陆续创作了三百多首诗词，集为《淡渍诗词钞》等出版。在90岁那年，他写了一首《白日苦短行》，开头两句就是“偶入红尘里，诗戏结为盟”，说明他此生除了热爱戏曲以外，最重要的爱好就是诗词创作了。著名文艺理论家王朝闻认为，郭汉城先生的诗词创作既有“赤子之心”，又有“阅世之深”，实在难得。

一次偶然的机缘，我收藏了郭汉城先生的两页诗词手稿，是写于1980年的一首词，题目是《念奴娇·赠参加全国戏曲剧目会议诸旧友》，写在山西省临汾蒲剧院的方格稿纸背面，并钤有郭先生印章。全词内容如下：

十年困厄，
弹指间，
相见何须泪落。
笑视鬓丝相掩映，
眉宇豪情似昨。
野火烧荣，
终风劫挺，
回首地天阔。
蚁虫狐鼠，
还他史镜无讹。

上京佳气正浓，
恰宜人时令，
繁花竟色。
绿怨红啼，
最爱他，
今古英雄热血。
不悔头颅，
但平生故我，

任谁评说！

苍黄何惧，

与君期不移辙！

会上有某权威全部否定戏曲，谓戏曲为“宣扬封建之渠道”。

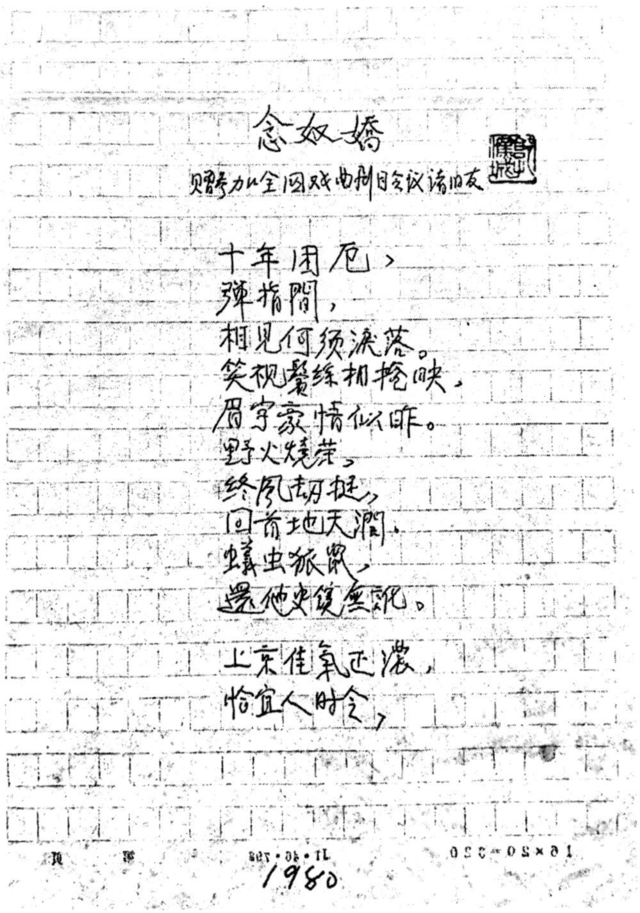
念奴娇

赠参加全国戏曲剧目会议诸旧友

十年困厄，
弹指间，
相见何须泪落。
笑视鬓丝相掩映，
眉宇豪情似昨。
野火烧荒，
终风劫挺，
回首地天阔。
蠹虫旅鼠，
还他史笔无讹。

上京佳气正浓，
恰宜人时令，

1980

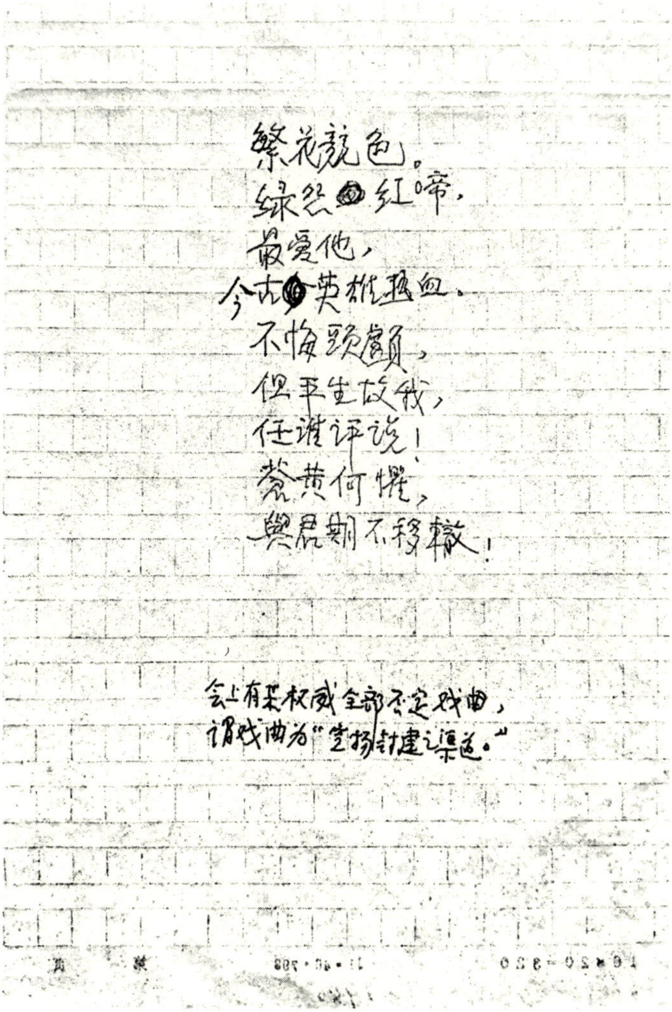
繁花競色。
绿丝红啼，
最爱他，
今古英雄热血。
不悔头颅，
但平生故我，
任谁评说！
苍黄何惧，
與君期不移轍！

会上有某权威全部否定戏曲，
谓戏曲为"宣扬封建迷信。"

郭汉城先生手稿

这首词，感叹“文革”十年耗费了大好时光，但大浪淘沙，历史严明，蚁虫狐鼠之辈都已烟消云散，大丈夫仍然保持当年的豪情热血，在这风景宜人的时候与老朋友相聚京城，畅谈感想，不在乎别人说什么，相信自己走的路没有错，对自己坚持的志向终生不悔。这表达了郭汉城先生对自己戏曲观点的坚守，体现了时不我待抓紧做事的决心，更是对称戏曲为“宣扬封建之渠道”的论调的一种严肃回应。

为了找到这首词的正式发表版本，我找出四卷本《郭汉城文集》（2004 年 10 月中国戏剧出版社出版），在第三卷第 66 页，我发现了这首词，和这份手稿相比，有两处不同，一是题目简化了，由“赠参加全国戏曲剧目会议诸旧友”改为“赠旧友”，二是正文后面的说明更加详细了，改为“1980 年文化部召开全国戏曲剧目工作会议。会上某学术权威指责戏曲是‘传播封建的渠道’，应由话剧取代。戏曲艺术经‘四人帮’的摧残，已满目疮痍，凋零不堪。不想‘四人帮’粉碎以后，又听到这种全盘否定戏曲的言论，不啻一声警钟，作此自励兼与友共勉。”由此可以看出，郭先生对大会上“某学术权威”的这种论断是颇为反感的。

先生说的这次大会，是 1980 年 7 月在北京召开的戏曲剧目工作座谈会，此次会议由中国剧协、文化部艺术局和中国艺术研究院戏曲研究所联合主办，周扬、张庚等领导、专家以及各省区市戏剧界代表共二百余人参会。这次会议，对新中国成立以来戏曲工作的丰富经验作了认真总结，对新的历史时期戏曲工作中出现的新问题、新要求，作了深入探讨。1982 年 10 月由中国戏剧出版社出版的《戏曲剧目工作座谈会文集》，收录了此次与会同志的四十多篇发言和论文，我从中找到了郭先生所说的“某学术权威”指责戏曲是“传播封建的渠道”那篇文章，即著名历史学家、中国社科院研究员黎澍的《封建残余影响与旧剧》一文。

黎文认为，“旧戏的思想内容到底是什么？想来想去，大量的戏，都好像或多或少地同封建主义牵连着”，“旧剧后继无人，剧目大量失传；知音不多，甚至真正懂得的人也日见其少。内容和形式都已陈旧和僵化，跟青年人的思想感情，格格不入。现在看来，甚至还可以认为是一个继续传播封建意识的渠道。”他在文中列举了《拾玉镯》《失街亭》《空城计》《打渔杀家》等剧目，证明许多戏词都保留着浓厚的封建意识，对此，他提出的解决办法是，“继承‘五四’以来发展话剧和新歌剧的传统，培养新的剧作家和演员”，“要使戏剧真的出新，应当把发展话剧和新歌剧当作主要工作。”

在这次会议上，郭汉城先生发言的题目是《戏曲推陈出新的三个问题》，一是要正确掌握区别传统剧目精华与糟粕的标准，二是传统剧目、新编历史剧的古为今用，三是戏曲表现现代生活是推陈出新的主要课题。在第一个问题中，他重点探讨了旧戏的封建道德问题，郭先生认为，在衡量戏曲遗产的时候，不能用某条标准简单去套，要采取科学的态度，作慎重、细心的分析，他从三个层次来证明，旧戏虽然描写封建社会的生活，但并不等于宣扬封建道德。首先，要把传统剧目中宣扬封建道德，与古代人民使用封建道德的语言加以区别，比如，古代劳动人民也说孝，但劳动人民所说的孝，不是“父要子亡，子不得不亡”的愚孝，而是作为社会、家庭的义务，子女对年老的父母有奉养的责任。其次，要把人物行为和道德观念加以区别，人的行动有时候不是按照他们信奉的道德观念，而是由客观斗争形势和利害关系决定，往往和他们信奉的道德观念相违背，比如杨广“弑父弑君”，就并没有遵从封建道德，比如《打金枝》中郭子仪绑子上殿，并非因为忠君思想。最后，要把人物的思想和作品的思想加以区别，封建时代的人有封建思想，这是客观存在的事实，但作品中的人物有封建思想，不等于剧作家歌颂封建思想，作家的思想可能和人物的思想相同，也可能不同，可能是歌颂的，也可能是批判的，要从作品整体上去看，不能用简单化的办法，只看某个情节，某个片段，某句语言，就来断定作品好坏。郭汉城先生对这个问题的分析有理有据，让人信服。

古语说仁者寿，汉城先生已寿高103岁，可喜的是，前段时间还看到他和薛若琳先生等老朋友在酒馆小聚饮酒的照片，精神矍铄，面色红润，这真是戏剧界的幸事，愿先生茶寿可期，学术生命常青。

从吕剑手札追寻《诗刊》往事

近日购买到诗人吕剑签赠友人的一本《诗与诗人》（花城出版社1985年3月出版），收录吕剑谈论诗歌的文章62篇。在翻阅本书时，发现在《关于毛主席复〈诗刊〉的信答钱仲慈》一文后面，有吕剑手札一页，用胶水粘在书上，从内容来看，是对这篇文章的进一步说明，供受赠人参阅了解。

先来看看书中这篇文章，缘起是一位叫钱仲慈的人给吕剑来信，此信写于1977年5月16日，信中提到，1976年12月6日，《诗刊》社举行座谈会，纪念毛主席《关于诗的一封信》发表二十周年，根据会后的《座谈会纪要》，臧克家在发言中谈及毛主席给《诗刊》写信，以及建议毛主席修改诗词中个别字句的经过。对于臧克家的这段发言，这位叫钱仲慈的同志产生了疑虑，所以他给当年一起经历过这段历史的当事人吕剑写信求证，信中说：

> 在发表于另外一个地方的文章里，臧克家同志还写了与上述发言大体相同的一段话，而且还

说，他曾建议毛主席修改哪一个字，等等。但如果根据毛主席的复信和臧克家同志写的《在毛主席那里作客》一诗对照，则其中经过似有出入。是不是臧克家同志记错了？还是别有缘故？记得你也是当事人之一，事关史实，能不能拨冗见告一二，以消解我的疑问？

资料显示，那次座谈会于1976年12月6日下午召开，臧克家、赵朴初、冯至、贺敬之、李瑛、谢冕等参加。1977年第1期的《诗刊》发表了《欣慰的纪念 巨大的鼓舞——纪念毛主席〈关于诗的一封信〉发表二十周年座谈会纪要》，其中有臧克家的发言摘要，让钱仲慈产生疑虑的臧克家的两段话分别是：

毛主席给《诗刊》的这封信，是一九五七年一月十二日发出的，头两天，毛主席召见了我，长谈两小时，内容大半是关于诗歌的。当毛主席从我的报告中知道《诗刊》就要创刊时，表示高兴。毛主席提到他最近写了一些东西，《文汇报》想要去发表，我恳请“就给《诗刊》发表吧”。毛主席仰了仰头，似乎在作决定，然后说，好吧，就给你们。这不仅是对《诗刊》，而且是对诗歌创作的一个多么令人激奋的支持力量啊！回头，我们给毛主席写了信，附上传抄的毛主席的一些诗词，毛主席马上回了这封信，并在抄稿上亲笔改正了几个错字。

毛主席不耻下问。见面的时候，我请教毛主席"原驰腊象"的"腊"字应该怎么讲？毛主席马上和蔼地反问，你看应该怎样？我说如果作"蜡"比较好讲，"蜡象"正可与上面的"银蛇"映对。毛主席点头说好，你替我改过来吧。

根据上面臧克家的发言，可以获知以下信息：

一是事件的发生顺序：1957 年 1 月 10 日左右（1 月 12 日头两天），毛主席召见臧克家谈诗，臧克家当面向毛主席约稿，主席同意；臧克家回来后，由《诗刊》编辑部给毛主席写约稿信，并附上抄写的毛主席诗词；1957 年 1 月 12 日毛主席给《诗刊》编辑部回信，并在所抄诗稿上亲笔改了几个错字。

二是将"原驰腊象"改为"原驰蜡象"：臧克家的回忆是，自己当面向毛主席建议修改这个字，毛主席应允。

钱仲慈为什么对臧克家的上述发言产生疑问呢？因为对照毛主席给臧克家和《诗刊》的回信，时间上有出入，毛主席 1957 年 1 月 12 日在信中说："克家同志和各位同志：惠书早已收到，迟复为歉！"这说明，《诗刊》编辑部给毛主席的约稿信，应该是远远早于 1957 年 1 月 12 日，而臧克家的回忆，则是毛主席召见他（1 月 12 日头两天）之后，

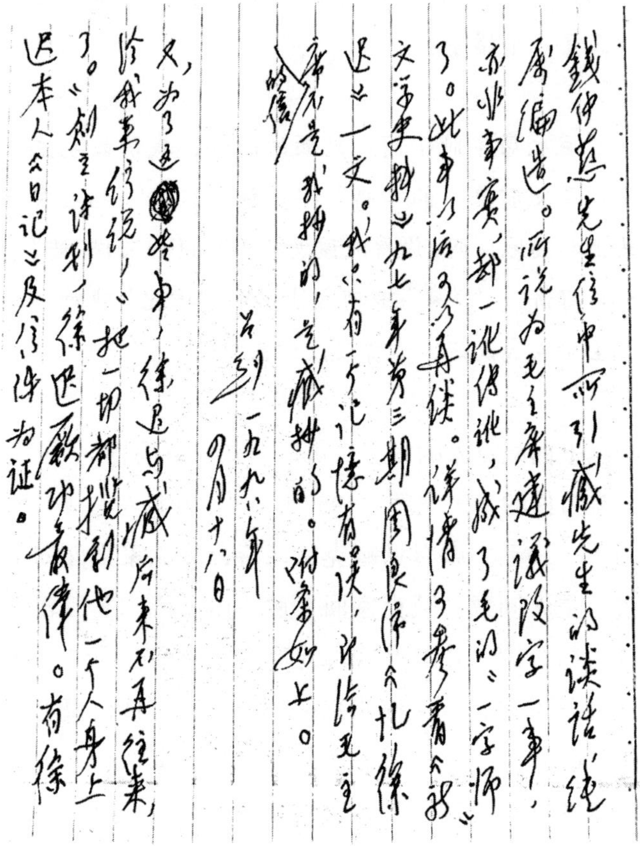

钱仲慈先生信中所引臧先生的谈话，纯属编造。所说为毛主席建议改字一事，亦非事实，却以讹传讹，成了毛的"一字师"了。此事以后又会再谈。详情可参看《新文学史料》九七年第三期周良沛《九条迟之一文。我亦有一个记忆有误，以为毛主席的信不是我抄的，是臧抄的。附告如上。

吕剑 一九九八年 四月十八日

又，为了这件事，徐迟与臧后来不再往来，给我来信说，"把一切都推到他一个人身上了。""刻主诗刊，徐迟严守纪律。"有徐迟本人当日记之及信件为证。

吕剑先生手札

《诗刊》编辑部才给毛主席写的约稿信，钱仲慈给吕剑来信，主要是请教当时的真实情况如何。

对于钱仲慈的疑问，吕剑根据自己的记忆，于当年（1977年）6月21日回信作答，即书中收录的《关于毛主席复〈诗刊〉的信答钱仲慈》这篇文章，内容主要有以下几点：

一是 1956 年秋冬，《诗刊》酝酿创刊期间，徐迟同志倡议，给毛主席写封信，要求首先发表他的诗词。信由徐迟斟酌起草，臧克家命吕剑以毛笔小楷誊清，全体编委一一列名于后，约在 1956 年 12 月中旬或下旬发出。毛主席于 1957 年 1 月 12 日派中央办公厅工作人员与《诗刊》电话联系，把回信送到编辑部，并由《诗刊》编辑部抄写的八首诗词扩展到十八首。

二是毛主席答复《诗刊》编委会之后不久，又叫人打电话给《人民日报》，约臧克家、袁水拍二人到中南海谈话。臧克家于 1 月 21 日写出了诗歌《在毛主席那里作客》，纪念这次会见。

三是明确整个过程的顺序是：编委会写信给毛主席建议发表他的诗词并得到他的复信在前，而臧克家等二人被接见则在后。

吕剑晚年的文章中，对这段史实的回忆，承认个别地方自己记错了，主要针对上面第一条有所修改，认为是冯至首先跟徐迟建议，最好先发表毛主席的诗词，另外，《诗刊》编辑部给毛主席的信，是由徐迟起草，臧克家审阅后亲自以毛笔小楷誊清的，不是吕剑所写。其他事情仍然坚持原来的看法（《〈诗刊〉创刊前后》，《新文学史料》2010 年第 1 期）。至于将毛主席诗词中“原驰腊象”改为“原驰蜡象”是否臧克家亲为，吕剑在这封回复钱仲慈的信中并未提及。

那么，问题来了，到底是如臧克家所说，毛主席先召见臧克家谈诗，然后《诗刊》编委会写信向主席约稿呢，还是如吕剑所言，《诗刊》编委会先写信给毛主席建议发表他的诗词并得到他的复信，而后毛主席才召见臧克家等二人？

关于此事的回忆，臧克家在《诗刊》1982 年第 4 期又发表了《〈诗刊〉诞生二三事》，在这篇文章中，臧克家与自己之前在座谈会上的发言有所不同，兹录如下：

> 第二年（1957 年，笔者注）1 月 14 号，毛主席要袁水拍同志约我去谈谈。国家大事、文艺问题，在颐年堂里整整谈了两个小时。
>
> 我们和毛主席谈话时，他老人家亲切地对我们闲聊，说：我手头有几首诗词，《文汇报》向我索稿，我正在考虑给他们，正好你们的信来了，我一考虑，就给你们吧。

在这篇文章中，臧克家将事件顺序重新确定为：《诗刊》编委会先给毛主席写了约稿信，然后毛主席于 1 月 14 日会见了臧克家和袁水拍。另外，在另一位当事人徐迟写的回忆文章《庆祝〈诗刊〉二十五周年》中，也证实了《诗刊》编委会给毛主席写约稿信是在 1956 年年底，主席回信是 1957 年 1 月 12 日。中央文献出版社出版的七卷本《毛泽东年谱》明确记载：1957 年 1 月 12 日，复信臧克家等，1 月

14 日下午，同臧克家、袁水拍谈诗歌创作问题。这就说明，关于这个时间顺序的记忆，吕剑是正确的。我推测，那份《座谈会纪要》应该是与会工作人员会后整理有误，或者臧克家口头表述有误，其中“头两天”的表述，应该为“两天后”，这样时间上就能对照起来了，1 月 12 日毛主席给臧克家和《诗刊》回信，1 月 14 日毛主席接见了臧克家。再进一步讲，《座谈会纪要》中，臧克家说毛主席接见他时，他亲自当面向毛主席约稿，这也不能成立了，因为毛主席接见他时，已经给《诗刊》编委会回信同意在《诗刊》发表自己的诗词，并将十八首诗词寄来，臧克家不需要再提约稿之事了。综上所述，关于此事发生的顺序，应以吕剑《关于毛主席复〈诗刊〉的信答钱仲慈》为准，《座谈会纪要》中臧克家的发言，确有史实错误。

下面再来说说“原驰腊象”改为“原驰蜡象”的事。

臧克家在《〈诗刊〉诞生二三事》中提到了自己所经历的事情经过：

> 谈话中，涉及毛主席《沁园春·雪》这首词的时候，我问他：“原驰腊象”的“腊”字怎么讲？各人的讲法不同。毛主席听了我的话，谦逊而又有点疑问地问我：你看应该怎么讲？我说：“腊”字，不好讲。改成“蜡”字就好了。“蜡象”与上句“银蛇”正好相对。毛主席应声答道：那你就给我改过来吧。我回来对编辑部同志们说了，

但创刊号上并没有改过来。

臧克家关于这件事的回忆，与1977年12月他在纪念毛主席《关于诗的一封信》发表二十周年座谈会上的发言没有什么变化。但是，却与吕剑另一篇文章中关于此事的回忆，又有很大差别。吕剑在发表的《关于与钱仲慈的通信答子张》（《新文学史料》2010年第1期）中写道：

> 我看初稿（系抄件）时，认为“腊象”可能是笔误，应为“蜡象”，即蜡烛的蜡，不应是“腊月”的“腊”。我立即把此意见向徐、臧提出，他们均同意，乃与中央办公室联系，征求了毛主席的意见，订为“蜡象”。——因此，这是编辑部的意见，不想后来却有人为文，竟把臧克家尊为毛主席的“一字师”了。

另外，我在本文开头曾提到，吕剑赠友人《诗与诗人》中所夹的一页手札，也是专门谈这件事，全文如下：

> 钱仲慈先生信中所引臧先生的谈话，纯属编造。所说为毛主席建议改字一事，亦非事实，却一（以）讹传讹，成了毛的“一字师”了。此事以后可以再谈。详情可参看《新文学史料》九七年第三期周良沛《忆徐迟》一文。我只有一个记

忆有误，即给毛主席的信不是我抄的，是臧抄的。附条如上。吕剑 一九九八年四月十八日。

又，为了这些事，徐迟与臧后来不再往来，给我来信说，“把一切都揽到他一个人身上了。”创立《诗刊》，徐迟厥功最伟。有徐迟本人《日记》及信件为证。

对于此事，臧克家与吕剑的回忆，最主要的分歧点在于是谁先提出了这个修改建议。臧克家记得是自己当面向毛主席提出建议，将《沁园春·雪》中“腊象”改为“蜡象”，而吕剑的回忆是，他先发现“腊象”可能是笔误，然后向徐迟、臧克家提出修改建议，编委会请示毛主席后，同意将“腊象”改为“蜡象”。

只看二人的文章，并无法判断事实真相，于是按图索骥，先找到吕剑提到的周良沛《忆徐迟》一文，这篇文章发表在1997年第3期《新文学史料》上，文章题目是《想徐迟·忆徐迟》，关于为毛主席诗词改字一事，文中写道：

诗词是抄件，主席还在抄件上改订和校正了几个字。可是，吕剑看着《咏雪》的抄件中“原驰腊象”之“腊”字，提出怕是“蜡”字的抄误……但对主席诗词的抄件，提出这个字的可能抄误，肯定是更费了一番思考。经过大家一番斟酌，然后打了电话去，再经老人家同意，又改了过来。

吕剑在信札中赞同周良沛的文章，也就是说，他也认为是自己首先发现了毛主席诗词抄件中“原驰腊象”的“腊”字之误，和编辑部同事商量，又请示毛主席后，将“腊”改为了“蜡”。

对于此事，各方都是一家之言，现场见证者，在世的已经不多了，《诗刊》老编辑白婉清在2010年第4期《新文学史料》发表了《〈诗刊〉忆旧》一文，对吕剑和周良沛的回忆文章提出了不同意见，她的回忆是：

> 这两段话讲的情况（指上文周、吕关于此事的回忆），据我亲身经历，不仅完全不是事实，而且真实情况恰好相反。真实情况是，如克家同志早在他的诸多回忆文章里都谈过的，是他在主席召见时当面提出“腊”字似应改为“蜡”，经毛主席同意的（时间为1957年1月14日）。而在《诗刊》创刊号即将发表这首词时，恰恰出现了与周、吕二位所述相反的情况：克家同志从主席处回来后，曾立即向吕剑等人传达了主席对这个字的修改意见，叮嘱发表时一定改过来。……而当时身为编辑部主任的吕剑却忽略了此事，结果刊物印出来时仍是“腊”字。虽然我到诗刊社时创刊号刚刚出版，但我仍亲见克家同志在编辑部曾几次不满地批评这件事，给我留下了深刻印象。

白婉清的回忆文章，是支持臧克家的观点的，但也有自相矛盾之处，白自己说“我到诗刊社时创刊号刚刚出版”，这说明创刊号出版前发生的事，包括给毛主席写约稿信、主席回信并召见臧克家、将“腊”字修改为“蜡”等，白婉清本人并未“亲身经历”，也只是到编辑部后听说而已。与臧克家、吕剑、白婉清一起工作过的《诗刊》另一位老编辑刘钦贤，曾撰写回忆文章《一切美丽都从诗开始——回忆〈诗刊〉初创二三事》（《诗刊》1997年第4期），但并未提及为毛主席诗词改字一事。

如果吕剑所说属实，那应该在《诗刊》创刊号于1957年1月25日正式出版之前，将“腊”字修改过来，但等到出刊时，《沁园春·雪》中仍然是“原驰腊象”，不知是何缘故。

上世纪80年代初，吕剑和徐迟曾就《诗刊》初创时的往事通信探讨，在《吕剑诗文别集》（南京师范大学出版社2009年8月出版）中，收录了吕剑致徐迟的几封信，其中即有他向徐迟求证自己和臧克家回忆正误的内容：

> 克家文中所谈种种，可能记忆有误，也可能出于别的用意。类似这样的事情，如果想到事先问问老战友，也是不无裨益的。当然现在和克家再谈起这件事，也未必有多大意义。
>
> （1982年3月4日致徐迟）

关于“原驰蜡象”，毛主席附来的抄件上为“原驰腊象”，当时我们在编辑部看了，觉得还是“蜡象”好，“腊象”二字或系抄误。因为我也有一篇关于《诗刊》创刊的回忆文章，为了慎重，一直没有拿出去，看了克家同志一文，恐我的文章有误，甚感不安。切盼将你所记得的如实赐告，帮助我据以核实。谢谢！握手！

（1982年4月16日致徐迟）

你居然为此认真地查了旧时《日记》，借以证实了我的记忆，帮助我核实了我的关于《诗刊》的回忆文章，非常感谢，惟此事也就到此为止吧，将来有必要时再说如何？

（1982年5月10日致徐迟）

从吕剑书信来看，徐迟的日记证实了他的记忆是正确的，但令人惋惜的是，该书中并未收录徐迟的回信，迄今为止，徐迟的书信和日记也并未公开出版，难以查阅。我也未从其他地方再寻找到关于此事的切实证据，能够证明臧、吕何人所说属实，成为文坛一桩悬而未决的公案。我觉得，在臧克家致友人的信札中，吕剑致徐迟、子张等友人的信札中，肯定还有很多尚未披露的细节。

至于此事为何众说纷纭，我认为，吕剑信札中所说的一句话值得注意，即“功劳都揽到他一个人身上了”。在那个年代，向毛主席约稿，修改毛主席诗词并得到主席认可，这是一种莫大的荣耀，既表明与最高领袖之间存在友谊，又能成为避免受到政治运动冲击的护身符，所以，“功劳”归集体还是归个人，归你还是归我，非常重要。

我写此文，只是根据自己掌握的材料，就此事做一番简要的梳理回顾。期待能有人以确凿的证据，撰文澄清这个史实。

张岂之先生的一封信

张岂之先生是我国著名历史学家、思想史家，他 1927 年生于江苏南通，1950 年毕业于北京大学哲学系，曾任西北大学校长、清华大学中国思想文化研究所所长，由他主编的《中国思想史》《宋明理学史》在学界影响很大。

2006 年 11 月中旬，那时我还在青岛大学中文系读书，文学院院长徐宏力教授邀请八十高龄的张岂之先生来校出席中国文化论坛，并在国际学术交流中心做了一场关于儒学的讲座，我在现场聆听，获益匪浅。讲座结束后，先生留下了自己的通讯地址，说有什么问题可以给他写信，他是学界的资深前辈，但对青年学子如此谦和，让我有如沐春风之感。

先生离开青岛后，他那富有思想的话语依然时时萦绕在我的耳畔，正好那段时间我刚选择了专业（由文学院大班分为中文、新闻、文秘、广告四个小班），面对未来是考研还是就业，心里没有底，于是想给先生写信，将自己的困惑向先生倾诉，以求指点迷津。当年 11 月 23 日，我给先生写了一封信，大约五六页纸，记的内容主要是表达对社会问题的不满，批判老师讲课枯燥乏味、关心学生不够等，充满了年轻人的叛逆和稚气。信写好后，附上了一张我和先生当时的合影，寄到清华大学大学生文化素质教育基地转张岂之先生收。我知道先生很忙，年龄又大了，所以信寄出后，觉得在信中倾诉完了也就可以了，并没有奢望先生能给一个只有一面之缘的学生回信。没有想到的是，一个多月后，班长交给我一封信，信封上的落款是“清华大学 张”，我一看便万分激动，知道是先生给我回信了，急不可耐地拆开信封，看到先生给我写了满满两页纸，是写在西北大学中国思想文化研究所的方格稿纸上。回信内容如下：

吕震同学：

你11月23日给我的信，我前天才看到，我出差去外地，刚刚返回北京。照片随函收到。

你信中所谈的问题也是大学生们共同的问题。你们所看到的现实社会，大都是弊端，这可能不太全面。像我这样年龄的人，我们既看到现实社会的进步，也看到一些弊端，因为我们能够将今天与昨天及前天相比，而年轻朋友对昨天和前天并没有亲身的体验，因而看到今天的光明面就会要少一些了。社会在进步发展，现有的一些弊端在将来可以纠正，但是，这些纠正了，又会有新

西北大学中国思想文化研究所专用稿纸　　本文共　页本页为第 1 页

吕霖同学：

你11月23日给我的信，我前天才看到，我出差去外地，刚刚返回北京。现信随意地说。

你信中所谈的问题也是大学生们共同的问题。你们所看到的现实社会，大都是弊端，这可能不太全面。像我这样年龄的人，我们既看到现实社会的进步，也看到一些弊端，因为我们能够将今天与昨天及前天相比，而年轻朋友对昨天和前天并没有亲身的体验，因而看到今天的丑恶面就会要多一些了。社会在进步、发展，旧有的一些弊端在将来可以消除，但是，这些消除了，又会有新的弊端，一个绝对完美的世界是不会有的。

在你这样的年龄段，应当把主要的精力放在学习之和自身的提高上。在社会竞争相当剧烈的条件下，一个人如果没有相当高的技能，要找工作，那是很难的。有机会进入大学学习，学好为社会服务的本领，也为自己的前途打下

20×18=360

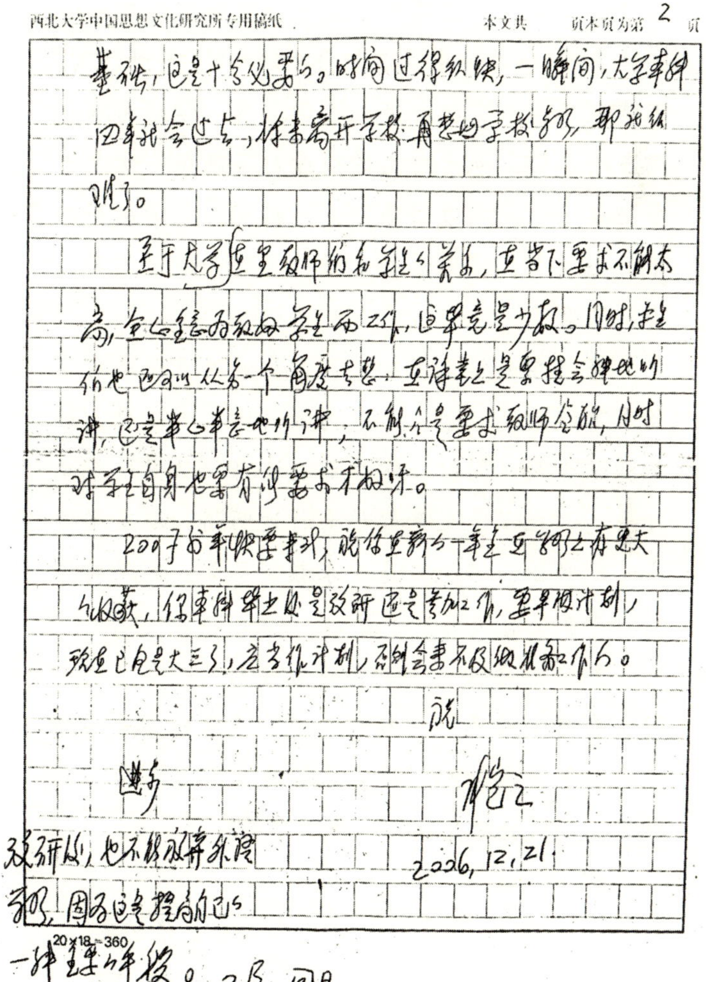

西北大学中国思想文化研究所专用稿纸　本文共　页本页为第 2 页

基础，这是十分必要的。时间过得很快，一瞬间，大学本科四年就会过去，你未离开学校再想回学校就，那就很难了。

至于大学里教师们和学生的关系，当前不要求不能太高，全心全意为教学生而工作，这是完全必要的。同时，学生们也应当从另一个角度去想：互相尊重，是要提倡和继续的讲，这是本人本来也所讲，不能只是要求教师全能，同时对学生自身也要有些要求才相宜。

2007年新年快要来到，祝你在新的一年里，在学习上有更大的收获，你本科毕业后是考研还是参加工作，要早做计划，现在已是大三了，应当作计划，否则会来不及做好准备工作的。

祝

进步

张岂之

2006，12，21

考研的，也不能放弃外语的学习，因为这是提高自己的一种重要手段。又及　同日

20×18=360

张岂之先生致作者信札

的弊端，一个绝对光明的世界是不会有的。

在你这样的年龄段，应当把主要的精力放在学习上和自身的提高上。在社会竞争相当剧烈的条件下，一个人如果没有相当高的技能，要站住脚，那是很难的。有机会进入大学学习，学好为社会服务的本领，也为自己的前途打下基础，这是十分必要的。时间过得很快，一瞬间，大学本科四年就会过去，将来离开学校，再想回学校学习，那就很难了。

至于在大学里教师们和学生的关系，在当下要求不能太高，全心全意为教好学生而工作，这毕竟是少数。同时，学生们也还可以从另一个角度去想：在课堂上是聚精会神地听讲，还是半心半意地听讲，不能只是要求教师尽职，同时对学生自身也要有所要求才好呀。

2007新年快要来到，祝你在新的一年里在学习上有更大收获，你本科毕业后是考研还是参加工作，要早做计划，现在已经是大三了，应当做计划，否则会来不及做准备工作的。

祝 进步

张岂之

2006. 12. 21

考研后，也不能放弃外语学习，因为这是提

高自己的一种主要的手段。又及，同日。

先生在信中耐心帮我释疑解惑，传授给我几条重要的人生经验：

一是用历史的、发展的、比较的眼光看问题。先生将今天与昨天相比较，将新社会与旧社会相比较，这是一个历史学家的思维方式，但恰恰是涉世未深的年轻人所缺少的一种世界观。社会的发展趋势是前进的，在这路途上，难免会有一些这样那样的问题出现，东西方都是如此。只有经过时间和空间的比较，才能更加客观理性地认识历史和社会，才能不剑走偏锋，看到黑暗的同时也看取光明，感到失望的同时也满含希望。另外，我也深深地记住了先生的话——“一个绝对光明的世界是不会有的。”

二是用将心比心的态度看待人际关系。先生信中谈的是师生关系，学生希望老师全心全意地传道授业解惑，老师也希望学生能够聚精会神地听讲，认认真真地读书。学生如果自己对学业三心二意，有什么理由要求老师们尽职尽责呢？对此，我也曾做过深刻反思，在大学里，我还算学习认真的学生，但偶尔也会有逃课或听课不认真的行为，许多同学一个学期也上不了几次课，同学们确实是对老师要求过高对自己要求太低了。任何事情都是双方面或多方面的，只责人不责己，很难有所提高。从师生关系拓展到亲人、朋友、同事的关系，何尝不是一样将心比心呢？

三是努力练就立足社会服务社会的本领。大学和研究生阶段如果不打下坚实的基础，在竞争激烈的社会环境中确实难以立足。我本科毕业后又考取了山东大学的研究生，培养了读书的兴趣和写作的能力，英语也过了六级。现在所从事的工作依然和文艺相关，闲暇之时，我时时督促自己坚持读书学习，提高本领，以求能够更好地发挥作用，为社会进步尽绵薄之力。

后来我又注意到，西北大学中国思想文化研究所曾编辑出版了一本《张岂之教授与研究生论学书信选》（陕西人民出版社 2007 年 6 月出版），收录了先生与自己的博士生论学的部分书信。先生在书后感言中说："书信这种方式，用来谈学术问题，是再合适不过的了。可以谈得自由，无拘无束，而且易于引起收信人的注意。对于收信人，还有一种作用，就是亲近感，有助于对问题的思考和交流。……信笺上的字是一笔一画写出的，贯注了写信人的思想感情，见其信如见其人。"

翻阅该书所收信函，感受着一颗师者的博爱之心，我再次受到触动。先生给彭国兴博士去信，叮嘱他加强英语学习，给周溯源博士去信，提醒他既要惜时如金，又不能过于劳累，给宋玉波博士去信，督促他写文章要有严密的推理和深刻的思想，不能华而不实，给西北大学党委书记李军锋去信，建议他加强学校绿化，给学生宿舍安装电扇，提高食堂饭菜质量。从这本书中能够感受到先生对学生的拳拳之心、殷殷之情，他不但是一位令人敬仰的学者，是一位资深教育家，对他的学生而言，更像是一位严格的父亲。

先生曾写过一篇《谈“学术生命”》的小文，文中说：

生老病死，从人的生理规则来说是不可抗拒的，任何人都逃脱不了它们的制约。但是一生不离高尚的理想，为真理而孜孜不倦地探求，学术工作者尽可能地保持青春的活力，这在一定的条件下是可以做到的。这不需要服用门类繁多的补脑液，不需要成天躺在床上休息，更不需要饱食终日，无所用心，其秘诀在于用脑，用脑再用脑；学习再学习；提高再提高；思考再思考；简朴再简朴。

先生今年已93岁高龄，但依然能在一些重要的学术会议上看到他的身影，在一些学术刊物上看到他的名字，正因为他挚爱着学术事业，挚爱着他的学生，才实现了学术生命常青。

蔡仪致钱中文信札释读

蔡仪是我国著名美学家，1906 年生于湖南攸县，1925 年考入北京大学文学系，后到日本留学，毕业于东京高等师范和九州帝国大学。新中国成立后曾任中央美术学院教授、中国社科院研究员、文艺理论组长，著有《新艺术论》《新美学》《论现实主义问题》等，上世纪 50 年代的全国美学大讨论，他是与朱光潜、李泽厚齐名的美学家，1992 年病逝于北京。

钱中文是著名文艺理论家，1932 年生于江苏无锡，1955 年毕业于中国人民大学俄语系。曾任中国社科院文学研究所研究员、中国中外文艺理论学会会长。著有《果戈理及其讽刺艺术》《现实主义和现代主义》《文学理论流派与民族文化精神》等。

蔡仪写给钱中文的这封信，时间是 1980 年，内容是关于给自己安排学术助手的事，此年蔡仪 74 岁，钱中文 48 岁，钱正担任中国社科院文学研究所文艺理论研究室主任。信札全文如下：

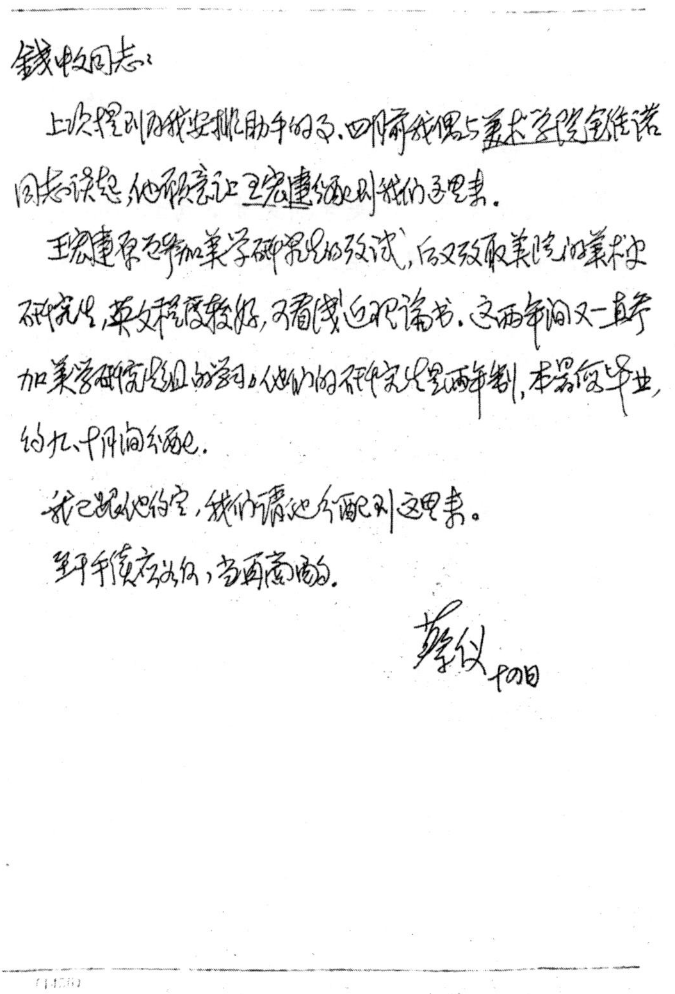

钱中文同志：

上次提到为我安排助手的事，四月前我与美术学院金维诺同志谈起，他愿意让王宏建分配到我们这里来。

王宏建原参加美学研究生的考试，后又考取美院的美术史研究生，英文程度较好，可看浅近理论书。这两年间又一直参加美学研究组的学习，他们的研究生是两年制，本暑假毕业，约九、十月间分配。

我已跟他约定，我们请他分配到这里来。

至于手续方面如何，当再商酌。

蔡仪 十四日

蔡仪致钱中文信札

钱中文同志：

上次提到为我安排助手的事，四月前我偶与美术学院金维诺同志谈起，他愿意让王宏建分配到我们这里来。

王宏建原先参加美学研究生的考试，后又考取美院的美术史研究生，英文程度较好，可看浅近理论书。这两年间又一直参加美学研究生组的学习。他们的研究生是两年制，本暑假毕业，约九、十月间分配。

我已跟他约定，我们请他分配到这里来。

至于手续应如何，当再商酌。

蔡仪　十四日

信中提到的金维诺，是著名美术史家，祖籍湖北鄂州，1924年生于北京，1946年毕业于武昌艺术专科学校，长期从事美术史研究，新中国成立后担任中央美术学院教授，是美术史学科的主要创始人，著有《中国美术史论集》等，2018年病逝。蔡仪写信的这一年，金维诺56岁，正担任中央美术学院美术史系主任。

信中提到的王宏建，是蔡仪和金维诺的学生，1944年生于北京，1966年毕业于新疆大学中文系，1980年毕业于中央美术学院美术史系研究生班。1978年，蔡仪在全国范围内招收了九名美学专业研究生，八位在文学所就读，一位在中央美院就读，中央美院这一位，就是王宏建。两年间，蔡仪一直指导王宏建的学位论文写作，并与金维诺、常任侠、王琦等诸位先生一起，参加了中央美院美术史系首届研究生毕业论文答辩会。由此可知，蔡仪对自己的弟子王宏建是非常熟悉的，信中提到他“英文程度较好”等，是对王宏建的充分认可。据王宏建的文章记载，蔡仪在1992年1月1日的日记中，曾提到希望王宏建能用英文介绍他的“形象思维”的主要论点和唯物主义美感论的主要论点。

蔡仪主动要求王宏建担任自己的学术助手，除了因为王宏建是自己熟悉的学生以外，他和中央美术学院的感情也是不容忽视的。1950年4月，蔡仪调到中央美术学院任教授，老院长徐悲鸿非常信任他，让他担任研究部副主任、副教务长，1953年才离开中央美院，调入文学研究所。蔡仪在中央美院工作期间，曾调集熟悉中国美术的专家学者，编写中国美术史教材，其中就有金维诺，他们二人是几十年的老朋友了。我猜想，当金维诺与蔡仪谈起王宏建毕业后的分配去向时，二人可能一拍即合，认为王宏建分配到中国社科院文学研究所担任蔡仪的助手，是最合适的选择。

收信人钱中文是蔡仪的晚辈，非常尊重蔡仪，也非常认可蔡仪对文学研究所作出的贡献，他曾撰文指出：“蔡仪同志的学风严谨，他的实事求是的治学精神和要求，影响了文学所文艺理论研究室的同志，特别是现在美学小组的一些中年同志，他们从60年代开始，在蔡仪同志的指导下，在原来良好的知识基础上，打下了更为厚实的底子，现在都已成熟，在美学研究中，各自发挥着优势。蔡仪同志也十分重视青年人的培养，70年代末，他在指导研究生方面花了不少心血，亲自为他们开设各种课程，审改作业，这种要求严格、一丝不苟的作风，也鼓励了年轻人，使他们在学业上取得了优秀的成绩，充实了美学研究的力量。”（《读蔡仪主编的〈美学原理〉》）

蔡仪写信的那一年（1980年），中国社科院文学研究所还有一批六七十岁的老专家，他们有丰富的治学经验，但因为身体的原因，需要配备学术助手。和这封信放在一起的，有一份非常珍贵的《文学研究所研究员需配备助手人员名单》，列举了当时配备助手的专家情况，包括研究美学的蔡仪（74岁），助手是王宏建，研究现代文学的唐弢（67岁），助手是张恩和、罗慧生、刘福春，研究古代文学的陈友琴（78岁），助手是王学功，研究古代文学的特约研究员虞愚（71岁），助手是李伊白，还有几位先生提出要求配备助手，但还没有找到合适的人选，包括研究古代文学的吴世昌（72岁），研究元曲的孙楷第（82岁），研究鲁迅的王士菁（62岁），研究当代文学的朱寨（57岁）。根据名单上标注的助手情况来看，有的是研究所内的专业助手，比如唐弢的助手刘福春，但更多的是借调或兼职的，比如张恩和，是从北京师范大学借调到文学所的，罗慧生是从中国电影家协会借调到文学所的，兼职的如王学功是北京昌平钢铁厂的工人，李伊白是北京永定路中学的老师。

蔡仪给钱中文写信提出请王宏建担任自己的学术助手，

但不知何故，王宏建研究生毕业后并未分配到中国社科院文学研究所。资料显示，王宏建毕业后留校任教，先后担任了美术史系副主任、中央美院党委副书记等职。虽然他并未成为蔡仪的专职助手，但相信他依然给予了老师很多帮助。后来他发表了《略论蔡仪的艺术思想》《布衣识高洁 南冠客思深——怀念蔡仪先生兼论他的学术思想》《道德文章 良师益友——金维诺教授七十寿辰暨从事美术教育五十周年》等文章，怀念自己的老师蔡仪和金维诺，并撰写了《六朝绘画思想研究》《艺术的本质与功能》《山水画与自然美》等学术专著，主编了《西方服饰艺术史》《艺术概论》等，在美学研究领域做出了不错的成绩，没有辜负老师们的期望。

陈涌致陈早春信札释读

我收藏的这封陈涌 1994 年写给陈早春的信札，是陈涌向时任人民文学出版社社长陈早春推荐老作家草明自传的出版。陈涌（1919 ~ 2015）是我国著名文艺理论家、中国社会科学院文学研究所研究员，曾任《文艺理论与批评》主编、《文艺报》主编，著有《鲁迅论》《陈涌文学论集》《在新时期面前》等。陈早春（1935 ~ 2018）是著名作家、出版家，曾任人民文学出版社总编辑、社长，著有《冯雪峰评传》等。

草明（1913 ~ 2002）是“左联”和延安时代的女作家，她 1932 年参加中国左翼作家联盟广东分盟，1933 年 8 月与作家欧阳山结为夫妇，之后二人一起到上海并结识鲁迅，在沪期间与鲁迅、许广平夫妇多有交往。1934 年经鲁迅介绍，草明的短篇小说《晚上》在《申报》“自由谈”发表，1935 年 3 月草明被捕后，经鲁迅、茅盾等营救出狱。鲁迅逝世后，草明参加治丧委员会，并做了大量工作。1941 年她奔赴延安，1942 年毛泽东会见欧阳山和草明，征询他们对文艺工作的意见。当年5月，草明现场聆听了毛泽东《在延安文艺座谈会上的讲话》，在那张著名的大合影照片中，第一排毛泽东左侧第二人就是草明。1947年草明到牡丹江镜泊湖水力发电厂体验生活，创作了代表作《原动力》，被誉为“最早一部描写解放了的工人阶级的生活斗争的优秀中篇小说”，后来她又到沈阳皇姑屯铁路工厂体验生活，创作了反映工人大胆革新技术的长篇小说《火车头》。新中国成立后，她到鞍山钢铁公司体验生活，创作了长篇小说《乘风破浪》，到北京第一机床厂深入生活，写出了长篇小说《神州儿女》。她曾担任中国作协理事、东三省作协主席。1992年，六卷本《草明文集》由光明日报出版社出版。草明一生都在锲而不舍地描写工人，并培养了一批工人业余文学创作者。2013年，在草明百年诞辰之际，中国作家协会举行了隆重的座谈会，纪念这位新中国工业文学的拓荒者。

陈涌致陈早春书信原文如下：

早春同志：

有一事草明同志托我转请你予以考虑：

她很久以来便从事自传的写作，说是11月底便可脱稿，希望能有像你们这样的业务思想端正、影响大的出版社出版。草明同志或者还不在现代中国最大的作家之列，但从五四以后，她亲身经历了中国文学发展的几个重要时期，她的自传，除了有助于了解、研究作家本人，也一定会给我们留下研究现代中国文学的有价值的史实。不知像她这样的著作，你们有没有可能考虑它的出版问题？

她是老作家，对我说来也是前辈。但她怯于和你、和出版社直接联系，我便因此代她向你们表达她的愿望。

我也和她提过建议，此书即便能出单行本，也还可以选出若干较重要的章节，看《新文学史料》是否可以考虑登载。

如何解决，似可由你或由出版社有关同志直接和她联系。

你大约还是和过去一样地忙。你们的《冯传》据出版社说，将安排第二次印刷。

你好。

陈涌　11月3日

根据《草明年谱》等资料来看，1993年，80岁的草明开始写自传，最初她将这本书命名为《足迹》，期间因为冠心病、脑动脉硬化，写作耽误了一段时间，“1995年1月，自传《足迹》改名为《我走过的路》，脱稿，誊抄”，“5月，人民文学出版社将《我走过的路》拿去审稿”。从这个时间来推断，说明陈涌写给陈早春的荐稿信时间应该是1994年11月3日，此时应该是草明即将完成自传的写作，她通

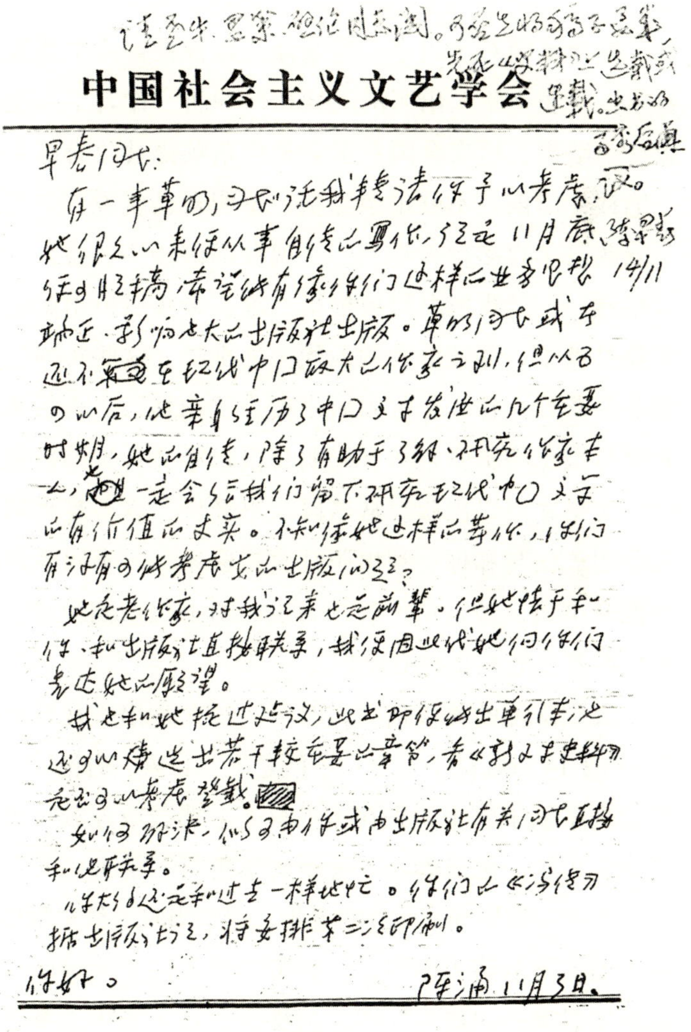

请吴思宋、徐俊同志阅。可否先将前言等要事，先在《史料》上选载或连载。出书的事容后再议。陈早春 14/11

中国社会主义文艺学会

早春同志：

有一事奉烦，同志们托我转请你予以考虑一下。她很久以来从事自传的写作，已经作到脱稿，希望能有像你们这样的世界性影响也大的出版社出版。草明同志或者还不算在现代中国顶大的作家之列，但从30年代以后，她亲身经历了中国文学发展的几个重要时期，她的自传，除了有助于了解、研究作家本人，我想一定会给我们留下研究现代中国文学的有价值的史实。不知像她这样的著作，你们有没有可能考虑出版问题？

她是老作家，对我们来说也是前辈。但她怯于和你、和出版社直接联系，我便由此代她向你们表达她的愿望。

我也和她提过建议，此书可在出单行本前，还可以摘选出若干较重要的章节，看《新文学史料》是否可以考虑登载。

如何解决，似可由你或由出版社有关同志直接和她联系。

我最近还和过去一样地忙。你们的《冯传》据出版社说，将安排第二次印刷。

你好。

陈涌 11月3日。

陈涌致陈早春信札

过老友陈涌帮忙咨询人民文学出版社是否能够接受该书出版。

晚年草明对于出书心有余悸，她曾在自传中感慨，六卷本《草明文集》出版的时候历经曲折，作者不掏钱，出版社不给出，后来全国总工会和广东顺德县政府都支援了一笔钱，但依然不够出版经费，草明自己就说，“我对出书问题已不存多少希望”，“现在都讲经济效益，谁也不肯赔钱”，“我把书稿放柜里，等若干年后再出版吧。假如我过世了，那就由我的后代去处理吧。这些年为什么出版业沦落到这样？作家出版书要自己出钱”。再后来，是光明日报总编辑张常海和光明日报出版社社长蔡毅鼎力相助，文集才得以出版。从这段出书经历，就不难理解为什么草明“怯与和你、和出版社直接联系”，不愿意自己主动推介书稿，她是怕出版社为难，怕书稿遭到拒绝，怕出版社再要一笔不菲的出版费。

收到陈涌的荐稿信后，时任人民文学出版社社长陈早春 11 月 14 日在信上批示：“请老牛、君策、启伦同志阅。可否先将稿子要来，先在《史料》上选载或连载。出书的事最后再议。陈早春。”《新文学史料》是人民文学出版社主办的一份期刊，此处的老牛，应是当时《新文学史料》的主编、著名诗人牛汉，“君策”即人民文学出版社副总编辑罗君策，“启伦”即《新文学史料》副主编李启伦。这三位同志看到陈涌荐稿信和陈早春的批示后，具体如何办理的不得而知，但从后来草明自传的选载和出版来看，他们都落实了陈涌和陈早春的意见。据《草明年谱》记载，1995年5月，人民文学出版社将草明自传《我走过的路》拿去审稿。后来，其中的精彩内容，1996年先在《新文学史料》分四期连载，题目是《只把春来报——一位女作家的自述》。1996年10月，草明接受人民文学出版社建议，将自传《我走过的路》改名为《世纪风云中跋涉》，并请刘朝兰同志写序。1997年12月，该书作为人民文学出版社策划的“名家自述丛书”的第九种，在人民文学出版社出版，前面八种分别是：茅盾《我走过的道路》、老舍《老舍生活与创作自述》、巴金《创作回忆录》、冰心《记事珠》、沈从文《从文自传》、丁玲《魍魉世界 风雪人间》、胡风《胡风回忆录》、秦牧《寻梦者的足印》。

在这封信的末尾，陈涌还提到了“你们的《冯传》据出版社说，将安排第二次印刷”，这是指陈早春和万家骥合著的《冯雪峰评传》，此书1993年10月由重庆出版社出版，列入了陈涌担任主编并作总序的《中国现代作家评传》丛书。该书前半部分，即1936年之前的冯雪峰生平，由陈早春撰写，后来由于陈早春日常工作繁忙，没有坚持写下去，1936年之后的部分，由万家骥撰写完成。陈早春在该书修订版后记中说：

> 1993年作为《冯雪峰评传》出版，完全是陈涌同志的力促和指点。续写者万家骥是他亲自点的将。本来，此前他与万家骥没有任何交往，也

从未见过面，但他看到过万家骥的文章，认为他有一定的理论素养。其实，我与万家骥是大学同学，与他合作当不至于扯皮，就欣然同意了。……该书自始至终得到了陈涌同志的错爱，他作为《中国现代作家评传》丛书的主编，对我们的稿子，从头至尾字斟句酌地看过多遍，并请当时有影响的几位批评家帮助审过稿，提了一些宝贵的意见，并给予极大的鼓励。临出版时，他给出版社打招呼：必须给作者最高稿酬，其他各评传如涉及中国现代文学史中的重大问题，需参考《冯雪峰评传》的一些提法。

由此可以看出，陈涌对陈早春的研究成果高度认可、倍加关照，陈早春对前辈陈涌也是心怀感恩，虽然他们的关系如此亲近，但陈涌写的荐稿信依然非常尊重比自己小十六岁的陈早春的意见，只是客观陈述了草明书稿的价值，请出版社自行决定，并没有倚仗这层关系将出版任务强压给陈早春，这就是老一辈学者饱含温情却散淡相宜的处世态度。

灯下展阅这封旧信，心头思绪万千，陈涌和草明一个是理论家，一个是作家，他们都是在烽火中的延安成长起来的，后来陈涌担任中国社会主义文艺学会会长，草明是这个学会的顾问，在出版业不景气的上世纪90年代，陈涌大力为草明推荐书稿，这既是对草明文学创作的认可，也是对他们友谊的珍视。陈早春欣然接受陈涌推荐来的书稿并安排出版，这既是对陈涌的尊重，对陈涌提携自己的感谢，同时也体现了一位出版家的情怀，他抱着对历史负责的态度，不计经济效益推出草明传记，为中国现代文学留下了有价值的史料。这封荐稿信，真实反映了草明传记《世纪风云中跋涉》的出版过程，更是弥足珍贵。

屠岸致丁景唐信札释读

屠岸是我国著名诗人、翻译家，原名蒋璧厚，1923 年 11 月生于江苏常州。曾任《戏剧报》编辑部主任、人民文学出版社总编辑。是我国第一位全文翻译莎士比亚十四行诗的翻译家。著有《萱阴阁诗抄》《屠岸十四行诗》《霜降文存》等。

丁景唐是我国著名学者、出版家，1920 年 4 月生于浙江镇海。曾任上海文艺出版社社长兼总编辑。著有《学习鲁迅和瞿秋白作品的札记》《诗人殷夫的生平及其作品》《犹恋风流纸墨香》等。他主持编纂了《中国新文学大系（1927 ~ 1937）》，并影印出版了“左联”“创造社”时期的大量珍贵现代文学期刊。

在上世纪 40 年代，屠岸和丁景唐就有过交集，据屠岸回忆，“新中国成立前上海成立了文化青年联谊会，他（丁景唐，笔者注）是头儿，实际上就是党的地下组织的一个外围群众性组织，我也是成员，还有袁鹰，吴宗锡可能也是，我们这批爱好文艺的青年都在老丁的下面，团结起来搞些

活动。”（《诗爱者的自白——屠岸访谈》）

我收藏的屠岸致丁景唐的这封信，写于 1999 年 4 月 21 日，此年屠岸 76 岁，丁景唐 79 岁。信札全文如下：

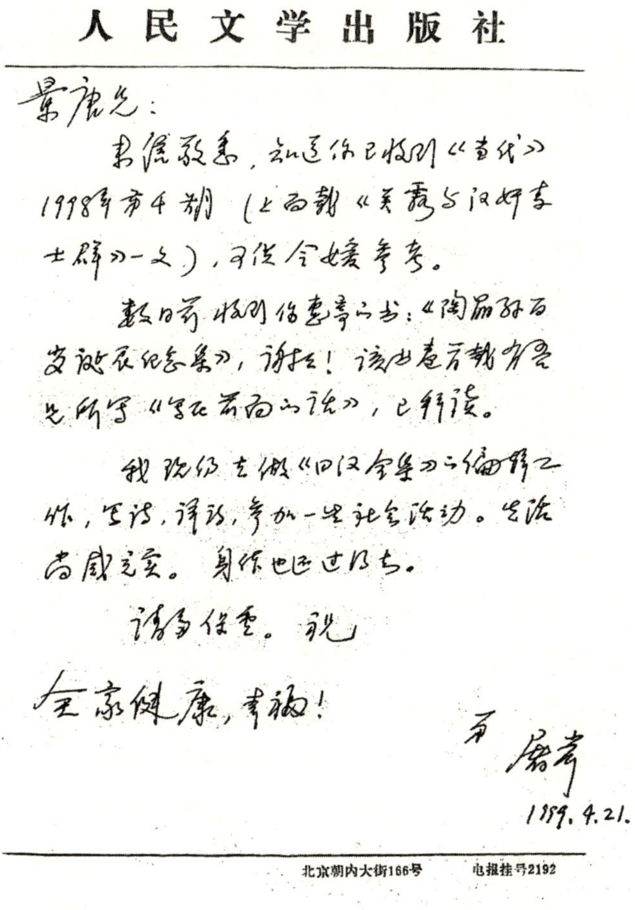
人民文学出版社

景唐兄：

来信敬悉，知道你已收到《当代》1998年第4期（上面载《关露与汉奸李士群》一文），可供令嫒参考。

数日前收到你惠寄的书：《陶晶孙百岁诞辰纪念集》，谢谢！该书卷首载有吾兄所写《写在前面的话》，已拜读。

我现仍在做《田汉全集》的编辑工作，写诗，译诗，参加一些社会活动。生活尚感充实。身体也还过得去。

请多保重。祝

全家健康，幸福！

弟　屠岸

1999.4.21.

北京朝内大街166号　电报挂号2192

屠岸致丁景唐信札

景唐兄：

来信敬悉，知道你已收到《当代》1998年第4期（上面载《关露与汉奸李士群》一文），可供令嫒参考。

数日前收到你惠寄的书：《陶晶孙百岁诞辰纪念集》，谢谢！该书卷首载有吾兄所写《写在前面的话》，已拜读。

我现仍在做《田汉全集》的编辑工作，写诗，译诗，参加一些社会活动。生活尚感充实。身体也还过得去。

请多保重。祝全家健康，幸福！

弟 屠岸

1999. 4. 21

从信中得知，屠岸在写此信之前，丁景唐先给屠岸来信，告知已收到《当代》（1998年第4期），可能是屠岸本人将该杂志寄给的丁景唐，也可能是屠岸委托《当代》杂志社的朋友寄给的丁景唐。为什么专门寄这期杂志呢？因为这期杂志上发表了一篇《关露与汉奸李士群》的文章，屠岸推荐给丁景唐的女儿丁言昭参考，此时丁言昭正在撰写《关露传》。

关露是一位命运曲折的女诗人，如今即使研究现代文学的专家，也很难注意到她。她1907年7月生于山西右玉，原名胡寿楣，上世纪30年代在上海从事文学创作，并加入“左联”。1936年，她为电影《十字街头》写了插曲《春天里》，“春天里来百花香，朗里格朗里格朗里格朗，和暖的太阳在天空照，照到了我的破衣裳。”这首歌当时风靡大上海。1939年，在潘汉年的领导下，关露秘密潜入汪伪政府特工头子李士群身边，收集情报并做“策反工作”。1942年，受党组织派遣，关露到日本大使馆和海军报道部合办的《女声》杂志社当编辑。1945年日本投降后，在党的保护下赴苏北解放区，在苏北建设大学授课。1949年7月，关露出席第一届中华全国文学艺术工作者代表大会，之后在中国铁路总工会创作组和文化部电影局剧本创作所工作。1955年6月，因潘汉年冤案受牵连被捕入狱，1957年3月出狱。1967年7月二次被捕，1975年5月出狱，在这个过程中关露的身体受到很大损害。1982年3月，中央组织部作出《关于关露同志平反的决定》，同年12月5日，关露去世，享年75岁。12月18日，文化部和中国作协召开了悼念关露座谈会。

丁景唐的三女儿丁言昭，1969年毕业于上海戏剧学院，在父亲丁景唐的指导下开始研究现代文学，尤其专注于女作家生平研究，出版了《在男人的世界里——丁玲传》《爱路跋涉——萧红传》《骄傲的女神——林徽因传》《在传统与现代中挣扎的女人——张幼仪传》《悲情陆小曼》等著作。上世纪80年代初，丁言昭就为写作关露的传记搜集了许多资料，采访了许多当事人。1989年7月，她撰写的第一版关露传记《谍海才女》在北方妇女儿童出版社出版。但当时因为各种原因，作者删去了两万多字，其中就包括关露潜入敌方为党工作的重要内容。90年代，《新文学史料》《传记文学》等杂志又发表了不少关于关露的文章，另外，丁言昭也搜集到了更多的资料和照片，于是她开始动笔撰写更为详尽的《关露传》。屠岸寄赠的《当代》（1998年第4期）发表的《关露与汉奸李士群》一文，作者是柯兴，他也撰写出版了一部关于关露的传记：《魂归京都——关露传》，1999年由群众出版社出版，此文是这部传记的节选，详细描述了关露奉地下党之命，打入汪伪特工总部上海极司菲尔路76号，策反特工总部头子李士群的经过。屠岸将此文推荐给丁言昭，是想为丁言昭的关露研究提供更多参考。2001年1月，丁言昭主编的纪念文集《关露啊关露》，由人民文学出版社出版。2009年10月，丁言昭撰写的新版《关露传》，由上海文化出版社出版。

说完了关露，再来说说陶晶孙。

屠岸在信中提到，丁景唐寄给他一本《陶晶孙百岁诞辰纪念集》。陶晶孙是何许人也？他1897年12月生于江苏无锡，1906年随父亲到日本读书，毕业后从医，1929年回国。1921年7月，他同郭沫若、郁达夫、成仿吾等成立了“创造社”，在《创造季刊》《创造月报》等杂志上发表了一些小说和剧本，并主编《大众文艺》，1930年初他参加了“左联”的筹备工作和成立大会。另外，他还推动了我国现代木偶剧的发展。郑伯奇在《中国新文学大系·现代小说导论》中谈到陶晶孙时，认为他在许多方面都贡献突出：

> 在创造社初期几个同人中，他的艺术才能最丰，而这才能又是多方面的。他能写作，他又通音乐；他对于美术有理解，他又能自己设计建筑；他是学医的，他又能观测天文。回国以后，他参加过戏剧运动，无论编剧，导演，照明，效果，他都可以干得，而他又是最初倡导木人戏的一个。

抗战爆发后，陶晶孙在上海从事医学研究，在潘汉年的安排下，隐蔽下来为党工作。这期间，他与日伪方面有所接触，在敌伪报刊上发表过作品，被迫出席了在南京召开的第三次大东亚文学代表大会。1944 年出版了散文随笔集《牛骨集》。1945 年日本投降后，他去南京参加接收日本陆军医院的工作，1947 年又奉命去台湾接收台北帝国大学，被任命为“国立台湾大学”卫生系教授，兼任热带医学研究所所长。1950 年迁居日本，后任东京大学文学部讲师。1952 年 2 月病逝，家人为其整理出版了《给日本的遗书》（日文版）。

自陶晶孙逝世后，一直到上世纪 80 年代潘汉年冤案平反，三十余年间，陶晶孙在文学界湮没无闻。1981 年，人民文学出版社出版的《鲁迅全集》第十五卷《日记》中，关于陶晶孙的注释写道：“陶晶孙（1897 ~ 1952）江苏无锡人，曾一度参加创造社，1929 年与郁达夫等合编《大众文艺》月刊，抗战期间堕落为汉奸。”这条注释给陶晶孙的评价带来了很大的负面影响，许多文学研究者避之唯恐不及。但是，像丁景唐等熟悉陶晶孙创作和为人的一些老一辈学者，认为文学史对陶晶孙的评价不公平，一直在默默地做着为陶晶孙洗刷冤屈的工作。1992 年陶晶孙逝世四十周年之际，《新文学史料》和《中国现代文学研究丛刊》发表了他的几位亲人和老友的纪念文章。1995 年 5 月，丁景唐编选的《陶晶孙选集》由人民文学出版社出版，这部三十余万字的书，是新中国成立后出版的第一部陶晶孙作品集，收录了他的大部分有代表性的文学作品。夏衍在该书序言中写道：

> 晶孙一生热爱祖国，热爱人民，为夺取抗日战争的胜利，以及在增进中日两国人民的友谊方面，默默地做出了可贵的贡献。
>
> 我和潘汉年同船离沪南下香港，潘曾告诉我，他们的人都作了安排，陶晶孙留下来，因为他长期留学日本，与日本文艺界有广泛的交往，让陶隐蔽下来，为我们做些工作。由于这是党的秘密，所以外界都不知道。有人随便说他是“汉奸”，使他蒙受不白之冤。事实上，他和左翼女诗人关露一样，他的行动是受潘汉年领导的。
>
> 因为过去的传言，已经造成了“先入为主”

的不良影响。我希望以后认真汲取教训，再也不能以讹传讹。

随着夏衍的序言和其他陶晶孙研究文章的发表，陶晶孙得以逐渐恢复名誉，作品也得到了一定的重视。散文家袁鹰专门在《人民日报》撰文《还他清白名——读〈陶晶孙选集〉》。2005年人民文学出版社新版的《鲁迅全集》，在注释中也已改为“陶晶孙（1897 ~ 1952）江苏无锡人，作家。创造社、‘左联’成员。1929年11月在上海接郁达夫主编《大众文艺》月刊。”

1997年12月18日，是陶晶孙百岁诞辰纪念日，中国左翼作家联盟会址纪念馆、上海鲁迅纪念馆、人民文学出版社、上海虹口区图书馆联合举办了“陶晶孙100周年诞辰纪念座谈会”，参会人员的发言和文章，由中国左翼作家联盟会址纪念馆副馆长张小红选编结集为《陶晶孙百岁诞辰纪念集》，1998年12月由百家出版社出版，丁景唐担任该书顾问。从屠岸信中来看，该书出版后，丁景唐即寄赠屠岸一册。在书前，丁景唐写了《写在前面的话》，作为序言，讲述了此次纪念座谈会的情况和该书的编选过程。另外，书中还收录了丁景唐撰写的其他两篇文章，分别是《纪念陶晶孙先生百年诞辰》和《记夏衍为〈陶晶孙选集〉写序》，还有一篇丁景唐女儿丁言昭的《陶晶孙与中国现代木偶戏》。书中还收录了陶晶孙次子陶坊资撰写的《陶晶孙年谱》，以及卢正言撰写的《陶晶孙著译作品目录》。

在信中，屠岸还提到了他正在做的《田汉全集》的编辑工作。田汉是我国著名戏剧家，他的代表作有话剧《名优之死》《关汉卿》，戏剧《谢瑶环》《白蛇传》，歌曲《义勇军进行曲》等。屠岸早在1953年4月从华东文化部调到中国剧协《剧本》月刊当编辑时，就与田汉在一起工作，那时田汉是中国剧协主席。后来剧协主办的《戏剧报》创刊，屠岸到《戏剧报》当编辑，报社社长就是田汉，屠岸一直在田汉的领导下工作。后来有一段时间，屠岸的妻子章妙英还当过田汉的代理秘书。

根据屠岸的回忆文章，上世纪60年代政治运动中他曾参加对田汉的批判，他在《田汉作为诗人在中国的地位》一文中写道：

> 1964年7月，我正驻在中直俱乐部组织对全国京剧现代戏会演的宣传评论工作，这时，毛主席对文学艺术的第二个批示下达，剧协党组将我召回参加对田汉的批判。虽然内心很矛盾，但当时中宣部文艺处的负责人都到剧协坐镇指挥，没有办法，只好到田汉文章的字里行间去找“错误”，但主观动机还是对他进行帮助。那次批判还是和风细雨的，所以“文革”中被称作“假整风”。我记忆特别深的是，有一次开完批判会，田汉拍拍我的肩膀说：“孺子可教也！你发言很认真。”因为有些人批判他往往凭感觉和印象，而我收集

了田汉的许多文章，并做了卡片，每句话都有根据（尽管批判是强词夺理的），所以田汉觉得我的工作做得很细。这时我心里真说不出是什么滋味。

屠岸在晚年多次为自己批判田汉的错误而忏悔，他在口述自传《生正逢时》中说：

做过错事，比如参加对田汉的批判。首先是奉命行事，但这不能辞其咎。当时自己也有认识上的误区，比如，怀疑田汉被捕后变节。连他的儿子也批他的父亲是叛徒。有了这一层，似乎就可以为自己批判田汉找到了心理上的避风港。但仅仅是怀疑，也不能消除不安。顺大流吧。拒绝命令，在批田中拒绝发言，就把自己和田汉的命运捆在一根绳上了。这是那个时代，那个极左的疾风暴雨时代的现实。我不是要打倒别人，为了自己往上爬。这对我是不可思议的。但总之，批田汉有违心的成分，这是不能原谅自己的。

1998 年是田汉百年诞辰，花山文艺出版社启动了《田汉全集》的编辑工作，周巍峙担任主编，屠岸和董健担任副主编。屠岸具体负责田汉的诗和一部分文论的编辑整理，将田汉的旧体诗收集得比较全面。2000 年 12 月，二十卷八百多万字的《田汉全集》出版，包括田汉一生创作的戏剧、电影、小说、散文、诗词、文论、译著、日记、书信。据屠岸讲，《田汉全集》编辑完成后，他曾给田汉基金会的戏剧评论家邓兴器回过一封信，信中讲了他在参与编辑《田汉全集》工作时做的几件事，并专门表达对田汉的愧疚："每念及此，我即痛悔惭愧流泪不止。为《全集》做了些许工作，何能赎我之罪于万一！"虽然我们都知道，在那个年代许多人都是随波逐流的政治牺牲品，但屠岸这种深刻的反省，这种坦诚的自我解剖，并不是每个知识分子都能做到的，这种勇气和魄力令人感动。

让我们再回到收信人丁景唐。晚年的丁景唐住在上海华东医院，2016年，96岁的丁景唐与93岁的屠岸在上海见了一面，促成此事的是上海出版博物馆研究员林丽成，她在《老丁家的饭桌：回忆丁景唐先生》一文中记述了这次会面的场景：

> 2016年4月，由媒体得知，屠岸先生将来沪出席《莎士比亚十四行诗》线装精藏本的首发式，我萌生了让他与老丁见上一面的想法。两位前辈虽无个人间的亲密交往，但都是上世纪40年代在上海学界从事文化工作的地下党人，"文革"后，又分别在北京人文社和上海文艺社任领导，神交已久。联系王为松社长后，27日下午，屠岸先生在儿子蒋宇平和韦泱的陪同下来到病房。那天的

老丁让护工邢阿姨捯饬过了，精神清爽。屠岸先生上前握手，第一句就是：“你是我的老领导啊。”老丁则念出了屠岸的旧诗。两位九旬老者，双目对视着忆起共同的青春岁月，那场景于我，永永远远地挥之不去。

仅仅一年半后，2017年12月11日，丁景唐先生病逝，五天后，屠岸先生亦驾鹤西游，两位老友一起到另一个世界谈诗论艺去了。

李瑛致海笛信札释读

李瑛是我国著名诗人，1926年12月生于河北丰润县，1945年考入北京大学中文系，1949年毕业后参军做记者，曾任解放军文艺出版社社长、解放军总政治部文化部部长、中国文联副主席等职。他一生出版了七十余部诗文集，代表作有《一月的哀思》《我骄傲，我是一棵树》《黄河落日》等。2019年3月在北京病逝。

前段时间，我在一家旧书店淘到一册李瑛的签名本诗集《情歌和挽歌》（中国青年出版社2000年8月出版），是他签赠给天津老诗人海笛的。在书中，还发现了一封李瑛写给海笛的亲笔信，写在《诗刊》社的方格稿纸上，兹录如下：

海笛老友：

你好！

新出了两本小诗，首先寄你和黄耘，请教正。

又是一年过去，每过一年，则总是感到岁月

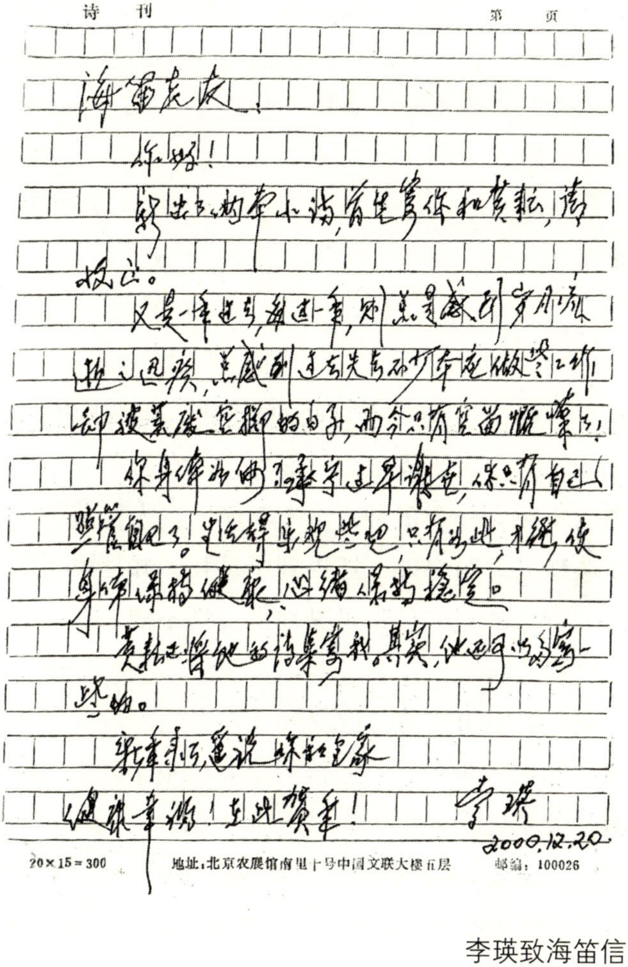
诗刊　　　　　　　　　　　　　　　　　　第　　页

海笛老友：

你好！

新出的[illegible]小诗，有些赏你和[illegible]，请校正。

又是一年过去，每过一年，则总是感到岁月流逝之迅疾，总感到过去失去不少本应做些工作却被荒废空掷的日子，而今只有空留慨叹了！

你身体[illegible]，你只有自己照顾自己了，[illegible]，只有如此，才能使身体保持健康，心绪保持稳定。

[illegible]他的诗集给我，其实，他还可以多写些嘛。

新年来临，[illegible]

健康幸福！在此贺年！

李瑛
2000.12.20

20×15＝300　　地址：北京农展馆南里十号中国文联大楼五层　　邮编：100026

李瑛致海笛信札

流逝之迅疾，总感到过去失去不少本应做些工作却被荒废空掷的日子，而今只有空留慨叹了！

你身体如何？承宁过早谢世，你只有自己照管自己了。生活得乐观些吧，只有如此，才能使身体保持健康，心绪保持稳定。

黄耘正将他的诗集寄我。其实，他还可以多写一些的。

新年来了，遥祝你和全家健康幸福！在此贺年！

李瑛 2000. 12. 20

这封信不长，是老朋友之间的问候信，李瑛出版了新书，寄给老朋友海笛指正留念，写信当天是农历十一月二十五日，离新年还有一个多月，信末李瑛向友人提前拜年。信中除了收信人海笛之外，还提到了黄耘，并且说，新书出来后首先寄给的这二位，可见他们交情不浅，那么，海笛和黄耘分别是谁呢？

海笛，原名王长清，1922年3月出生，1945年从北京师范大学历史系毕业后，担任秦皇岛市中学教员，新中国成立后任天津政治学校干部、天津师专副教授。著有诗集《海笛诗存》《回归线上》《涛声依旧》等。1987年与诗人鲁藜、沙驼等在天津组织成立昆仑诗社，主编十余辑《昆仑诗选》，在文学界影响较大。

黄耘，原名黄祖训，1926年2月生于青岛，与李瑛同龄，1943年在青岛读高中时，与孟力合编地下诗刊《诗青年》，与李瑛、海笛等诗人建立了联系。抗战胜利后，主编《海风周刊》《青岛时报·海歌诗刊》，参编《青岛文艺》。新中国成立后供职于青岛市文联、青岛人民广播电台。

李瑛和海笛、黄耘的友谊，从上世纪40年代就开始了。1946年诗人刘燕及组织成立青岛文艺社，主要成员有青岛的王统照、黄耘、鲁丁，以及外地的李瑛、海笛等，李瑛的长诗《展开诗朗诵》，就发表在1947年的《青岛文艺》上。海笛于1993年印行的诗文集《诗的外环线》中，收录了他写的一篇《“诗的道德责任”和李瑛早期创作实践》，对李瑛的诗歌创作给予高度评价，同时，他还提到了1949年4月新中国成立前李瑛给他写的一封信，信中说：“你将预备如何迎接这个伟大的五月？我以为行动和工作最好，也许你的四周环境不好叫你随便哭又随便笑，但我觉得学习、工作、再学习，就是我们改造自己生活方式和情感最大的课题。”海笛回忆道：“那时我在滨海城镇教书，环境比较闭塞，不断得到平津大学中进步朋友的鼓励关切，这种友谊至今仍珍贵地留在记忆里。李瑛就是其中热情的一个。”

1947年4月，黄耘就在北平的《正风月刊》上发表了《断桥——读〈炉边〉〈脊背〉后遥寄李瑛兄》，当时黄耘担任《青岛时报》《青岛文艺》编辑，他组织了一个“星诗社”，联系了一批本地和外地的诗人，并编辑出版《星诗丛》，李瑛的第一本诗集《枪》，就是1948年12月作为黄耘和杨唤主持的《星诗丛》中的一本出版的。近四十年后，1984年9月，他又写了《唱歌的树——再寄李瑛》。他们三位老诗人经历了人生的风风雨雨，晚年经常互相通信问候，写作此信时，李瑛和黄耘已经 74 岁，海笛 78 岁，都已是古稀老人，他们这份老而弥坚的友谊令人感动。

李瑛信中所感叹的岁月荒废，与他们三位的人生经历有关。1955 年，李瑛曾因评论过“胡风分子”绿原的作品，被关起来审查，之后下放部队，1957 年“反右”时又下放到福建，后来再次被审查下放到大连，经历十年“文革”，荒废了二十多年的岁月。海笛也是如此，1954 年在胡风事件中遭到审查，隔离反省，之后下放劳动，1979 年才落实政策。黄耘的经历更让人唏嘘不已，上世纪 50 年代他在青岛人民广播电台工作期间，被以特务罪名起诉，随后开始了三十余年的牢狱生涯，1983 年才被无罪释放。他们三人最好的年华，都被政治运动荒废了，怎能不令人慨叹命运的荒唐。

在这封信中，李瑛还提到了海笛的爱人“承宁过早谢世”，资料显示，海笛的老伴叫张承宁，字杏生，祖籍湖南长沙，1924 年 2 月 8 日生于天津。1945 年海笛从北师大毕业后回天津，因与张承宁在同院居住，时常接触产生感情，二人于 1947 年 7 月结婚。婚后，张承宁到天津第五中学当出纳员。海笛隔离审查期间，家庭的重担落到了爱人承宁身上，她不离不弃，忍辱负重，照顾一家老小。后来，张承宁患上乳腺癌和心脏病。1986 年，单位给海笛分配了一处住房，终于过上了安定的生活，但仅仅六年后，老伴张承宁就因心脏病突发离世（1992 年 4 月 21 日），享年 68 岁。

海笛与承宁夫妇相守相扶四十余年，感情极深，海笛受了委屈，爱人承宁处处对他迁就体谅，并在晚年为海笛整理诗稿，支持他出版诗集。有朋友曾对海笛说："如果没有你爱人，也就早没有你了。"老伴承宁去世后，诗人海笛悲痛不已，将对爱人的思念写成诗歌，出版了一本《孤苦的思念——献给爱人承宁的诗》。他写道："如今你骤然先我离去 / 我成了断了的弦 / 失了群的孤雁 / 呼唤再也没有回声 / 空虚在我心中寒颤"，"我孤单得好像一片落叶 / 哪里能寄托我的思念 / 每时每刻我都想的是你 / 我怎能不把你怀念 / 在树林中我感到窒息 / 在花前我默默地悼念 / 亲爱的人永远去了 / 只留下我孤苦的怀念"。他们的这种亲情和爱情，凄美而感人。

这是一封简单的信札，但在这信札的背后，却读出了历经半个世纪弥足珍贵的友情，读出了老诗人夫妇真挚感人的爱情，实为难得。

林志浩致凌宇信札释读

林志浩和凌宇都是著名现代文学研究专家。林志浩1928年生于广东普宁，1952年毕业于北京大学中文系，任中国人民大学教授、北方工业大学教授，兼任中国鲁迅研究会理事、中国现代文学研究会理事，著有《鲁迅传》《鲁迅研究》，主编《中国现代文学史》等，1995年病逝于北京。

凌宇1945年生于湖南龙山，1981年毕业于北京大学中文系，任湖南师范大学教授、《中国文学研究》主编，兼任中国现代文学研究会副会长、湖南省作协副主席，著有《从边城走向世界》《沈从文传》《重建楚文学的神话系统》等。

上世纪80年代，中国文联发起编纂《中国新文艺大系》，周扬担任顾问，陈荒煤任总主编，集中编纂五四运动至1982年的文学、戏剧、音乐、电影、美术、评论等文艺成果，聘请著名专家学者担任各分卷主编，林志浩负责主编《中国新文艺大系1937~1949评论集》。他在编选的过程中，发现很难找到1937年至1949年间关于沈从文的评论文章，于是在1992年9月给凌宇写信求助，信札全文如下：

凌宇同志：

很久未晤，知你荣任《中国文学研究》主编，公务繁忙，又潜心研究现代文学，成绩斐然，可喜可贺！

兹有一事相求：据我所知，沈从文研究资料，似乎没有出。我因受出版社之约，编选 1937 至 1949 年文艺评论集（隶属中国新文艺大系，文联出版公司出版），尚缺关于沈从文的评论，助手查找一些图书馆，也未能得到，十分希望你帮我这个忙：给我选出两篇有分量的评论文章。（可以是沈本人的自评，如序、跋、答问式文章等，更可以是别人对他的评论；可以是褒扬的文章，也可以是批评的文章，只要文章写得好，公正，说理，有见解就可以。）选定以后，替我复印各一份，挂号寄来便可。复印费由我负担，书出版后，这两篇文章的资料编选费，当即照数奉送。沈氏受冷落了近 20 年，评论集上没有关于他的评论文章（书评、作家论均可以），那就将又一次冷落了他，这不仅不公平，也有悖于编选的原则，损及评论集的质量，这些都是你、我所不愿看见的。

恳切希望得到你的复音和复印件！

刚才与吴福辉同志通电话，他说将于 9 月底赴湖南。我托他向你面陈此事，如来得及，请你把复印件托他带来，至盼！

专此 谨问

安好

志浩上

9月10日

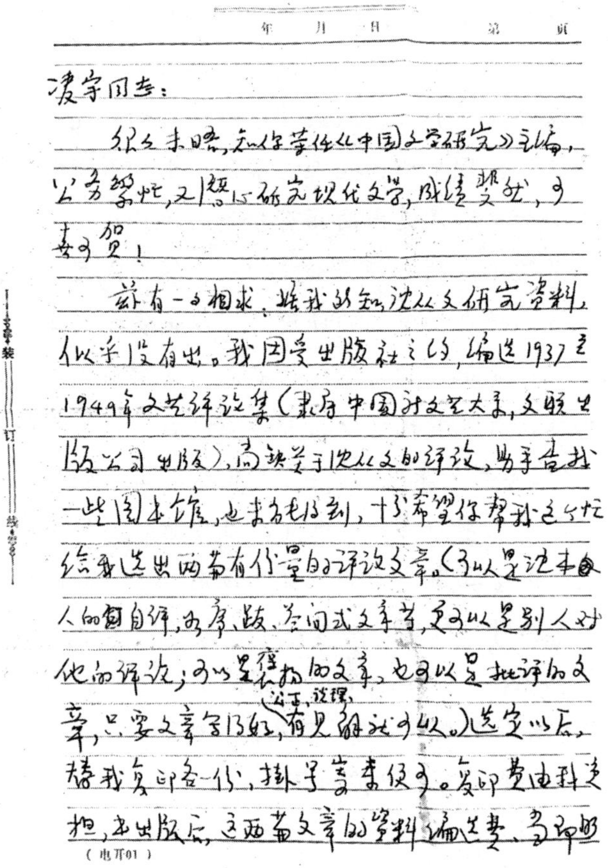
年 月 日 第 页

凌宇同志：

久久未晤，知你荣任《中国文学研究》主编，公务繁忙，又潜心研究现代文学，成绩斐然，可喜可贺！

兹有一事相求，据我所知，沈从文研究资料似乎没有出。我因受出版社之约，编选1937至1949年文艺评论集（隶属中国新文学大系，文联出版公司出版），尚缺关于沈从文的评论，跑了一些图书馆，也未看到，十分希望你帮我这个忙，给我选出两篇有份量的评论文章。（可以是沈本人的自评，如序、跋、答问式文章等，也可以是别人对他的评论；可以是褒扬的文章，也可以是批评的文章，只要文章写得好，有见解（论证、说理）就可以。）选定以后，替我复印一份，挂号寄来便可。复印费由我负担，书出版后，这两篇文章的资料编选费、稿酬都

（电开01）

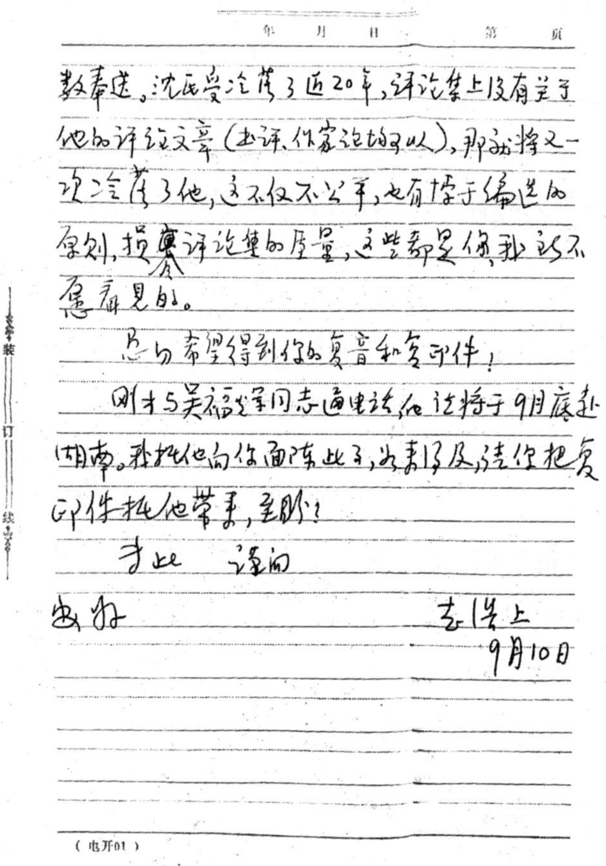
数奉送。沈从文冷落了近20年，评论集上没有关于
他的评论文章（如评、作家论均可以），那就将又一
次冷落了他，这不仅不公平，也有悖于编选的
原则，损害评论集的质量，这些都是你我所不
愿看见的。
总之希望得到你的复音和复印件！
刚才与吴福辉同志通电话，他说将于9月底赴
湖南。我托他向你面陈此事，如来得及，请你把复
印件托他带来，至盼！
专此　谨问
安好　　志浩上
9月10日

林志浩致凌宇信札

沈从文由于一直坚持文学的独立性，没有加入任何党派，导致他既被国民党视为异己，也被左翼文学阵营看做陌路人。新中国成立后，他放弃文学创作，转行做文物研究，

评论界也没有人再关注他。当年出版的多种现代文学史著作，都没有提到沈从文的作品。林志浩在信中说，沈从文受冷落了二十年，不公平，这是他在上世纪 90 年代治学反思后的看法，70 年代他主编的《中国现代文学史》（中国人民大学出版社 1979 年出版），也没有关于沈从文的论述，这套教材只对鲁迅、郭沫若、茅盾列专章论述，对叶圣陶、郁达夫、巴金、曹禺、老舍、赵树理列专节论述。

林志浩给凌宇写信，可谓是找对了人。1978 年，凌宇考入北大中文系，跟随王瑶先生和严家炎先生攻读硕士研究生。在这期间，他阅读了沈从文的作品后，感到沈从文的创作有巨大的研究价值，当仁不让地属于中国现代一流作家之列。另外，凌宇作为沈从文的湘西老乡，在理解沈从文作品的文化背景方面，具有得天独厚的优势。毕业论文开题时，他本来打算写沈从文专论，王瑶先生不认同凌宇对沈从文的看法，否定了他的论题，他只好将题目改为《中国现代抒情小说的审美特征》，具体的论文写作是由严家炎先生指导。论文写成后，王瑶先生依然不认同凌宇的观点，不同意提交答辩。后来是乐黛云先生从中调停，王先生才同意答辩。在答辩过程中，王瑶先生反对凌宇论文的两个基本立场，一是论文中扬沈抑左翼文学的倾向，二是论证过程所涉及的“异化论”立场。当时凌宇尽己所能为自己的观点辩护，王瑶先生感慨于他对自己学术观点的执着和坚守，最后也投了赞成票。

凌宇毕业后，一直钟情于沈从文研究，并做出了骄人的成绩。1985 年他出版了专著《从边城走向世界》，从湘西地域文化的角度来解读沈从文，这是国内第一部沈从文研究专著，1989 年他又出版了《沈从文传》，将学术性、历史性和文学性结合起来，获得国内外同行的高度评价。凌宇还致力于沈从文作品的重新出版，编选了《沈从文小说选》《沈从文散文选》《沈从文散文全编》《沈从文选集》等，沈从文自己曾说："凌宇同志认真读过我大量作品，理解它们的成败得失，治学态度十分客观谨严，编选工作由他来做，我认为是非常合适的。"1993 年，北岳文艺出版社启动《沈从文全集》的编辑出版工作，凌宇也是主要的编者，说他是国内沈从文研究权威，应该没有异议。

信末提到的吴福辉，也是著名现代文学研究专家，当年他和凌宇、钱理群一起考入北大中文系，都是王瑶先生的学生，三人同住一间宿舍，经常探讨文学。如今，他们三位都是现代文学界响当当的人物。吴福辉曾任中国现代文学馆副馆长、《中国现代文学研究丛刊》主编，著有《中国现代文学三十年》《沙汀传》《中国现代文学发展史（插图本）》等。

因我并不认识凌宇先生，所以并未向他核实，他接到林志浩的信后，是否帮助推荐了关于沈从文的评论文章，具体推荐了哪一篇。从 1998 年 11 月中国文联出版公司出版的《中国新文艺大系（1937 ~ 1949）评论集》来看，书中收录了一篇沈从文写于 1942 年的《〈长河〉题记》，该文回顾了自己的创作生涯，描写了湘西风土人情的变化，以及长篇小说《长河》的写作和出版过程。不知这篇文章是否为凌宇所荐。我又专门查找了邵华强编辑的《沈从文研究资料》，发现1937年至1949年间专门研究沈从文的文章确实很少，有些是作家印象记，有些评论文章中点到了沈从文的作品，但并非专论，不宜入选。

这本《评论集》1998年出版，林志浩先生却已在1995年去世了。在这本书前，有另一位主编李葆琰所撰导言一篇，他在文末说："《中国新文艺大系（1937～1949）评论集》，起初是由林志浩教授负责的，后来他的身体不佳，'大系'编委会邀我接手把书完成。林志浩先生热情支持我，他先是托人把初选文稿转交给我，又约我会面，谈了他的编书设想。经过两年多的努力，终于完成了。遗憾的是林志浩先生已逝，不能请他最后审阅定稿了。但书稿毕竟已经完成，还是可以告慰于先生的。"

林非致钟敬文信札释读

林非和钟敬文二位先生都是我国著名学者，林非原名濮良沛，1931年7月生于江苏海门，毕业于复旦大学中文系，曾任中国社科院文学所研究员、中国散文学会会长、中国鲁迅研究会会长，著有《中国现代散文史稿》《现代六十家散文札记》《鲁迅小说论稿》《鲁迅传》《鲁迅和中国文化》等。钟敬文先生，1903年3月生于广东海丰，曾任北京师范大学中文系主任，是我国著名的民间文艺学家、民俗学家，著有《钟敬文民间文学论集》《新的驿程》等学术著作和《荔枝小品》《西湖漫拾》等散文集，主编了《民间文学概论》《民俗学概论》等著作。

我收藏的这封林非写给钟敬文的信札，从信封上的邮戳来看，写于1979年7月，具体内容如下：

敬文老师：

近况忙否？念念。承赠《鲁迅在杭州》一册，谢谢。

五月末我与同室两位同事，去沪、绍、杭、厦、穗等地询查访问，为写《鲁迅传略》事也。回京后正忙于撰写章节提纲。此稿写作中，尚祈多多赐教为幸。

拙著《现代六十家散文札记》已杀青，该书“序”见六月三日《光明日报》。书中有一节曰“钟敬文”，撰成后本拟呈请郢政，然因出版社催促甚急，只能匆匆交稿。俟阅校样时，如时间充裕，当呈请多多指正，以免引用材料有误。

如进城，请顺道来舍间小憩。

匆匆不尽，顺颂

撰祺

良沛　七月廿六日

林非在信中首先表达了对钟敬文赠送著作《鲁迅在杭州》的感谢，其实，学界许多人都知道钟先生年轻时编辑出版过一本《鲁迅在广东》，却并不一定了解他在上世纪70年代又编了一本《鲁迅在杭州》。

据北京师范大学朱金顺教授回忆，上世纪70年代中期，山东师范学院聊城分院中文系编印了一套《鲁迅生平史料丛抄》，由薛绥之、韩立群主持，按地区分辑，内部印行，计有《鲁迅在绍兴》《鲁迅在广州》《鲁迅在北京》《鲁迅在日本》《鲁迅在南京》等。朱金顺发现其中没有《鲁迅在杭州》，便告诉了钟敬文先生，钟先生就说，我们来

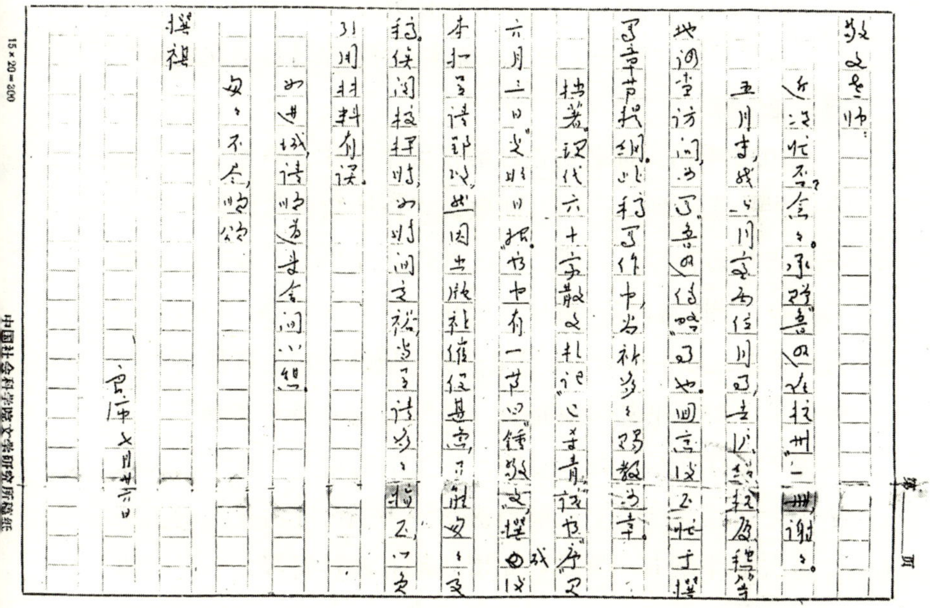

林非致钟敬文信札

编一册吧，于是钟先生和薛绥之联系，并约人写稿，朱金顺负责收集报刊上的有关文字，书编好以后，由钟先生审定。该书收录许钦文的《鲁迅在杭州》、许寿裳的《谈鲁迅在杭州教书》、王玢的《读鲁迅先生所编〈生理学讲义〉》、杨天石的《关于“木瓜之役”》等18篇文章，书后还附有朱金顺撰写的《鲁迅在杭州活动简表》，该书作为《鲁迅生平史料丛抄》的第八辑，于1979年3月内部印行。上世纪80年代初，这套丛书更名为《鲁迅生平史料汇编》，由

天津人民出版社公开出版，《鲁迅在杭州》收在第二辑中。（《钟敬文与鲁迅研究》，载《鲁迅研究月刊》2003年第5期）

这里多说几句关于钟敬文先生早年编辑《鲁迅在广州》的来龙去脉。

1927年初，钟敬文正在岭南大学工作，当年1月，鲁迅先生从厦门到了广州，钟敬文兴奋地邀约几位青年朋友一起去拜访鲁迅，写成了《记找鲁迅先生》，并广泛搜集鲁迅在广州的行踪，编成《鲁迅在广东》一书，1927年7月由上海北新书局出版，是早期鲁迅研究的珍贵资料。但是，鲁迅本人对该书却多有指责，特别是对收录《老调子已经唱完》《读书与革命》《鲁迅先生的演说——在中山大学学生会欢迎会席上》三篇演讲感到不满，在给友人的信中也多次批评该书。学界对此事一般有两种解释，一是演讲稿未经鲁迅本人审阅，记录有不当之处，二是鲁迅认为钟敬文是自己论敌顾颉刚的同伙，所以对钟敬文产生厌恶，以上解释都有道理。

最近我关注到江苏师范大学邱焕星教授发表的《自我历史的遮蔽与重叙——鲁迅为何否定〈鲁迅在广东〉》一文，对此事提出了另一种看法，他认为，《鲁迅在广东》一书中收集的资料，展示了一个南下之后积极参与和支持革命的“激进鲁迅”形象，这是公开场合中的鲁迅，但这不能代表鲁迅的全貌，“清党”之后，鲁迅身处恐怖和监控之下，对国民革命的“幻梦醒了”，感受到幻灭、怀疑、茫然，看到青年人的惨死，他对自己“煽动青年冒险”的言行感到自责，所以他要求北新书局老板李小峰删掉《鲁迅在广东》中自己的演讲、署名，不仅仅是不满钟敬文个人，从心理学的角度看，这样做能够“医治负罪感”。我认为这种解释是一个新的视角，也是一种有力的补充。

回到原信，林非接着提到撰写《鲁迅传略》一事，据鲁迅研究专家张梦阳回忆，1979年初，中国社科院开始准备鲁迅诞辰一百周年纪念活动，并在文学研究所成立了鲁迅研究室，著名作家沙汀任主任，学者王士菁任常务副主任，文学研究所常务副所长陈荒煤要求林非、刘再复、曾普三位同志合作撰写鲁迅传记，作为鲁迅诞辰一百周年纪念活动的一项重要任务（《鲁迅诞辰一百周年纪念活动回望》，载《新文学史料》2011年第4期）。这也就是林非在信中所说的“我与同室两位同事”，到上海、绍兴、杭州、厦门、广州等地查询资料，为撰写《鲁迅传略》做准备。后来曾普因故退出，林非和刘再复合著的《鲁迅传》，于1981年12月由中国社会科学出版社正式出版。该书出版后影响很大，有两点特别被人称道，一是文学性、抒情性浓，以富有情感的笔调，生动细腻地描绘了鲁迅的人格和精神；二是把鲁迅与朱安的婚姻、与许广平的爱情进行专章论述，还专门解读了鲁迅与弟弟周作人的分道扬镳，不为贤者讳，如实描写历史，挖掘内在因素，使鲁迅的形象血肉丰满，极富人情味。后来，林非还撰写了《鲁迅和中国文化》一书，对鲁迅和中国文化的关系进行了全面系统的考察，并阐释了鲁迅所致力的“国民性”改造和促进人性的解放及全面发展，在学界影响很大。

关于《现代六十家散文札记》的成书过程，林非曾回忆说，当时受人民文学出版社委托，他与文学研究所的几位同事共同合作，补充和扩大该社曾经编纂过的《中国现代散文选》，为此他阅读了几千万字的作品，阅读过程中做了大量笔记，简单叙述和分析了作家作品思想艺术上的特点和长处，偏重于印象式，比较注重文采和情感，最后将这些笔记梳理润色成此书，该书出版后发行了将近 20 万册，成为当时的畅销书（林非《学术研究五十年之回顾》，载《徐州师范大学学报》2008 年第 4 期）。该书由林非自己作序，序言先在《光明日报》发表，1980 年 3 月该书由百花文艺出版社出版，离林非给钟敬文写信的时间相距八个月，不知出版前是否请钟敬文审阅过书稿。

关于钟敬文的散文创作，主要集中在上世纪 30 年代他在杭州时期，出版有《西湖漫拾》《湖上散记》等散文集。郁达夫评价钟敬文的散文“情朗绝俗，可以继周作人、冰心之后武”，阿英在《现代十六家小品》中也认为钟敬文的不少散文是“新文艺的小品中的优秀之作”。林非所著《现代六十家散文札记》中关于“钟敬文”一节，重点谈了钟敬文的《荔枝》《茶》《游山》《西湖的雪景》《钱塘江的夜潮》《太湖游记》等散文，认为钟敬文的散文具有“冲淡静默和飘逸出世的思想，以及清新隽永和幽深冷峭的笔墨”，同时林非也提到，抗战以后，钟敬文的作品变得粗犷结实起来，歌颂了抗战的人民群众和革命先烈，他认为，

“像钟敬文这样，从浅斟低吟，徘徊咏叹，到歌唱战斗和革命，是不少老一辈有正义感的作家都走过的路。”

如今，钟敬文先生早已仙逝，林非先生也已88岁高龄，他们都在各自的学术领域开宗立派，留下了后人无法绕过的学术成果。

陈鸣树致陈涌信札释读

2018年夏天，我购买到一册陈鸣树签赠给陈涌的《鲁迅小说论稿》，该书1981年8月由上海文艺出版社出版，陈鸣树在扉页题签：“陈涌同志教正 鸣树 一九八一年十月”。给我带来意外惊喜的是，在书中发现了陈鸣树写给陈涌的一封亲笔信。两位先生都是现代文学和文艺理论界的知名人物，先来说说他们的基本情况。

陈鸣树是复旦大学中文系教授、著名鲁迅研究专家，1931年生于江苏苏州，1955年考入南开大学，师从李何林先生研习中国现代文学，之后在复旦大学任教，著有《鲁迅小说论稿》《鲁迅论集》《文艺学方法概论》等，主编《二十世纪中国文学大典》，2014年7月在上海病逝。

陈涌是我国著名文艺理论家，1919年生于广州，1938年到延安，从鲁迅艺术学院毕业后，曾任《解放日报》副刊编辑，新中国成立后任中国社科院文学研究所研究员、《文艺理论与批评》主编、《文艺报》主编、中国社会主义文艺学会会长等职，著有《鲁迅论》《陈涌文学论集》《在

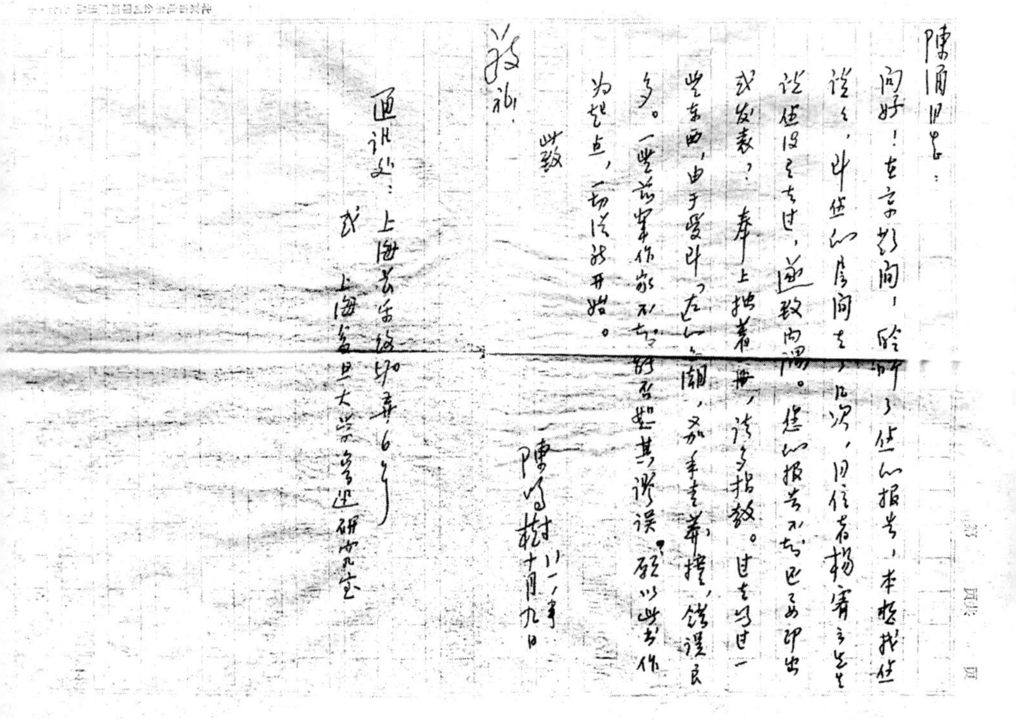

陈鸣树致陈涌信札

新时期面前》等，2015 年 10 月在京病逝。

陈鸣树致陈涌信札原文如下：

陈涌同志：

问好！在京期间，聆听了您的报告，本想找您谈谈，到您的房间去了几次，同住者杨霁云先生说您没有去过，遂致向隅。您的报告不知还要印出或发表？奉上拙著一册，请多指教。过去写过一些东西，由于受到“左”的思潮，又加年青莽撞，错误良多。一些前辈作家不知能否恕其谬误。愿以此书作为起点，一切从新开始。

此致

敬礼

陈鸣树　八一年十月九日

通讯处：上海长乐路570弄6号

或上海复旦大学鲁迅研究室

该信写于1981年10月9日，经查阅鲁迅研究资料，从时间上来推断，陈鸣树所说的“在京期间，聆听了您的报告”，应该是1981年9月17日至9月25日在北京国务院第一招待所举办的纪念鲁迅一百周年诞辰学术研讨会，陈涌和陈鸣树都参加了此次盛会。据鲁迅研究专家张梦阳撰写的《鲁迅诞辰一百周年纪念活动回望》记载，9月17日下午和18日上午，李何林、陈涌、王瑶、唐弢、钟敬文、曾华鹏、林非七位学者分别做了学术报告，陈涌报告的题目是《鲁迅与现实主义和浪漫主义问题》，“陈涌的讲课风格是：不紧不慢，一句是一句地静静地说，从不激昂慷慨，更不炫耀自己，但句句讲到点子上，全是创新的观点，自己独到的体会，绝不嚼他人余唾，理论性和逻辑性非常强”

（张梦阳《陈涌侧影》）。陈鸣树信中所问“您的报告不知还要印出或发表”，陈涌的报告后来分别在1981年《人民文学》11月号和1982年《鲁迅研究》第6辑发表，收入《纪念鲁迅诞辰一百周年学术讨论会论文选》。

与陈涌同住一个房间的杨霁云先生，1910年6月生于江苏常州，上世纪30年代任教于上海复旦实验中学等学校，抗战爆发后，辗转重庆、汉口等地，40年代在上海从事写作。1950年进入上海鲁迅著作编刊社，1952年调入人民文学出版社任编辑，1975年退休，1996年2月在京病逝。30年代杨霁云在上海曾与鲁迅、许广平有交往，他积极搜集散见于各种报刊的鲁迅佚文，编成《集外集》，并协助许广平抄写《鲁迅日记》副本，使鲁迅作品在动荡的年代得以妥善保存。新中国成立后，他从事整理、注释、编辑鲁迅作品，做出了很大贡献。《鲁迅全集》中收录了多封鲁迅致杨霁云的信。

陈鸣树在信中所说的“过去写过一些东西，由于受到‘左’的思潮，又加年青莽撞，错误良多”，主要是指他出版的第一本专著，即1959年8月由百花文艺出版社出版的《保卫鲁迅的战斗传统》，这本书收录论文十九篇，除了《论鲁迅的抒情散文——关于〈野草〉和〈朝花夕拾〉》《鲁迅与拜伦》等三四篇文章之外，其他全是大批判文章。本书开篇第一篇文章就是《保卫鲁迅的战斗传统——斥冯雪峰、陈涌对鲁迅传统的玷污》，还有一篇批判陈涌的文章，即《鲁迅论艺术——简评陈涌的〈为文学艺术的现实主义而斗争的鲁迅〉一文》。另外，在这本书中陈鸣树还批判了胡风、刘雪苇、许杰、李长之、徐中玉、徐懋庸等文坛前辈，充满了政治火药味。

在该书代序《拔掉鲁迅研究领域中的白旗》一文中，他这样评价陈涌：

> 追随冯雪峰的陈涌，在这点上也表现得并不逊色。特别在国际上修正主义十分嚣张的时候，陈涌连忙竖起了白旗，毅然加入了这股噪音的合唱。从此，“鲁迅研究”也就越来越成为他反对党的文艺思想、宣扬修正主义的工具。在1956年，陈涌紧接秦兆阳的《现实主义——广阔的道路》之后，发表了《为文学艺术的现实主义而斗争的鲁迅》，这篇文章，陈涌假鲁迅之名宣扬了一系列的修正主义观点，向党、向马克思主义文艺阵地展开了全面的、系统的攻击。

其实，在该书撰写出版之前，陈鸣树与陈涌早就相识，新中国成立之初，陈鸣树就与陈涌通信请教学术问题。1956年全国第一次青年创作会议召开，理论组参加者约七八人，组长是陈涌，组员就有陈鸣树。在“左”倾思潮下，年轻气盛急于成名的陈鸣树，对陈涌这样像老师一样的老朋友，也断然开炮，展开了脱离学术文本的批判。“文革”结束后，陈鸣树幡然醒悟，陷入深深的自责，并在多年后依然无法释怀，即使自己步入老境，依然时时向学生们提及自己当年犯过的错误，警醒自己的同时也警醒他人。他在人生回顾文章《追求完美中的遗憾——我五十多年来的文化学术道路》（《东方论坛》2005 年第 3 期）一文中说：

> 我当时还不能理解我的胜利的喜悦是建立在别人的痛苦上的。本来，学术上的论争是正常的事，但那时一切都被纳入政治范畴内，文学上失利的一方同时是政治上失利的一方，这是非同小可的。现在想来，我不能不受到良心的谴责。……这些文章，至今想来还十分内疚和汗颜，对为我涉及的前辈和时贤表示深深的歉意。

“文革”结束后，陈鸣树摆脱了政治因素的干扰，潜心研究学术，并对自己当年错误批判过的老一辈作家学者频频表示歉意，这封信就是一例证明。有些老作家能够充分理解上世纪五六十年代的政治生态和学术生态，原谅了陈鸣树，比如许杰，还和他成了好朋友。陈涌也原谅了陈鸣树对他的批判，70 年代后期，陈鸣树在北京鲁迅博物馆主持《鲁迅年谱》编写工作，陈涌曾专门去看望他，陈鸣树回忆道：

> 在北京期间，陈涌同志也来看我一次，我因为曾批判过他，讪讪地颇不好意思。他似乎早已

淡忘，且一见如故。我请他吃了一个苹果，送到他人民文学出版社的集体宿舍里。我曾盛赞他当年所写的《论鲁迅小说的现实主义》，我们当时都作为教材的。

后来，陈鸣树对陈涌的理性评价是：

陈涌先生不仅是鲁迅研究家，而且是著名的马克思主义文艺家、批评家。作为理论家的特点在他的鲁迅研究中体现得很充分。这就是说，他不仅用理论来解决鲁迅研究中的许多课题，而且通过鲁迅研究，通过对鲁迅的思想或创作经验的概括，丰富了我国的马克思主义文艺理论（《鲁迅研究史上的丰硕成果》，1985年12月刊载于《中国现代文学研究丛刊》）。

在这封信的结尾，陈鸣树说："愿以此书作为起点，一切从新开始。"他对陈涌先生承诺的话，确实没有食言，后来他陆续出版了《鲁迅杂文札记》《鲁迅的思想和艺术》《文艺学方法概论》《鲁迅论集》，在学术界评价很高，尤其是《文艺学方法概论》一书，重点阐述了社会学、心理学、比较文学、俄国形式主义、新批评、原型批评、现象学、阐释学、接受美学、结构主义、解构主义、自然科学、马克思主义文艺学等多种文艺学方法，通过严格的审视，深刻的反思，对各种方法予以实事求是的介绍和评价，表现出建构思维体系的卓越能力，许多高校中文系都把这本书作为研究生必读书目，陈鸣树先生对此也很自信，认为“我这本书在这一学科中十二年来始终处于高端”。

从一封短信，聊起许多往事，让我感受最深的有两点，一是学术与政治的关系，学术研究无法彻底摆脱政治的影响，但不管在什么时代，在怎样的社会环境中，学术研究都要和政治保持适当的距离，有了距离，才会理性地看清楚一些事，才不至于为自己说过的话后悔，走得太近，容易迷惑双眼，心态也变得功利，就很难做出客观公正的判断了，从这一点来说，知识分子的独立人格和自由精神真的非常可贵；二是感佩于老一辈学人的虚怀若谷，自己做错了事就道歉，不需要遮遮掩掩顾及脸面，被批判的人也不记仇，以宽容之心对待学术论争，事过境迁也就释然了，这种同行之间的关系值得今天的学人们借鉴。

苗得雨致田华信札释读

苗得雨是著名诗人，他 1932 年 3 月生于山东沂南，在十几岁时就写了《旱苗得雨》《我送哥哥上战场》等诗歌作品。1947 年 2 月 25 日，延安《解放日报》二版刊登了新华社文章《十四岁的孩子诗人——苗得雨》，他的名字开始在文艺界传播开来。新中国成立后，他在山东省文联、作协工作，曾任省文联副主席、作协副主席，兼任中国新文学学会副会长、中国解放区文学研究会副会长等职。著有《苗得雨诗选》《苗得雨散文集》《文谈诗话》《赏诗谈艺》等。2017 年 7 月在济南病逝。

田华是著名表演艺术家，1928 年 8 月生于河北唐县，1950 年因在电影《白毛女》中饰演喜儿被观众熟知，之后还参与拍摄了《党的女儿》《法庭内外》《江山多娇》等影片，曾获大众电影百花奖终身成就奖等奖项。

这封苗得雨致田华信札，从信封邮戳来看，写于 2006 年 12 月，这一年田华 78 岁，苗得雨 74 岁，都已是古稀老人。书信全文如下：

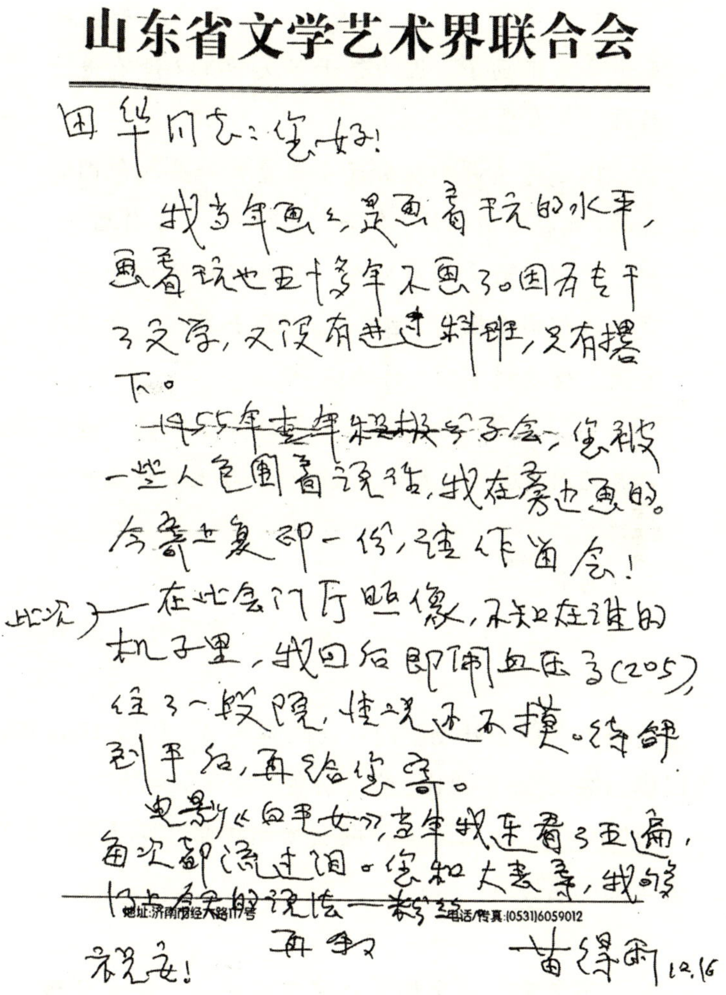

山东省文学艺术界联合会

田华同志：您好！

我当年画画是画着玩的水平，画着玩也五十多年不画了。因为专干了文学，又没有进过科班，只有搁下。

~~1955年青年业余作者会~~，您被一些人包围着说话，我在旁边画的。今寄上复印一份，请作留念！

此次在此会门厅照像，不知在谁的机子里，我回后即闹血压了(205)，住了一段院，情况还不摸。待印到手后，再给您寄。

电影《白毛女》，当年我连看了五遍，每次都流过泪。您和大表姐，我的~~[illegible]~~

地址：济南市经十路117号 电话/传真：(0531)6059012

再叙

祝安！

苗得雨 12.16

苗得雨致田华信札

田华同志：您好！

我当年画画，是画着玩的水平，画着玩也五十多年不画了。因为专干了文学，又没有进过科班，只有撂下。

1955 年青年积极分子会，您被一些人包围着说话，我在旁边画的。今寄上复印一份，请作留念。

此次在此会门厅照相，不知在谁的机子里，我回后即闹血压高（205），住了一段院，情况还不摸。待拿到手后，再给您寄。

电影《白毛女》，当年我连看了五遍，每次都流过泪。您和大表弟，我够得上今天的说法——粉丝。

再叙 祝安！

苗得雨　12. 16

苗得雨在信中开场就说自己画画的事，以及 1955 年曾为田华画像，此事的缘由，苗得雨在写完此信后第三天（2006 年 12 月 19 日）所写的一篇散文《当年画“小人头”》中有所交代，他写道：

不久前，在全国第八次文代会上，我见到田华，我说：“1955 年全国第一次青年积极分子代表大会时，我画过你一幅像，胸前两条长辫子……”

她高兴地说："能否寄我看一看？"我找出"老画册"，复印了，给她寄去。

中国文联第八次全国代表大会于2006年11月10日至14日在北京举行，这次会议，田华是部队的代表，苗得雨是山东团的代表，距离上次二人在京开会时苗得雨给田华画像，已经过去了半个世纪。

关于"1955年青年积极分子会"，是1955年9月在北京召开的全国第一次青年社会主义建设积极分子代表大会，共有各个领域的优秀青年代表1500余人参会，其中文艺界人士有田华、郭兰英、李希凡、苗得雨、邵燕祥等41人。9月28日下午，毛主席接见了参会代表并合影，9月30日晚，周总理在北京饭店宴请了大家。苗得雨晚年撰写的《一派勃勃生机——忆全国第一次青积代大会》一文，详细记述了会议的经过，以及他为田华画像的情况。

有一天一个活动后，是按行业分桌吃饭，我们那一桌上，在我左边的是唱《王大妈要和平》《翻身道情》的歌唱家郭兰英，在我右边的是演"小白兔"的史美明，一个比我大两岁，一个18岁——比我小5岁；对面是29岁的剧作家黄悌和27岁的文艺理论家李希凡。我仔细端详了坐在另一桌的在电影《白毛女》中演喜儿的田华、在越剧《红楼梦》中演薛宝钗的吕瑞英和为许多苏联电影年

山東省文學藝術工作者聯合會

苗得雨为田华所画素描

轻女性配音的张桂兰。张桂兰穿着一件淡蓝色布裙，打扮很朴素，模样总是笑着；田华在和别人说话时，我急急画了她一张速写。

当时他们都是风华正茂的年纪，参加这样高规格的会议，大家都很振奋。可能是因为那个年代相机还比较稀缺，苗得雨用速写的方式为田华画像，也是一种留念方式。我在《美术》杂志上（1955 年 9 月号）就看到过当年画家吴作人为参加这次会议的鞍钢炼铁厂炉工长王鸿顺、苏联女英雄卓娅的母亲画的速写，还有画家艾中信为丹巴云母矿藏族青年突击队长莫洛画的速写，看样子这种方式在当时比较流行。

仔细端详苗得雨为田华画的这张速写，与我们经常看到的田华照片不太像，整体感觉偏老，不像 27 岁的年龄，另外，口鼻等部位画的有些过于紧凑，估计一是因为吃饭间隙“急急画”的，比较仓促，还隔着一张桌子的距离，看不太清楚，二是因为苗得雨确实并非画家出身，绘画只是兴趣爱好，不能用专业标准来要求。他在《习画记》一文中曾说，小时候喜欢画画，初生牛犊不怕虎，自己不知道什么叫水平，也不怕丢丑，有时候试着投点画稿，还会发表出来。新中国成立后，在济南遇到叶联森同志，苗得雨把画作拿给他看，他看了点评说，“你画的什么？这人的胳膊，是胳膊，还是扁担？”从那时苗得雨才泄了劲，不再画了。但是作为一种兴趣，他还悄悄坚持着，“平日，随手画些小人头，有时也觉得乐趣无穷。如开会听人讲话，一边记录着，一边悄悄画下讲话人的模样。文学讲习所学习的两年里，我就悄悄画了三十多个名家和同学。这随意画着玩的东西，有的竟成了永久的纪念。1956 年全国青年作者会，听周总理讲话，我画下了总理微笑着讲话的模样，一望见小本上那幅图，就想到当时的情景，这比照片珍贵。”

在这封信中，苗得雨还提到文联八代会时曾和田华在门厅照相（合影），但苗得雨回济南后因高血压住院，还没有拿到和田华的合影照片，也没有弄清楚存在谁的相机里，等拿到照片后再寄给田华。根据 2008 年 12 月出版的《苗得雨散文四集》，在这本书前面收录了作者各个时期的部分照片，其中第一幅就是 2006 年 11 月苗得雨和田华聊天时的合影，这说明后来苗得雨找到了这张照片。

在信末，苗得雨表达了对田华主演的电影《白毛女》的喜爱，并用了“粉丝”这一时髦的说法。那是在 1950 年，新中国刚成立不久，东北电影制片厂要将歌剧《白毛女》搬到荧屏上，导演是王滨、水华，总摄影师是吴蔚云，在选择喜儿的扮演者时，他们找到了 22 岁的田华。当时田华主要是在舞台演出，没有接触过电影，导演组确定由她演喜儿，主要是觉得她有农村生活积累，有乡土气息，性格单纯朴实，年龄也吻合，也就是说，演员和角色的气质相符。影片放映后大获成功，反响特别强烈，许多观众感动不已，苗得雨就是其中之一，相信和他一样看了五遍以上的大有人在。田华也因此声誉鹊起，成为新中国第一代家喻户晓的电影明星，后来她曾多次表示，拍摄《白毛女》是影坛学艺的第一步，最大的收获就在于认识到生活是创作的源泉这一真理。

从1955年到2006年，五十一年世事沧桑，虽然经历了动荡的岁月，但苗得雨依然保存着当年为田华画的速写，这说明他相当珍视这幅作品。从这封信，既能看出作为文学家的苗得雨在绘画方面的兴趣特长，同时也是文学家和影视艺术家跨界友谊的见证。

袁良骏致牛汉信札释读

袁良骏是著名现代文学学者，1936年9月生于山东鱼台，1961年毕业于北京大学中文系并留校任教，1983年调入中国社科院文学研究所，曾任鲁迅研究室主任、博士生导师，兼任中国鲁迅研究会副会长，著有《鲁迅思想的发展道路》《鲁迅研究史》《白先勇论》《张爱玲论》《香港小说史》等专著，2016年9月逝世。

收信人牛汉是著名诗人，1923年10月生于山西定襄，蒙古族，曾任《新文学史料》主编、《中国》执行副主编，著有《彩色生活》《空旷在远方》《我仍在苦苦跋涉》等，代表作有诗歌《鄂尔多斯草原》《纪念一棵枫树》《华南虎》等，2013年9月逝世。

这封袁良骏致牛汉信札全文如下：

牛汉同志：

您好！给您拜个晚年吧！祝您健康、丰收！

奉上《香港小说史上的张爱玲》一文，请您

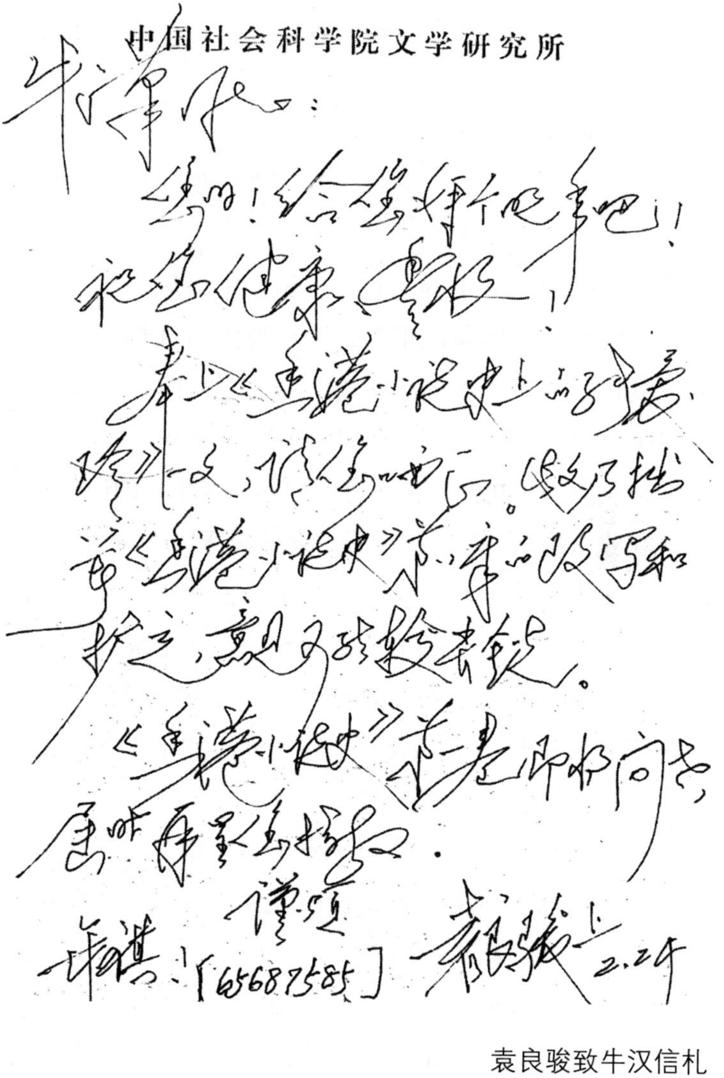
中国社会科学院文学研究所

牛汉兄：

您好！给您拜个晚年吧！

祝您健康、长寿！

奉上《香港小说史上的张爱玲》一文，请您审正。此文乃据拙著《香港小说史》有关部分改写和扩充，或可引起读者兴趣。

《香港小说史》亦是您所倡问世，感谢您的提携。

谨颂

年禧！[65687585] 袁良骏上 2.24

袁良骏致牛汉信札

哂正。此文乃拙著《香港小说史》第八章的改写和扩充，意见可能较尖锐。

《香港小说史》第一卷即将问世，届时再呈您指教。

谨颂　年祺！

袁良骏　上　2. 24

这是一封很简单的信札，根据信中最后一句"《香港小说史》第一卷即将问世"，即可推测出这封信的写作时间，袁良骏所著《香港小说史》第一卷，1999 年 3 月由海天出版社出版，所以此信写作时间应是 1999 年 2 月 24 日，那天是农历正月初九，也就有了"拜个晚年"的说法。

在我入藏这封信札的时候，袁良骏寄给牛汉哂正的《香港小说史上的张爱玲》一文，并未和信札在一起，所以无法阅读原文。经查阅相关学术期刊，也并未发现袁良骏以此为题正式发表的文章，所以不知道意见尖锐在哪里，但通过研究袁良骏后来发表的文章和出版的学术著作，也能看出一些端倪。

信中所说的"《香港小说史》第八章"，标题是"张爱玲的《秧歌》和《赤地之恋》"。上世纪 40 年代张爱玲在上海时，曾发表过《沉香屑——第一炉香》《沉香屑——第二炉香》《倾城之恋》《金锁记》等代表作，1952 年她以申请到香港大学复学的名义到香港，1954 年起在香港陆续创作了《秧歌》和《赤地之恋》等小说，《秧歌》写了一个农村积极分子一步一步、有意无意成为抢粮暴动头目的故事，《赤地之恋》写了张爱玲眼中的“土改”“三反五反”“抗美援朝”等。袁良骏在本章节中认为，由于这一时期张爱玲的创作是受香港美国新闻处指导的，所以创作动机是政治性的，对大陆政权进行攻击丑化，违背了创作规律和艺术良心，是失败之作。

在沉淀了十一年后，即2010年，袁良骏在华龄出版社推出了张爱玲研究专著《张爱玲论》，我认为，这本书中的第二十章“张爱玲小说的艺术败笔：《秧歌》和《赤地之恋》”，内容应该更接近袁良骏寄给牛汉的《香港小说史上的张爱玲》一文，也更能体会袁良骏对牛汉所说的“意见可能较尖锐”之意。他首先批判了胡适和夏志清对《秧歌》《赤地之恋》的正面评价，然后对小说的性质进行定性，认为在香港批量生产这种宣传品，是当时美国亚洲远东战略的一部分，张爱玲只不过是众多写手中的一个，在艺术特色上，他认为“张爱玲纯粹是盲人瞎马、胡编乱造，小说情节、人物便闹得十分可笑，如同儿戏”，“不可能写出什么有血有肉的人物形象”。另外，他还谈到了张爱玲丈夫胡兰成对她创作《秧歌》的影响，“一个天才小说家，要去拣拾一个大汉奸的牙慧，把他的谬论写入自己的小说中，这除了说明这位小说家创作才能陷入贫乏之外，还能说明什么呢？”

虽然袁良骏在上文中对张爱玲的评价比较尖锐，但他并没有彻底否定张爱玲的全部创作，他在发表的《张爱玲小说的巅峰与末路》（《南通大学学报》2010 年第 4 期）一文中认为，以《传奇》为代表的张爱玲早期小说，虽然是写的“男女间的小事情”，但善写人性异化和心理变态，开拓了中国现代文学领域，丰富了现代文学的艺术手段，意象丰富，文字优美，耐人咀嚼。同时他还认为，张爱玲不仅是一位优秀的小说家，还是一位优秀的散文家，她的散文集《流言》和小说集《传奇》是四十年代中国文学的双璧，《传奇》不仅是张爱玲小说的艺术巅峰，也成了中国现代文学史上的一部力作。但对她的晚期作品，比如《五四遗事》《色·戒》《同学少年都不贱》，包括《小团圆》，都远远没有达到《传奇》的水平，晚期作品的大滑坡是不争的事实。在《张爱玲论》的跋语中，袁良骏说：“本书意在正面恰当评价张爱玲的文学成就，特别是早期小说的卓越贡献，以图确立她在中国现代小说史、文学史上的重要位置。对她出国后的中后期作品，也做出实事求是、一分为二的科学评价。”

我比较好奇的是，牛汉收到此信后的态度如何，是否认可袁良骏对张爱玲的评价？因未见到牛汉的回信，也没有查到牛汉公开发表的评论张爱玲的文章，所以也就不得而知了，这是个缺憾。

曾镇南致雷达信札释读

曾镇南和雷达都是著名的文学评论家。曾镇南 1946 年生于福建漳浦，毕业于北京大学中文系，曾任中国社科院研究员、《文学评论》副主编，著有《泥土与蒺藜》《缤纷的文学世界》《王蒙论》等。雷达比曾镇南大三岁，原名雷达学，1943 年生于甘肃天水，毕业于兰州大学中文系，曾任中国作协创研部主任、中国小说学会会长，著有《民族灵魂的重铸》《蜕变与新潮》《当前文学症候分析》《雷达观潮》等。

2018 年 3 月 31 日，雷达因病去世，许多作家和评论家撰文怀念，认为雷达是新时期文学的见证者、评论者、参与者，是贯穿新时期文学四十年的重要批评家。莫言认为雷达的去世是“文坛坠大星”。我在阅读中国当代文学研究会会长白烨和中国人民大学教授程光炜撰写的悼念文章时，发现他们都提到了一个说法，即上世纪 80 年代初，文坛有两位影响较大的青年评论家，一个是雷达，另一个就是曾镇南。

这封曾镇南写给雷达的信，时间是1981年4月17日，此时曾镇南在北京大学中文系跟随杨晦先生攻读文艺理论方向的研究生，雷达任职于中国作协《文艺报》编辑部。信札内容是曾镇南向雷达投稿，全文如下：

雷达学同志：

寄上介绍陈建功的文稿一份，请加审处。

早就想写信请教了。您的评论文章给我的印象是很深的。您对《被爱情遗忘的角落》的分析和《希望正在这一面》等文章，见解锋利，评析确当，给我很大启发。我正在学习写评论，因此也较留意活跃在评坛上的各家的特色。今后希望得到您的帮助。

评陈建功文，我想避免泛论，力图提出一些见解。同时又要避免与我写过的其他文章重复，下笔时破费斟酌。写完后发现长了一些，如需删节，请来信联系。

另，我曾寄给陈丹晨同志一篇评张贤亮《土牢情话》的文章，迄无回音，估计不能用了。请您碰到他时提醒一下，让他退还给我。谢谢。

祝好！

曾镇南 1981. 4. 17

在这封信中，曾镇南高度评价了雷达的评论文章，表

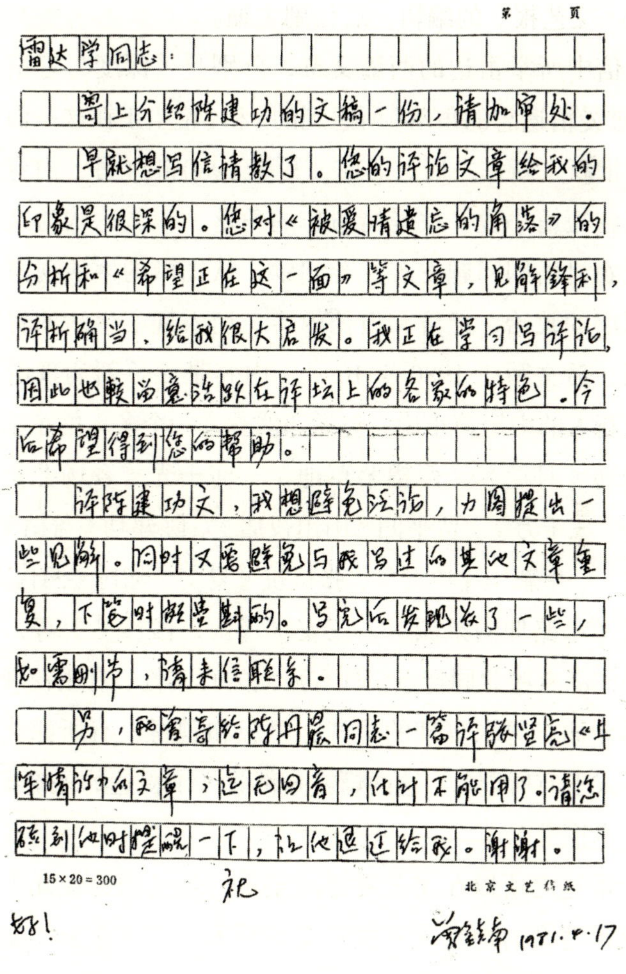
第 頁

雷达学同志：

寄上介绍陈建功的文稿一份，请加审处。

早就想写信请教了。您的评论文章给我的印象是很深的。您对《被爱情遗忘的角落》的分析和《希望正在这一面》等文章，见解锋利，评析确当，给我很大启发。我正在学习写评论，因此也较留意活跃在评坛上的各家的特色。今后希望得到您的帮助。

评陈建功文，我想避免泛论，力图提出一些见解。同时又要避免与我写过的其他文章重复，下笔时颇费斟酌的。写完后发现长了一些，如需删节，请来信联系。

另，我曾寄给陈丹晨同志一篇评张贤亮《土牢情话》的文章，迄无回音，估计不能用了。请您碰到他时提醒一下，让他退还给我。谢谢。

15×20=300 北京文艺信纸

祝

好！

曾镇南 1981.4.17

曾镇南致雷达信札

达了谦虚求教的意思，同时提到了自己写的关于陈建功和张贤亮的两篇评论文章，看《文艺报》能否刊载，陈丹晨也是《文艺报》的编辑，后任副主编。

信中所举雷达的两篇文章，分别是《深度与容量——读〈被爱情遗忘的角落〉所想到的》和《希望正在这一面——读一批新人新作之后》。前文写于1980年4月，内容是评价张弦短篇小说《被爱情遗忘的角落》，雷达认为这篇小说从农村婚姻问题发现社会问题，从细微的生活现象中展现深广的政治、经济和道德内容，切入现实生活的程度比较深。后文写于1980年10月，内容是评价新涌现的一批文坛新人的中短篇小说，包括遇罗锦《一个冬天的童话》、韩少功《月兰》《西望茅草地》、何士光《乡场上》、柯云路《三千万》、贾平凹《山镇夜店》、陈建功《盖棺》《丹凤眼》、卢新华《典型》、张抗抗《夏》、陈村《两代人》、铁凝《小路伸向果园》、王安忆《雨，沙沙沙》等，认为这些作品有些共同特点，具有强大的真实性，有正视现实、揭露矛盾、寻求真理的勇气，思想和题材上有所深化，艺术形式上有所创新。这两篇文章都收入了雷达的评论集《小说艺术探胜》。

雷达之所以在文艺界德高望重，就是因为他几十年来一直不遗余力地发现和扶持文坛新人，很多作家作品都是他第一个写评论向读者和文坛推介。陈世旭的《小镇上的将军》、铁凝的《没有纽扣的红衬衫》、韩少功的《飞过蓝天》《风吹唢呐声》、古华的《芙蓉镇》《爬满青藤的木屋》、叶文玲的《心香》、邓友梅的《那五》、张炜的《秋天的愤怒》、莫言的《红高粱》、陈建功的《飘逝的红头巾》、刘震云的《塔铺》等，都是他第一个评论的。有人称他是当代文坛的“伯乐”“超级星探”，可谓实至名归。

曾镇南投稿的两篇文章，一篇是写于1981年4月的《陈建功和他的短篇小说》，投给雷达，内容是对陈建功《流水弯弯》《迷乱的星空》《被揉碎的晨曦》《京西有个骚鞑子》《盖棺》《丹凤眼》等短篇小说的评论，认为流贯于陈建功艺术天地之中的是一种共同的、强烈的东西：那就是不可遏制的、战斗的、对社会的热情，这种热情充满着青春的火力，既表现为对社会丑恶现象的愤慨，对庸人哲学的蔑视，也表现为对劳动人民命运的关注，对他们心灵的赞美，而这种热情凝注的焦点，则是对人生的真义、价值的探索。

另一篇是写于1981年1月的《在炼狱的毒焰中净化的灵魂——评张贤亮的中篇小说〈土牢情话〉》，投给陈丹晨，他通过认真分析小说中的人物形象，认为这部作品具有显示灵魂的很深的现实主义特色，给人以大痛苦又给人以大希望。我并未查到这两篇文章当年是否在《文艺报》发表了，但都已收入了曾镇南的第一部评论集《泥土与蒺藜》。

雷达虽然只比曾镇南大三岁，是同辈人，但他搞文学评论起步较早，另外，在《文艺报》这个工作平台，可以发挥很大作用，相信他帮助过的青年评论家不止曾镇南一位。

1985年，曾镇南在文坛已经小有名气，他在接受专访的时候，专门讲到应该对青年评论家多有鼓励。他说："很多二三十岁的年轻人写的文章并不比负有盛名、出过好多集子的人差。问题是对这些人没有像对一些年轻作家那样给予鼓励。我认为搞文学事业是需要鼓励的。这不是照顾人们的虚荣心。马克思讲过，诗人是需要夸奖的。这好像是人的天性。搞文学评论，也需要夸奖，它能激起人对自己事业的信心、热情。我深感现在对年轻的评论工作者的鼓励和夸奖太吝啬了。我经常读到一些二三十岁的年轻人写的叫人佩服的文章。这些人，杂志很少约他们的稿子，杂志总想找有影响的名家。这是不太公平的。年轻作家写一篇好小说就可以得奖，得到那么多鼓励，那么一个年轻的文学评论家写出一篇比较有分量的评论，我认为也应该给予比较大的鼓励。这对他的成长，对他进一步提高信心，都有好处。我自己就很感谢一些编辑、一些朋友的鼓励。"（《在百花园中，他愿意做一撮泥土——访青年文学评论家曾镇南》）

现在雷达已经去世，曾镇南也已是古稀之年，他们将自己最好的年华，都奉献给了文学评论事业，在这块芳草地上刻下了深深的履痕。

张炯、邓绍基、樊骏主编的十卷本《中华文学通史》（华艺出版社1997年出版），在"新时期活跃的理论批评家"一章中，专门列了"小说研究与雷达、曾镇南"一节，认为"雷达始终处于批评的前沿，以快速追踪的姿态，密切注视着文学创作、特别是小说创作的发展态势和走向”，“他的一些厚重的论文其诗情力透纸背”；认为“曾镇南的文学评论属于美学的历史的批评，富于激情而兼有文采，能从社会历史与美学意味中开掘作品的思想内涵和艺术特色，文笔直率而真诚”，高度评价了雷达和曾镇南在当代小说评论领域所做的贡献。

聂震宁致何西来信札释读

聂震宁是著名出版家、作家，1951年生于江苏南京，1988年毕业于北京大学中文系，曾任漓江出版社社长、人民文学出版社社长、中国出版集团总裁等职，著有《暗河》《长乐》《我的出版思维》等。

何西来是著名文学评论家，1938年生于陕西临潼，1958年毕业于西北大学中文系，曾任中国社科院文学研究所副所长、《文学评论》主编，著有《新时期文学思潮论》《文格与人格》《文艺大趋势》等，2014年12月在北京病逝。

聂震宁的这封信，写于1995年10月24日，此时聂正担任漓江出版社社长，他策划了一套“古典文学名著评点本系列”丛书，写信诚邀何西来加盟。信札全文如下：

何先生：

您好！

今年6月底敝社在京召开的“古典文学名著评点本系列”首批图书出版座谈会，先生莅会并做了非常精彩的讲话，一腔感激之情至今仍在我胸中涌动！先生是真正的文学中人、性情中人！学生颇有相见恨晚之感。希望日后仍有机会向先生当面求教。

“评点系列”仍在稳步进行，只是好中求快，不敢粗疏。现有一事与先生商量：此系列前已出《三言精华（高晓声评本）》，《二拍精华》则不能不出，我有意请先生评点，征询了王蒙、李国文的意见，他们也以为合适。不知先生能否允此所请，加入到评点派中来，如能是，则属此系列幸事一桩。先生思维敏捷灵动，识人所之未识，见人所之未见，且锦心绣口，文气充沛，最合担当评点者。此系列目前正在评点的有陈建功（评《水浒》）、冯骥才（评《西游》）、陈村（评《儒林外史》）、刘心武（评《金瓶梅》节本）。日后我打算要向评论界延伸，评点最终还应当是评论家的事，先生以为如何？

先生如能接受此请，我即与先生商量具体事宜。望速告。

如先生另有评点别的名著的想法，亦望告知。此系列是开放性的，可以包容很多品种。

专此不赘。即颂

秋祺！

聂震宁

1995. 10. 24

LIJIANG PUBLISHING HOUSE 漓江出版社
GUILIN, CHINA 中国·桂林
TEL (0773) 2832406 电话 (0773) 2832406
FAX (0773) 2832431 传真 (0773) 2832431
POST CODE 541002 邮编 541002

何先生：

　　您好！

　　今年6月底敝社在京召开的"世界文学名著评点本系列"首批图书出版座谈会，先生莅会并作了非常精彩的讲话，一腔激愤之情至今仍在我脑中涌动！先生是真正的文学中人、性情中人！学生颇有相见恨晚之感。希望日后仍有机会向先生当面求教。

　　"评点系列"仍在继续进行，只是好中求快，不敢粗疏。现有一事与先生商量，此系列前已出《三言精华（高晓声评本）》，《二拍精华》则不能不出。我有意请先生评点，征询了王蒙、李国文的意见，他们也以为合适。不知先生能否允此所请，加入到评点队伍中来，如能是，则是此系列幸事一桩。先生思维敏捷是动

20×15=300　　第　页　4034.95.7

LIJIANG PUBLISHING HOUSE 漓江出版社
GUILIN, CHINA 中国·桂林
TEL (0773) 2832406 电话 (0773) 2832406
FAX (0773) 2832431 传真 (0773) 2832431
POST CODE 541002 邮编 541002

说人所之未说，见人所之未见，且独出心裁，文气充沛，最合担当评点者。此丛刊目前已在评点的有陈建功（评《水浒》）、冯骥才（评《西游》）、陈村（评《儒林外史》）、刘心武（评《金瓶梅》）等等）。目前我打算要向评论界延伸，评点最终适宜当是评论家的事，先生以为如何？

先生如能接受此请，我即与先生商量具体事宜，望速告。

如先生另有评点别的名著的想法，亦望告知。此丛刊是开放性的，可以包容很多品种。

专此不赘。即颂

秋祺！

聂震宁

95.10.24

20×15=300　　第　　页　4034.95.7

聂震宁致何西来信札

信中所说漓江出版社“古典文学名著评点本系列”首批图书出版座谈会，1995年6月28日在北京文采阁举行，聂震宁主持会议。据记载，当天出席座谈会的有国家新闻出版署副署长桂晓风和王蒙、李国文、冯其庸、陈原、傅璇琮、唐达成、张锲、冯立三、陈丹晨、缪俊杰、秦晋、董乃斌、何西来、陈骏涛、陶文鹏、童庆炳、曹文轩、刘梦溪、胡德培、张颐武、白烨、王必胜等作家学者，可谓名家云集。该“系列”第一批出版的图书包括王蒙评点《红楼梦》、李国文评点《三国演义》、高晓声评点《三言精华》三种。经查阅当时的会议记录，中国社科院研究员何西来先生的发言要点如下：

> 这套书点子好，不是请专家而是请知名作家评点。漓江出版社把这套丛书当作文化建设事业来抓，难能可贵。聂震宁同志的总序见气势，且有思想，首倡了新的评点方法。评点的作家同时也是学者，比如王蒙的评论文章数量不会比作品少。评点既是学养的积累，又是思想和生活的积累。评点内容不仅附丽于原著之上，而且具有独立的鉴赏价值、批评价值。

何西来发言中提到的“聂震宁同志的总序”，是聂震宁为这套评点本图书写的序言，发表在《光明日报》上，题目是《再倡中国传统评点方法》。在文中，聂震宁考察了中国文学史上传统评点方法的辉煌成就，与西方文学批评的区别，以及该方法在现代文学中的缺失，重点指出了策划这套著名作家评点古典文学名著丛书的价值所在：

> 看当代著名作家们对古典文学名著的评点，仿佛旧雨相识，其实已是新桃新符。他们对社会多有真知，于人生深有历练，在文学是圆熟通透，自成一家，对古典文学名著见解独到，充满现代智慧，所评所点，堪称古典文学名著的现代读法，相信会在国内外文学界、学术界产生良好影响。倘若由于这一影响，使得中国传统评点方法得到再倡，从而在文学批评界得以广泛应用，形成一代风气，引起读者兴趣，丰富文学智慧，壮大民族精神，那么，作为首倡此事的出版社，无论在这一出版业务中赔赚如何，都将会引以为快乐之事的。

在当时，聂震宁是漓江出版社社长，作为一把手，他并没有高高在上当官老爷，不食人间烟火，而是身先士卒，亲自策划图书选题，亲自给作家学者写约稿信，亲自为丛书写长篇序言摇旗呐喊，不唯经济效益，更重文化建设，试问今天各大出版社的一把手，能有几人做得到？这充分体现了聂震宁作为一个出版家的责任和担当，也能看出他是一个真正的爱书人。在他的带领下，漓江出版社在业内的影响力越来越大，后来，聂震宁再接重担，赴京担任人民文学出版社社长，再后来，担任了中国出版集团总裁，执掌“国字号”。一路走来，他靠的就是改革者的魄力、爱书人的情怀。

高晓声评点《三言精华》出版后，聂震宁即去函约请何西来评点《二拍精华》。因为没有见过何西来给聂震宁的回信，不知他是否答应了聂震宁的邀请，但从后来的情况看，漓江出版社并未出版过何西来点评的《二拍精华》，可能是何西来没有允诺此事，也可能同意点评，但最终并没有写出来。包括聂震宁信中所说正在进行的陈建功评点《水浒传》、冯骥才评点《西游记》、陈村评点《儒林外史》，后来也都没有出版，只有刘心武评点《金瓶梅》，2012 年在漓江出版社正式出版了。除此之外，后来又推出了陈建森等评点《中国古代散文选》、纪连海评点《史记》等，但从规模和种类来看，远没有达到这套丛书预想的效果。我推测，这既和评点人对名著的匹配程度有关，也和聂震宁调离漓江出版社有关。

后来我看到署名“丹晨”的一篇文章，题为《“评点”能再造辉煌？》，就是探讨漓江出版社这套丛书的得与失。在这篇文章中，作者肯定了已经出版的王蒙、李国文、高晓声几种评点本的价值，认为漓江出版社要为评点名著再造辉煌，其志可嘉，但同时也指出了存在的一些问题：

古典小说评点式批评虽然盛行于明清，但真正有价值有成就有助于读者和研究者的也就是有限的几家。这些有成就的重要批评家和评点本，必定具备几个条件：第一，须有较高思想艺术素养，才能对这些名著的评批中表现出自己的真知灼见，从而引起读者兴趣和共鸣，得到启示和感悟，或拍案叫绝，或引为知音，否则在读者看得津津有味的时候，你插嘴说的尽是一些废话空话岂非成了累赘，遭人厌烦，索性就跳过去不看。第二，评点者必得是极熟悉（吃透了）原著，真正深刻领会了个中三味，并在多次阅读评批中完成的。也由此，我以为评点派后来的衰落，与小说创作本身缺少可供精研细究的原著有关，也还因为二十世纪中国进入到一个繁复动荡多变的现代社会，人们已不可能再抱着几部小说戏剧在书斋里左批右评不顾及其他世事的生活了。

由此，我也想到这种由出版社分派任务给作者的做法与古代批评家自发选择自己喜欢熟悉且有研究的原著有感而发的效果将是不同的。如果接受某个任务的作者恰好属于那样情况，那就再好不过，反之，则成了虚应故事，就完全不是那么回事了。

第四辑 清赏

源于鲜活人生的美学

——读王朝闻《审美谈》

上世纪五六十年代，美学界围绕着“美的本质”掀起了一场学术大讨论，朱光潜、蔡仪、吕荧、李泽厚等著名学者悉数登场。作为美学家、雕塑家的王朝闻，虽然没有亲自参与这场讨论，但他一直在观察、思考，吸收有益成果，也发现各种观点的局限，并将自己的思考不断写成文字，构建了源于鲜活人生的艺术美学，在学术界形成了一道独特的风景。据中国艺术研究院教授翟墨讲，1983 年秋他到北大访问 87 岁的朱光潜先生，先生说，他最佩服的中国美学家有两个，一个是汝信，一个是王朝闻，汝信熟练外语，对西方美学史论和西方艺术有深入独到的研究，王朝闻真懂艺术，对各种艺术门类的美学剖析几乎无人能比。

这本《审美谈》（人民出版社 1984 年 11 月出版），是王朝闻对自己美学思想的系统总结。全书围绕着以艺术为主的审美客体和审美主体的关系，深入分析了创作和欣赏这两个体现审美活动的范畴。对“直觉与思维”“情感与共鸣”“再现与表现”“模仿与创造”“艺术与欣赏”等二十余组相对应的概念进行论述，体现了相互依赖、相互作用的对立统一，具有强烈的辩证思维。

在我的阅读印象中，一般的美学著作，经常从概念出发，从美的本质等学术定义的探讨出发，读来感觉抽象晦涩，很难理解。王朝闻在该书序言中说，“记得二十多年前，一位领导学术工作的同志问我：为什么美学的文章往往不美？我说：这不只是文采问题，更根本的是对于所要探讨的问题缺乏感性知识因而缺乏充沛的情感。现在我更觉得，古人那‘言为心声’的文论，不只适用于诗创作，也应当适用于理论工作。”王朝闻在写作中坚持“言为心声”，带着感情研究艺术，在他眼中山川有性草木含情。他有时把艺术当做生活来认识，有时又把生活当做艺术来观赏，许多感受都是直接来自于生活，从民间生动的话语中引发思考，体会生活本身的美感，从中挖掘美学意义，获得理论升华。他的文风朴实无华，平易近人，语言口语化，很生动，缩小了作者与读者间的心理距离，消除了读者的理论畏惧，实现了有效的学术传播。

有时候他喜欢用俗语俚语说明道理。在“主体与客体”一节中，谈到审美判断的主观性时，他引用了旧社会的一句流行俗语：“当兵三年，母狗当貂蝉。”虽然这话不好听，但从中能直接感受到，每个人都有不同的主观条件，军营没有女性，这种性压抑导致审美心态特殊化，带有审美主体强烈的主观性。

有时候他喜欢用诗文成语说明道理。在“同样与异样”一节中，谈到联想和想象在审美感受中的作用时，他引用欧阳修《蝶恋花》中的诗句“泪眼向花花不语，乱红飞过秋千去”，指出这样的语言既有诗意也有画意，二者统一于读者对诗或画的主观感受中。在“再现与表现”一节中，讲到人们的审美认识有一个过程，这个过程，常常表现为事物发生和发展在时间上的距离。应该承认时间上的距离在从感性到理性认识过程中的深化作用。他用“痛定思痛”来举例，这一成语表明痛时与痛后在时间过程中的差别，因为痛后有所思考或回忆，认识的结果与当时的具体感受之间不免形成一定的距离。

有时候他喜欢用生活细节说明道理。在“艺术中的美和丑”一节中，谈到艺术形象虽然有丰富的客观依据，但实际生活总比一些艺术反映要复杂得多，生活并不像头脑僵硬者所设想的那么简单。“譬如说，因为夫妻之间的不和而要自杀者，服毒之前的片刻却要给他那正在梦乡里的妻子掖掖被角；抢劫行人仅有的两块钞票，临了给对方留下买一顿饭吃的钱；杀掉忤逆不孝的儿子，却又留恋儿子那天真的童年。”简单化的艺术没有认识到生活的复杂性，取消了客观事物固有的矛盾性，缺乏说服力。在“矛盾与魅力”一节中，他用捕鱼的例子来阐释，吃鱼不如打鱼香，能不能把鱼抓住这个悬念，是最让人兴奋的，吃鱼时早已解决了能不能把鱼抓住的矛盾，反而没有兴味了，矛盾的魅力也就丧失了，“兴会最佳者，乃在将到未到时”。

有时候他喜欢用自身经历和人生体验说明道理。在“确定与不确定”一节中，讲到审美主体对审美对象的不确定性，审美主体的感情起关键作用。他讲到自己在吉林出差时，在茂密的树林中坐下来，看着树叶和荒草别有一番趣味。联想到在战乱中流浪的诗人杜甫写的“国破山河在，城春草木深”的诗句，同样是看到草木，但二人感受却迥然不同。在“再谈艺术与欣赏”一节中，他讲了这样一个故事，证明在一定条件下，美与善在群众感受中的地位是善重于美。抗日战争初期，王朝闻在浙江诸暨做宣传工作，他非常认真地画了一幅壁画，下午路过时一看，画里侵略者的眼睛全部被挖掉了。他第一感觉很不满意，怪别人不尊重他的劳动成果，破坏了作品的完整性。但后来一想，这是壁画产生了动人的效果，是群众仇视侵略者的情感表现，他就不再那么不高兴了。这个事件表明，在日本侵略中国、关系到每个人生死存亡的历史条件下，群众对艺术所持的态度在于：内容重于形式，善比美更重要。

美学并不是什么神秘的东西，无非是从理论上解释生活现象和艺术现象，辨别它的美丑。从以上几个例子可以看出，王朝闻的美学理论正是建立在自己的实践实感基础上。要想获得比较深入的审美感受和比较正确的审美判断，一是要拥有相应的生活经验和社会知识，二是要具备能够欣赏美的眼睛、耳朵和心灵。如果离开了艺术形象的具体分析，只说美的定义是什么，美的本质是什么，作为一种研究活动，是很不够的。

由此，我还想到了学术语言问题。有些人文社科学术期刊发表的文章，大量运用西方理论词汇，堆砌概念、装腔作势、故弄玄虚，觉得别人看不懂才显得深刻，这种话语方式值得反思。我承认，理论文章具体采用哪种话语方式，这和学者个人学术背景、行文风格、艺术旨趣有关，也和所论文章主题有关，但最起码应该让具有一定文化素养的读者看得懂，愿意看，从这一点来说，王朝闻的这种从细微现象中发现问题的研究方式和循循善诱老友谈心式的文风，特别值得今天的研究者学习。

学术与人格的师承

——读《冯光廉学术自选集》

新年伊始，收到一个从青岛寄来的包裹，打开一看，是82岁高龄的恩师、中国现代文学学者冯光廉先生新出版的学术自选集。翻开封面，看到扉页上先生花白的头发，慈祥的笑容，回忆起在美丽的海滨跟随先生求学的快乐时光，内心暖意融融。

先生的《自选集》计有学术总论、鲁迅综论、鲁迅小说专论、鲁迅作品新论、文学史论、王统照臧克家论、序文评论共七编，从中可以看出先生治学的着力点集中在鲁迅与现代文学史两个领域，这也是中国现代文学学科的难点和制高点。细细阅读文本，感到既熟悉又陌生，熟悉是因为有些文章以前读过，陌生是因为今日对文章的理解已与昨日不尽相同。灯下掩卷沉思，咀嚼文字，反观自我，这才发现，我受先生潜移默化的影响太多太多，先生的学问和人格，无形中滋养着众多学子，成为我们人生路上的

作者与恩师冯光廉先生合影（墙上悬挂的是著名木刻家刘岘 1977 年赠送冯先生的《鲁迅》木刻像）

精神之钙、力量之源。

从冯先生那里，我爱上了文学，爱上了鲁迅。在大学期间，每隔十天半月，我就到先生那满是书香的房间里，和先生对面而坐，桌上放着几碟水果和糕点，我剥着香蕉，先生摇着蒲扇，开始神聊起来，从五四说到今天，从鲁迅说到莫言，从文学说到传媒，从学术说到生活，时光就在这亲密的话语中渐渐远去。回忆起来，我们聊天的核心，还是鲁迅，还是中国现代文学。正如这本80万字的《自选集》，仅研究鲁迅的文章即占了三分之二的篇幅，有单篇作品的解析，有小说专题的探讨，有宏观综合的建构，清晰地勾画出了冯先生的鲁迅研究路径。从“鲁迅综论”一辑来看，先生力主“综合创新说”，坚持以客观冷静、公平公正的心态，从具体历史环境出发，结合社会实际存在的诸多问题，充分认识鲁迅的丰富性和复杂性，充分认识社会变革和文化发展的艰巨性，在多元并存、多元互补的研究规范下，探讨鲁迅的历史地位，深入剖析鲁迅精神文化遗产在现在和未来的价值，努力做到评述全面、准确、深刻，使文章具有科学性和说服力。

受先生熏陶，我逐渐爱上鲁迅和中国现代文学，本科四年，我购买文学类书籍千余册。和先生一起撰写文章收到的稿费，先生分文不取悉数给我，我用这笔稿费购买了一套2005年人民文学出版社出版的十八卷本《鲁迅全集》。先生说他1958年刚去山东师范大学工作的时候，节衣缩食买了第一套《鲁迅全集》，那年先生24岁，我用先生的稿费也买了我生命中的第一套《鲁迅全集》，很巧，那年我也是24岁。再后来，我本科和硕士毕业论文都是做的鲁迅研究，冯先生也给予了悉心指导。我对中国现代文学尤其是鲁迅产生感情，感佩于他那深邃的思想世界、强烈的忧患意识、艰难的自我剖析、韧性的改革精神、博大的人间情怀，与冯先生的引导有莫大的关系。

从冯先生那里，我接受了专业的学术思维训练。翻阅这本《自选集》，便想起了先生经常强调的创新思维、辩证思维和宏观视野，他这样教育学生，同时也在自我实践。比如《创新：鲁迅精神的灵魂和价值核心》一文，从创新欲求、创新思维、创新能力、创新综合素质等方面，总体上把握鲁迅的精神核心，深入洞见鲁迅和当代中国最重要最根本的关联之处，对“批判精神”“反抗”“反思”“民族魂”“立人”等观点进行了补正，具有很强的创新性。比如《鲁迅与孔子研究的另一面》一文，从仁爱思想与人道精神、积极入世的行为模式、重视道德品格修养三个方面，深入探讨了鲁迅与孔子思想的通连性，摆脱了孔子与鲁迅二元对立的思维束缚，得出了“孔子与鲁迅我们同时都需要”的结论，具有很强的辩证性。再比如冯先生领衔主编的《中国近百年文学体式流变史》(人民文学出版社 1999 年出版)，打破了近代、现代、当代的时间切割，以文学的现代化为中心，系统总结了百年文学文体发展的基本经验，概括了多种值得关注的文体现象。先生与其学生谭桂林合著的《中国现代文学史研究概论》(南京大学出版社 1995 年出版)，从研究历史的鸟瞰、历史结论的重估、创作评论的商兑、研究前景的构想等方面，全面系统地对以往现代文学史著作进行评析，较早地填补了学术空白，被北大原中文系主任温儒敏先生推荐为考研重点参考书目。

这些文学史著作的尝试，体现了冯先生宏观的学术视野和独特的学术追求。求学期间，先生常常跟我讲学术思维的重要性，希望我看待事物能够发散思维，勤于思考，不人云亦云，不剑走偏锋，不断提出新问题新思路，并将创新思维、辩证思维运用到自己的学习和生活中。现在想来，虽然自己没做出多少成果，但依然按照先生的教诲坚持读书写作，受益匪浅。

从冯先生那里，我学到了做人的道理。先生曾将自己的学术个性总结为“平实不华、明晰不晦、沉稳不激、坚定不移”，文如其人，先生的平和性格也是出了名的。他的学生、近代文学研究专家徐鹏绪教授曾撰文写道：“冯先生温婉厚重，喜怒不形于色。平心静气，面带笑容，眼里流露着智慧和慈祥，让人感到可敬可爱。几十年来，我从未见过他的怒容，更没见过他与人争吵。持重平静如此，诚然是一种先天的禀赋，但更是一种后天的修养。这种修炼，实在是一般人难以企及的。”这也是我所感受到的冯先生。另外，先生为人谦逊，写了文章经常征求学生们的意见，他曾在《今晚报》著文《感恩向学子》，表达老师应该对学生怀有感恩之情，这种情怀，堪称教师楷模。说到淡泊名利，先生曾几次婉拒担任校内及社会上的领导职务，他常说，既当官又搞学术，两头忙，顾不过来的。我如今在党政机关工作，作为想进步的青年人，要做到淡泊名利确实很难，但每当想起先生，自己就会冷静许多，清醒许多，平和许多，少了些虚浮的功利主义，多了点踏实的做事精神。

从一本书想起了许多事，《冯光廉学术自选集》的出版，对先生而言，既是自己学术之路的总结检视，也给青年学子治学提供了借鉴参考。对我而言，是又一次向先生学习的宝贵机会，也使我意识到了学术与人格的一种潜在传承，正是这种师承，才使人文精神之光不灭，想起来就让人觉得温暖。

血液里流淌的亲情和乡情

——读刘庆邦《我就是我母亲》

2000 年 4 月，年近半百的刘庆邦，从北京回到河南开封，照顾患直肠癌的老母亲，母亲手术后，他陪护了两个多月，日夜悉心照料，母亲渐渐康复。近三年后，2003 年 1 月，母亲的癌细胞转移到腿上，病重不起，于是他再次回乡照顾母亲，直到两个月后母亲病逝。从母亲生病那天起，刘庆邦为了记录母亲的病情变化和治疗情况，养成了记日记的习惯。在这些日子里，他用手中的笔，记录了陪伴母亲的生活点滴，记录了母亲给他讲的故事以及自己的乡野见闻，于是就有了这本感人至深、价值独特的《我就是我母亲——陪护母亲日记》。

陪伴是最好的孝敬

刘庆邦家境贫寒父亲早逝，母亲张明兰辛辛苦苦养大五个子女，为他们遮风挡雨。母亲老了，孩子们都在城里安家立业，“房梁上的燕子窝犹在，只是小燕子都飞走了”。如今老母生病，最需要的就是子女的陪伴，就像孩子小时候最需要母亲的关爱一样，陪伴，是孝敬父母的最好方式。

在书中，能够体会深深的母子情。母亲需要儿子，她在老家每天没有别的盼头，就盼着儿子庆邦给她打电话，接到电话就吃得好、睡得香。母亲做手术，拉住儿子的手不愿松开，术后听说儿子有事回北京，就焦躁不安，夜不能寐。母亲二次生病，刘庆邦回到她身边，母亲重新燃起了生命的希望，不再担心害怕。母亲也时刻关心着儿子，在进手术室前，还操心刘庆邦有没有吃早饭，为了不让儿子每天给她倒便盆，自己夜里冒着严寒到屋外小便，儿子的文章获奖，母亲比谁都高兴。

同样，儿子也需要母亲，得知母亲生病，在安徽开会的刘庆邦第一时间坐车返回河南老家照料，母亲二次发病，他为了宽慰母亲，给母亲唱起了儿歌，母亲睡大床，他睡小床，母亲头朝南，他头朝北，为的是夜里抬头就能看见母亲。为了让母亲在生前能看到新房子，刘庆邦和姐姐姐夫加紧翻盖新房。为了照顾母亲，他几乎谢绝了所有社会活动，他知道母亲离不开他，他也离不开母亲，爱让他们连在一起。

伺候母亲的过程是消耗悲痛的过程，母亲病情恶化，当刘庆邦意识到母亲留在这个世界上的时间已经不多时，他无法压抑自己的感情，泪流满面泣不成声，在日记中他悲痛的写道："在我的亲人当中，我已经先后送走了父亲、祖父，还有我的小弟弟，现在该送母亲了。我还意识到，我自己也已是年过半百的人，不知道在这个世界上还能存在多久，生是偶然，死是必然，人最终都是一场悲剧，人的一生都是为悲剧准备的。"

刘庆邦虽然用冷峻的笔触来克制自己的情感，但依然掩饰不住他对母亲深沉的爱和离别的痛，这是一个儿子泣血情感的深沉凝结，是他在心里留住母亲的最佳方式。母亲去世了，儿子还活着，从某种意义上说，母亲的生命和灵魂还在"我"身上延续，"我就是我母亲"，儿子用文字为母亲竖起了一座丰碑。

如果用一部文本来阐释孝文化，这部日记就是最鲜活生动的范例，它不仅诠释了一个孝子对母亲最真挚的爱，还警醒广大读者，趁着父母健在，应该多陪陪他们，多为他们做点什么。

乡野是作家的沃土

在一次访谈中，刘庆邦曾说："我的故乡在豫东大平原，那里的父老乡亲、河流、田陌、秋天飘飞的芦花和冬季压倒一切的大雪等，都像血液一样，在我记忆的血管里流淌，只要感到血液的搏动，就记起了那块生我养我的土地。"

这次回乡陪护母亲，也是刘庆邦再一次融入乡野亲吻土地的过程。闲暇时间，他就静静地听母亲、姐姐和妹妹给他讲述乡村的故事，有对饥荒年代农民生活的回忆，有战争年代打土匪的故事，有男女偷情通奸养汉的逸闻，有街坊邻居鸡毛蒜皮的矛盾，有鬼狐神怪虚无缥缈的传说，有祭灶王等民俗描写，同时还有金钱法则对农民生活的影响，有意外死亡造成的人间惨剧，有对童养媳、裹脚、抓胎等陋习的批判，他对这些乡野旧闻极感兴趣，不惜耗费笔墨一一记录下来，占了整本书一半的篇幅。这些鲜活的故事，从口头传说走进了作家心里，成为刘庆邦不可多得的创作养料，他不止一次地慨叹，“里面或许有小说因素”，“这个细节以后写小说说不定会用得上”，从他后来发表的许多农村题材的作品来看，也确实有某些故事的影子。

除了倾听，他还亲自去观察，去感受。他注重观察大自然的变化，亲近田野风物，比如植物，他仔细了解荷叶的生长过程，描绘荷叶从露出尖角到全部展开的样子，比如动物，他观察水鸟捉鱼，狗捉喜鹊，燕子贴着麦穗飞，和弟弟妹妹一起看月亮、听蛙鸣。他注重感受市井民情，始终保持对生活的好奇和热爱，他认真观察街上的各种小吃，喜欢听小贩走街串巷的叫卖声。去澡堂洗澡时，他观察卫生情况，看人们是否节水，比较和城市洗浴中心的区别。他到广场看人们放烟花放风筝，还自己买了鞭炮放，如回到童年一般。

自然、社会、历史，这都是作家的富矿，蕴藏着无尽的创作资源，一个有理想的作家，绝不会安于一隅闭门造车，他会尽己所能地融入自然和社会中，用敏锐的眼睛和敏感的心灵，去感受五彩缤纷的生活，并从街头巷尾中和豆棚瓜架下，去了解农民眼中的社会发展史和人文精神史，这样的创作才更接地气，也才更接近文学和人生的本真。

日记是心灵的窗口

这部书之所以让人感动，最主要的原因是真实，日记是心灵的窗口，相较于其他文体而言，日记的私密性和真实性更强，作家把自己真实的生活和真挚的情感，用日记的方式，毫无保留地呈现在读者面前。

通过日记可以了解作家生活的地方的风土人情，比如刘庆邦记录的开封百姓的衣食住行，以及各种文化习俗；通过日记可以了解作家真实的生活状态，他在什么时间做了什么事，与亲人朋友有哪些交往，和谁喝酒吃饭游玩，哪家刊物发表了他的作品，刘庆邦在日记中都有详细记录，这也为作家的生平研究提供了重要资料；通过日记可以了解作家的真情实感，作家在其他作品中不会轻易表达的感情，在日记中却会自然流露出来，比如刘庆邦对妻子儿女的思念，对兄弟姐妹的关心，对老家同村人的看法等，在一般作品中很难看到；通过日记可以了解作家的思想，在书中刘庆邦有许多对社会事物的点评，信手拈来，直抒胸臆，毫无伪饰，充满哲思，这种灵感乍现的精神火花，相较于其他文学作品所传达的思想内涵而言，有时候更贴近作家的真实想法。

《我就是我母亲》是一部日记，更是对血浓于水的亲情的感恩，对割舍不断的乡情的倾诉，平实质朴的文字之下，涌动着作家波涛汹涌的情感，它会让我们每一个人都想起母亲，想起故乡。

政治忧思与人性追问

——读周大新《曲终人在》

自上世纪 90 年代以来，官场小说在文坛风生水起，写官场小说的作家越来越多，渴望通过小说了解官场生态的读者也越来越多。张平的《抉择》《国家干部》，王跃文的《国画》，周梅森的《至高利益》，阎真的《沧浪之水》，黄晓阳的《二号首长》，都曾风靡一时，引发热议。

2015 年 4 月，人民文学出版社推出了著名作家周大新的长篇小说《曲终人在》，腰封上的推荐语写的是“披露为省长‘写传记’的采访素材”。有媒体将这部作品归入官场小说之列，说这本书拆解了中国官场的奥妙，但周大新本人在接受采访时表示，他不是在写官场小说和官场黑幕，不是在教人如何在官场立足，而是在写人生，写一种非常忧虑的情绪。待我把书读完，也深深地感到作家的良苦用心，他在作品中探讨的是当下的社会生态和官场生态，讲做官和做人的复杂关系，用多个真实侧面，把他忧虑的社会问题展示出来，审视人性缺陷的同时，也在展示人生的美好，所谓官场，只是一个他觉得最合适的叙事场域。

我觉得，这部小说至少有三个突破。

一是创新了叙事结构。长篇小说一旦确定了主题，用怎样的结构来讲故事，就成为作家首先要考虑的问题。作者既没有重复别人，也没有重复自己，他巧妙地把握了这部小说的叙事结构，用新闻采访的形式，从清河省原省长欧阳万彤的死讯开始写起，依次采访了主人公的亲人、朋友、同事（包括妻儿、初恋、司机、秘书、保姆、同乡、政敌，以及与他接触过的总裁、农民、工人、教授、工程师、模特等二十多位），形成了27篇采访记录，这些讲述人既能各自独立，又能彼此勾连，从他人的口中眼中，讲述了欧阳省长如何走上政坛中心，以及他日常工作和生活的多个侧面，串联起他的一生，最后以媒体报道欧阳省长遗体告别仪式结束。这些采访记录，成为小说主体。这种穿插交换的叙述模式，既消除了作者对省长真实的日常工作生活并不熟悉的短板，又能为读者营造出身临其境的阅读体验。

二是塑造了丰满人物。书中接受采访的人物很多，每个人的身份、讲述角度都不同，每个人眼中都有一个不一样的省长欧阳万彤，既相互补充又相互拆解。欧阳省长本人没有直接出现，但他的形象却通过多种素材体现得异常丰满，颠覆了以往官场小说中正面或负面单一模式的官员形象，形成一个巨大且复杂的存在。欧阳万彤从一个基层官员一直做到省部级干部，面对各种现实压力，经受各种诱惑考验，有勾心斗角，也有正直刚毅，有政治手腕，也有为民情怀，有情场迷离，也有道德底线，有利益诱惑，也有党性原则，从这个血肉丰满的多面人物身上，能看出仕途之险和为官之难，也能映衬出社会各阶层人物的思想状态和人生境界。小说呼唤官场的风清气正，呼唤官员的刚健有为，但同时也提出了一个严肃问题——假如有一天把管理社会的权力交给你，你将会成为一个什么样的官员？

三是挖掘了深刻内涵。周大新在这部小说中熔铸了自己的政治忧思与人性追问，这是该书的亮点和深刻之处。书中写出了相对真实的官场生态，尤其可贵的是没有先入为主，一味鞭挞官场腐败，而是理性思考，多维展示，重点描述政治的复杂，人性的复杂，同时告诉人们，官员也有苦衷，也有值得悲悯同情的地方，做一个好官并不容易。有论者梳理了周大新在小说中描述的人在官场的六种压力："一是亲朋好友的索取压力；二是上级，尤其是有恩于己的上级的压力；三是同级别官员的利益交换压力；四是商人交往的压力；五是下属的压力；六是班子内部意见不合者的压力。"小说最后描写欧阳万彤遗体告别仪式时，有上万名群众自发送别，也有人敲锣打鼓，拉出巨大的红色横幅，上面写着"热烈欢送酷吏欧阳万彤去地狱报到！"这个结尾给小说增加了更深的思想内涵，反映了一个好官所遇到的种种阻力，进一步说明了各个利益群体对同一官员的不同认知和评价。但小说的主人公依然是正面的，思想主题依然是希望这个世界变得更好，虽然为官不易，但官员作为掌握国家行政权力的特殊群体，有压力并不代表就可以非法获取利益，有阻力并不代表就可以迎合黑恶贪腐势力。小说借欧阳万彤省长之口，做了这样一番表述：“我们这些走上仕途的人，在任乡、县级官员的时候，把为官作为一种谋生的手段，遇事为个人、为家庭考虑得多一点，还勉强可以理解；在任地、厅、司、局、市一级的官员时，把为官作为一种光宗耀祖、个人成功的标志，还多少可以容忍；如果在任省、部一级官员时，仍然脱不开个人和家庭的束缚，仍然在想着为个人和家庭谋名谋利，想不到国家和民族，那就是一个罪人。”这是周大新对官员的理解和期望，他希望有更多的官员能为国家和民族的利益着想，甘当国家的脊梁，而不是做自私的政客。作者是想通过这部作品和读者一起探讨，什么样的政治生态是健康的？什么样的官员是合格的？什么样的人性是美好的？对于这些难题，周大新已经给出了部分答案。

人间烟火中的孤独者

——读阎晶明《鲁迅还在》

自鲁迅逝世八十多年来，研究鲁迅的著作汗牛充栋，从不同维度论证了鲁迅思想的深刻性和丰富性，或说精神批判，或说反抗绝望，或说人性反思，或说首在立人，各有创见，不一而足。但这些学术观点，大都是对鲁迅文本研读后，联系社会与人性做出的文学意义的归纳与升华，而阎晶明的新著《鲁迅还在》却独辟蹊径，他不惜用大量笔墨还原鲁迅的日常生活，关注鲁迅作为一个生命个体的人（而非作家和思想者）的存在，写他的吸烟、喝酒、生病、交友，呈现给大家的是一个血肉丰满的鲜活的人。

他研究鲁迅对自己生活过的北京、厦门、广州、上海等城市的情感态度，分析这些城市的自然环境和人文氛围给鲁迅的生活和创作带来的影响（《何处可以安然居住——鲁迅和他生活的城市》）。他研究鲁迅吸烟的习惯，考证鲁迅吸什么牌子的烟，吸烟的频率，吸烟与写作的关系，作品中吸烟者的形象，吸烟与鲁迅晚年病情的联系，鲁迅吸烟自控力的薄弱等（《起然烟卷觉新凉——鲁迅的吸烟史》）。他研究鲁迅喝酒的习惯，考证鲁迅饮酒的基本情形是经常喝但不喝很多，与朋友喝酒时多，独自喝酒时少，酒后诗意的如醉如醒是他向往的状态，鲁迅笔下许多小知识分子经常借酒消愁，鲁迅心情不好时也曾因醉酒吸烟烧坏了棉袍，通过饮酒还能考察国民性（《把酒论当世 先生小酒人——鲁迅与酒》）。他研究鲁迅的疾病史，考证胃痛和牙痛曾长期困扰鲁迅，对待疾病，鲁迅既有医学的严谨，也有大度的坦然，治病以缓解痛感和不适为主，而非四处求医，更不过度治疗，他的许多创作都是在病痛中完成的，晚年的鲁迅难以放下手中的笔，导致疾病丛生，同时又渴求找个地方好好休息一下，身体和心灵产生了极大矛盾（《病还不肯离开我——鲁迅的疾病史》）。他研究鲁迅笔下的鸟兽昆虫，论证他为何痛恨狗和苍蝇，为何自喻为受伤的狼，他把动物的常规特点抽象化到人性世界，在人兽共存的环境中，把动物的“拟人化”推到了极致，看似写物，实则品人（《或可以“斥人”或值得“师法”——鲁迅笔下的鸟兽昆虫》）。另外，在这本书中他还考证了鲁迅与恩师藤野严九郎的交往，探讨了鲁迅与青年人的关系，还原了萧伯纳来上海时与鲁迅见面的情景，研究了鲁迅如何写悼文、如何作序等。

作者从一个接一个不被人注意的生活侧面，还原鲁迅的日常状态，让人们看到了一个摘去了学术著作和语文教材中严肃面孔的鲁迅，一个平易近人、妙趣横生、敏感生动的柔性鲁迅，以活的形态阐释鲁迅，是本书最大的贡献。更难得的是，作者并没有因为聚焦生活琐事，而将鲁迅世俗化平庸化，他将鲁迅的生活和创作紧密联系起来，通过鲁迅的生活观，在细微处体察深层次的价值观和生命观，领略鲁迅超出世俗之外的思想深度和创作高度，所以从书中我们既能看到鲁迅亲切自然的一面，同时又透视出不凡的思想家风采。

以书中一篇不可忽视的《孤独者的命运吟唱——鲁迅小说里的孤独精神》为例，就论证了鲁迅在烟酒世俗之外，人间烟火之上，更多的是在孤独地思考人生，思考社会。孤独精神不但是鲁迅的精神特质，也是他笔下人物的精神特质，狂人、孔乙己、单四嫂子、祥林嫂、吕纬甫、魏连殳、涓生、羿、嫦娥、女娲……这些人物都有一个共同特点——精神孤独，这也是鲁迅的孤独心理在作品中的深刻反映，这与烟火人生的鲁迅形成了巨大的反差。其实热闹与孤独，都是同一个鲁迅，是他人生的不同侧面，一个是生活的鲁迅，一个是文学的鲁迅，一个是物质的鲁迅，一个是精神的鲁迅，我们不能忽略作为一个具有喜怒哀乐的普通人的鲁迅，更不能忽略一个具有深刻思想的精神跋涉者的鲁迅。作者认为，“鲁迅笔下的人物抛之不去的孤独感，既是一种现实处境，更是一种严酷的命运”，“鲁迅小说里没有一个人物，其思想是被‘群众’理解的，他们的内心没有一个人可以进入”。继而推测到古往今来的孤独者所具有的意识：“他对现实的责任感并无具体诉求，却异常强烈和苛刻，他想改变这个世界，却又自知无能为力。其次，他的思想或许因为过度敏感、先锋和独立，因而少有应和者，人们对他的误读甚至使其戴上各式各样的难堪的帽子。他们甚至并不再想这个世界如何，而专注于对‘个人’的关注与思考”，这是理解鲁迅其人其文的一个新角度和新看点，鲁迅是人间烟火中的孤独者，他站得很低，又很高，他离人们很近，又很远。

除了对鲁迅的独特理解之外，本书还有两个可贵之处。一是材料来之不易，虽然每篇文章都是从小命题小角度切入，但难在需要“小题大做”，每一个命题所关联的论证材料，都需要作者细心翻阅一遍整套《鲁迅全集》来查找，以《病还不肯离开我——鲁迅的疾病史》为例，不但要查找鲁迅书信、日记中对自己生病的记录，还要查找亲人朋友关于鲁迅生病的回忆文章，更要查找鲁迅小说和杂文中对医生和生病的看法，以及鲁迅对待生死的态度，这是一个繁琐浩大的工程，一切的基础材料都为了清晰梳理出鲁迅的疾病史，与此同理，书里的每一篇文章几乎都是苦心孤诣爬梳资料的结晶，这种“上穷碧落下黄泉，动手动脚找东西”的功夫着实不易。二是亲切流畅的散文化语言，如果对该书文体进行归类的话，应该属于学术随笔，它摆脱了普通学术语言的理论性和滞涩感，走出了学术研究圈子的内循环，每篇文章都灌注着作者的生命情感，一气呵成的散文化语言，阅读起来非常顺畅，这种生动的语言表达，更有利于鲁迅思想的传播，喜欢鲁迅的人读了这本书，会觉得原来还可以用这样一种方式和切入点来研究鲁迅，不了解鲁迅的人读了这本书，说不定就会喜欢上鲁迅这个人，然后再去读鲁迅的文章。

通观全书，作者围绕“鲁迅还在”这个命题，告诉读者鲁迅也活在柴米油盐的世俗社会中，也是我们喜怒哀乐普通人中的一员。更重要的是，透视出鲁迅思想在当代文化背景下的现实性，在今天，他的批判意义还在，时时提醒我们反思社会和人生的弊病；他的精神引领还在，毋庸置疑地弥散在了当代中国有良知的知识分子心里；他的美好期待还在，成为指引我们国民性向上向善的路径。

鲁迅还在，希望就在。

新农民形象的可喜变化

——读关仁山《金谷银山》

作家出版社近日推出的关仁山长篇小说《金谷银山》，讲述了白羊峪村青年农民范少山带领乡亲们走上绿色生态致富路的故事，全景描绘了中国北方农村发展的生动画卷，具有很强的时代感和现实意义。从范少山身上，看到了中国农民精神面貌和思维方式的变化，同时也反映了近年来中国农村发生的深刻变革。他的出现，为中国当代文学作品中的农民形象谱系增加了新的一员。

主人公范少山身上不乏传统观念中农民的优良品格。他吃苦耐劳、勤俭持家、坚韧务实，靠自己的努力在城市打拼出一片小天地，他对乡亲们重情重义，有责任有担当，为了使白羊峪脱贫致富，不惜投入自己和妻子多年的积蓄，为了寻找金谷子，他历尽千辛万苦。而且，在他身上也不乏传统文学作品中农村改革者的特质，为了实现白羊峪的致富梦，他敢想敢干，闯劲十足，斗志昂扬，有勇有谋，带领大家开山修路，创办学校，研究沼气发电，开办爱心食堂，发展特色农业。农村是他的人生大舞台，用他自己的话说，“我就是碾成一颗钉，也要钉在这白羊峪”。但是，如果小说对主人公的形象塑造仅仅停留在以上两个方面，那仍然是新瓶装旧酒，缺乏创新性。可喜的是，主人公对时代发展的敏锐观察和深刻感受，促使他走出了传统农民思维的窠臼，形成了许多新特质，真正代表了走向新时代的中国农民形象，让人眼前一亮。

范少山坚持发展生态农业，相信绿水青山就是金山银山。白羊峪有两大农作物，金谷子和金苹果。对于金谷子，他坚持不打农药，不用化肥，不施除草剂，用樟脑球来对付吃谷子的鸟，对于复耕的谷子地，宁肯将土地撂荒三五年，种上草籽，自然放牧，用牲畜粪便给土壤增加养分。对于金苹果，他也坚持不打农药，靠人工捉虫子，打沼气液灭虫子，让无农药苹果融入大自然的生态体系中。在范少山眼里，绿色环保的东西最金贵。即使面对乡亲们一时的不解和责难，他也不畏缩，心平气和地解释，用市场来说话，让时间来验证。当绿色食品以高出普通食品许多倍的价格被市场接受时，乡亲们都认可了范少山发展生态农业的新思路。小说将传统农业发展观念与现代观念的冲突表现得淋漓尽致，在矛盾冲突中挖掘人物性格，并进一步证明了绿色农业的光明前景。

范少山注重科技兴农，为农业发展注入智力因素。他请农业技术推广站站长研究分析土质，咨询农业专家，对承包的大面积土地进行科学规划。聘请农业大学教授担任白羊峪村顾问，检测金谷子的营养成分。为配合乡村旅游，引进大棚葡萄和草莓种植。他注重互联网+技术、互联网+销售，开办“中国白羊峪”网页，通过电商销售蔬菜水果，开办白羊峪微信公众号，扩大宣传力度。这一系列举措，让白羊峪彻底告别了靠天吃饭的传统种植业模式，使人们意识到，社会的迅速发展和农民文化素质的提升，促使传统农业向科技农业转型升级，为农民创造了更多财富，给农业带来了不可低估的深远影响。

范少山充分利用各种资源，擅长打“组合拳”。他积极争取国家扶贫项目，将光伏发电引进白羊峪，利用土地流转承包政策，扩大种植面积，实现集约化经营，争取县财政资金，打通出山的隧道。他善于利用媒体宣传推广，举办“金谷文化节”，制作专题宣传片《白羊峪之路》在电视台播放，请影视明星代言。他利用人脉资源发展现代农业，与担任钢铁公司总经理的同学合作开发旅游项目。他注重维护村民利益，聘请律师与日本商人打官司。这些发展理念与人生智慧，不是凭空而来，不是作家刻意拔高和神化，而是主人公范少山在探索新型农村致富路上的经验总结，并没有脱离实际、违反现实生活的可能性。

作者在这部小说中，多次提到柳青的《创业史》，提到《创业史》中的主人公“梁生宝”——这个上世纪60年代经典的农村改革者文学形象，其中有两个细节耐人寻味。一是在书的开头，县上的工作组曾住在范家，临走时留下了一本《创业史》，说过些年他们家就出识字的人，这本书对他有用，后来范少山的爷爷就把《创业史》交给了范少山，他一直像宝贝一样带在身边。另一处在书的结尾，范少山带领乡亲创业成功后，一个人坐上火车去了西安，去了柳青当年生活的皇甫村，凭吊柳青和“梁生宝”，汲取精神力量。可以看出，作者在把“范少山”往“梁生宝”身上靠，努力写出新时代的“梁生宝”。其实，要想把农村改革者的形象写得鲜活饱满并不容易，既不能忽视时代发展所赋予的思想价值选择，更不能忽视客观规律下人物精神性格的塑造。文学史上许多“高、大、全”式的人物形象，成为创作失败的教训。著名学者严家炎先生曾批评“梁生宝”的艺术形象存在“三多三不足”：理念活动多，性格刻画不足；外围烘托多，放在冲突中表现不足；抒情议论多，客观描绘不足。通读《金谷银山》，虽然感到主人公的创业过程稍显理想化，作品也不免让人产生主题先行之感，但整体来看，由于作者多年扎根农村体验生活，对农村的发展有较为直观的了解，对燕山脚下的农民也充满着深厚感情，还是能够觉察到其在落笔时，有意将时代主题作为文学发生背景，力求从故事情节出发、从人物本身性格特点出发、从新农村发展实际出发，坚持思想意义和艺术形象的统一，着力塑造一位感情饱满、性格丰富、形象真实的新式农民形象。范少山身上的上述新式农民特点，反映出中国农村的发展已经进入一个新时代，用他自己的话说：“中国新时代的农民，他们播种庄稼，也播种梦想。他们收获果实，也收获希望。”

在庸常的日子里多情地活着

——读龚曙光《日子疯长》

当我一口气读完龚曙光的散文集《日子疯长》（人民文学出版社 2018 年 7 月出版），书中人物命运的悲欣交织，故土乡愁的情感宣泄，使我的身心酣畅淋漓，久久地感动着，感动于作者摘下了社会所赋予的面具，回到了童年的精神原乡，感动于书中每一个平凡生命活着的不易，感动于中国乡土社会的坚韧质朴和道义温情。

生活在这个快节奏和多元信息冲击的时代，人们的感官神经变得有些迟钝，很难再为一草一木一人一事而牵动心弦，这种对人和事感受的“钝感”，正在让我们所处的世界变得薄情又无趣。其实，我们应该对仅有一次的人生经历深情以待，应该呼唤对这个世界的“敏感”和对身边凡人的“多情”，应该正确看待每一个生命存在的独特价值。

作者说自己是一个生性敏感的人，“子夜独行，为远处一星未眠的灯火，我会热泪盈眶；雁阵排空，为天际一只掉队的孤雁，我会揪心不安；年节欢宴，为门外一个行乞的叫花子，我会黯然失神；春花烂漫，为路旁一个迟萌的草芽，我会欣喜若狂……”在书中，他没有记录历史上的大事，也没有讴歌英雄人物，他笔下深情讲述的故事主人公，只是自己生命中走过的一个个平凡的小人物，有自己的父母、祖父、三婶、大姑、堂哥等亲人，还有一群有爱有恨、有血有肉的普通人——小镇上的值更老人，桥下的叫花子，痴情的青敏，公社书记韩麻子，裁缝栋师傅，学校伙夫李伯、金伯，上山下乡插队的朋友，这些人都是很难被关注的小人物，但他们作为一个个独立的生命个体，也有喜怒哀乐，也有爱恨情仇，都活出了属于自己的人生履痕。作者用笔深情地记述着他们的生命过往，感受着他们的悲欢离合。他在回顾三婶四十多年的短促生命时感慨地说：“我不确定人是否真有灵魂，但我确定真的人生是埋不掉的，哪怕像三婶那样普通得如油菜花、紫云英一般的农妇，只要有爱有恨、有血有肉地生活过，生命便埋不掉。”是啊，这样的人生不伟大，不高贵，然而几千年以来的农民，世上所有卑微的生命，不都是如此活着的吗？是他们用自己的平凡衬托了其他人的伟大。每个生命都只能活一次，其苦其甜，其悲其喜，都是连筋连骨、动情动心的真实人生，只要在世界上认真努力地活过，都该赢得尊重。书中的各色人物，都在自己的生命轨迹上真诚而实在地生存着，铺展开一幅梦溪小镇烟火升腾的生活画面，无论历史的车轮是否忽略了这些人和事，对他们而言，活过的日子就是永恒的存在。

作为读者，通过阅读这本书，静下心来认真看看我们自己身边的每一个人，深情回望他们的人生路，这种对身边凡人的珍视，对亲情友情的怀恋，对生命本质的感悟，这种“多愁善感”，越发显得珍贵，因为它能够唤醒我们内心深处那种原始的情感爆发力，一种悲天悯人的朴素情怀，一种被世俗包裹的内心不易散发出的久违情感。在庸常的日子里多情且深情地活着，也许是体会生命真谛的最好活法。

书中小镇上的人们，坚守着四时农事之常、生老病死之常，但在他们生命深处所坚守的，更是道德伦理之常、天地正义之常。一生重然诺、好面子的祖父，在面对儿子儿媳婚变时，生怕乡里乡亲戳脊梁骨，努力维系子女的婚姻，他说人活一张皮，“丢头牛可以再养，丢了面子金子也买不回来”。嫉恶如仇的他，为了救人一命却不计前嫌，把自己亲手种的香梨送给仇人做药引子。信奉“看菜吃饭、量体裁衣”的父亲，拖着病体之躯，用精打细算和坚韧意志蓄积自己的力量，九死一生，活到了八十多岁，他有教育子女的独特方式：一是先做人再成才，做个普通人比做个人才重要，二是健康重于学业，意志重于健康，三是骄儿不孝，骄狗上灶，棍棒出好人，四是多几门手艺不如精一门手艺，五是吃不穷，穿不穷，没有盘算一世穷。还有那个为了救大学生自己背黑锅的梅大伯，给乡亲们赶工做衣服却不加工钱的栋师傅，谁家有盖屋造房之事都互相帮忙的众乡亲。甚至那个跛子猎人，也坚持春天不打猎，因为春天禽要孵雏，兽要育崽，那个住在桥下食不果腹的叫花子，也只抓大的乌龟和鳖来吃，不抓小的。这种市井众生抱团取暖的人性体温，这种重视生命延续的生存法则，维系了乡土社会超然世外的安宁。

我能感受到，在这些小人物身上散发着一种“光”，正是这种“光”，支撑着中国农村几千年的文化延续，是一个民族顽强生存和发展的内在精神动力，这便是做人做事的道义，他们勤劳简朴、善良勇敢、慷慨大义、扶危济困、孝老爱亲、忠心爱国，中华民族在几千年的社会变革中依然前行，正是依托这个无比坚实的民间，正是依托这种绵延不绝的伟大精神力量。

但不可否认的是，时代的发展，社会的变化，把乡村远远地甩在了后面，从乡村走出来的人，努力在世界上奔走，但自己的精神原乡却逐渐远去，绚烂的农事之美和质朴的生存之道逐渐模糊，正如作者所说：“村头上少了拿戒尺的彭先生，村道上少了背药箱的赵郎中，田野上少了夹包袱在田埂上奔走、在寒冷的晨风里哈着白白热气的栋师傅……没了这些熟稔亲切的身影，没了这些悲喜交集的身世，乡村便少了些定力和底气，田野便少了些灵性和惆怅，即使是鲜花烂漫春意荡漾的田野，也让人觉出几分空寂与疏离来。”这本书的写作，是一次作者与亲人、与故土的促膝长谈，是一次回归生命本真的精神之旅，是一次追寻民族文化血脉的苦苦跋涉，其中的心灵自诉、万物生长，其中的悲欢人情、梨花书声，虽然是远年旧事，但也是我们所生活着的广袤土地，所依恋着的乡土中国。

把脉时代变迁下的乡土中国

——读梁鸿《中国在梁庄》

青年女学者梁鸿出于对自己所从事的文化学术工作本质意义的怀疑，出于对故乡深深的挚爱，产生了一个接地气的大胆想法：“真正回到乡村，回到自己的村庄，以一种整体的眼光，调查、分析、审视当代乡村在中国历史变革和文化变革中的位置，并努力展示出具有内在性的广阔的乡村现实生活图景。”她希望通过自己的眼睛，将村庄的过去与现在、村庄所经历的欢乐与痛苦，慢慢浮出历史地表，从而透视当代社会变迁中乡村的情感心理、文化状况和物理形态，透视中国当代的政治经济改革、现代性追求与中国乡村之间的关系。从这里出发，也就有了梁鸿回乡居住五个月的点滴生活，也就有了这本意义不凡的《中国在梁庄》(江苏人民出版社2010年出版，以下简称《梁庄》)。

乡土中国一直是知识分子关注的对象，著名社会学家费孝通的《乡土中国》《江村经济》等专著，曾产生巨大影响。

自从改革开放以来，虽然中国乡村经济政治发生了巨大变化，但鲜有人能深入进去，记录和反思当下的乡土中国，从这方面来说，《梁庄》出现得很及时。因为梁庄是梁鸿自己生活了二十年的故乡，所以既能以梁庄女儿的身份站在农民自身的角度考量，也能以受过高等教育的专家学者的外在观照者身份为村庄把脉，她对乡村问题的考察和反思，都是基于对故乡深沉的爱。正如她在后记中所说："作为一位人文学者，拥有对中国乡土的感性了解，那是天然的厚重积累，是一个人精神世界中最宝贵的一部分，它是我思考任何问题的基本起点，它决定了我的世界观中有土地与阔大的成分。这是我的村庄赋予我的财富，我终生受用。"

因为我的经历与作者相似，也在乡村生活了二十年，之后到城市求学工作，所以对乡村有着真挚的感情。另外，我的老家鲁中山区，与作者笔下的河南穰县，同属华北黄河文化场域，所以农民的生活状态极其相似。基于以上两点，我在读《梁庄》时，如置身其中，熟悉的气息扑面而来。从语言上来看，书中既有优美雅致的散文化语言，也有大量的乡土俚语村言，雅俗共赏，非常生活化；从体式来看，文中每一单元都选取有代表性的人物，大篇幅原生态笔录其口述，组合成一个群体，折射出不同层面的现象和问题，这种乡民口述史的叙事方式，也让人感到真实亲切。

梁鸿深入自己阔别多年的村庄，认真观察，仔细询问，倾听大家聊天，通过"望闻问切"来给梁庄把脉，来给乡土中国把脉。那么，她发现了什么“病症”呢？

其一，村庄废墟化。有钱的人家已经到城镇盖起了新房，村庄越来越凄凉破败，严重的水污染和其他环境污染蔓延乡村，耕地也遭到大面积破坏。其二，留守儿童问题。父母都到城市打工，留守儿童跟着爷爷奶奶生活，祖辈过分溺爱，不知如何教育，导致孩子的性格孤僻暴戾，有的孩子成为强奸犯。乡村小学逐渐消失，孩子们厌学，未来前程渺茫。祖辈承担着抚养孙辈的责任，如果照顾不周，还会被儿子儿媳唾弃。其三，农民工问题。一些怀揣理想的青年，到大城市打工，过着非人的生活，终究因为没有技术，没有城市户口，不得不回到老家。其四，坚守土地的中年人危机。一些没有能力或缺乏闯劲的“成年闰土”们，坚守着一亩三分田，日子过得异常艰辛。有的因遭到村干部欺压而精神崩溃；有的被人瞧不起，排除在人际关系网之外成为孤独人；有的因为贫穷终生单身。其五，被围困的乡村政治。许多基层村民选举只留下一个空壳，年轻农民大多外出务工，不关心此事，村支书上台后自己捞好处，新农村建设流于形式。另外，国家政策虽是惠农，但因为各种原因导致农民很难致富，种地仍然是“原地打转”。其六，农村道德之忧。村民的价值观发生了巨大变化，只要有钱就被人看得起。一些乡村留守妇女，因为孤独寂寞，出现了乱伦或自杀现象。有些家庭因为盲目相信宗教导致家破人亡。重男轻女观念依然盛行，有人生了七个女儿依然想生男孩。孝道式微，祖辈替儿女照顾孙辈成了换取儿女赡养自己的条件。还有不少村民排斥火葬，渴望土葬。

凡此种种，可谓真切地把握了乡土脉搏的跳动，梁庄的命运，很大程度上代表了中国当代农村和农民的普遍命运。经济的发展刺激着乡村价值观和伦理道德的变化，城镇化的进程也带来了许多不可避免的困惑和问题，考验着时代大潮裹挟前行的我们。作者将自己看到、听到、想到的现象努力用文学语言描述出来，作为一个作家，梁鸿已经完成了她的任务，她指出了“病症”，但还没有能力或没有义务开出“药方”，如何解决这些复杂问题，需要从社会学、经济学、文化学的视角进行综合分析，需要执政者从国家层面进行战略规划和政策引导，也需要以“梁庄人”为代表的农民自己努力拓展生存空间和精神空间。

但无论如何，《中国在梁庄》确实是一本及时出现的好书，它是学者走出书斋，将社会调查与文学叙事完美结合的范例，它贯注着作者那一腔爱意，以流畅的文笔将中国当下乡村真实的生活画卷徐徐铺展在大家面前，引发人们无尽的思考。每一个有责任的知识分子，都应该重新审视自我与脚下土地的关系，重新审视文化建设与当代中国的关系。我认为，任何阶段的历史都是“中间物”，当前的乡村也只是整个中国农村发展进程中的某一横断面，不必过分忧虑和悲观，乡土文化的包容性和免疫力仍然会发挥巨大作用，乡土中国的现代转型依然在路上。

作家研究资料编写的新收获

——读《张炜研究资料长编》

近日，由学者亓凤珍、张期鹏编著的60万字《张炜研究资料长编（1956～2017）》（以下简称《长编》）由山东教育出版社出版。

该书的最大特点是体例新颖。常见的作家研究资料，主要包括作家创作自述、研究论文选编和研究文章索引，在学术界影响很大的由中国社科院文学研究所上世纪八九十年代主持编纂的《中国现代文学史资料汇编》（共80余种），就采用这种体例。而这本《长编》，按照编年形式，将张炜年谱、画传、创作自述、研究文章四者有机融合，相互勾连交相辉映，形成了一种新体例。在“1984年10月，张炜中篇小说《秋天的愤怒》在《青年文学》1984年第10期发表”条目下，摘引了雷达同期发表的评论文章《独特性：葡萄园里的“哈姆雷特”》，在肯定《秋天的愤怒》独特的氛围、性格、冲突、主题的同时，又指出了张炜写作中偏执于道德化地评价社会生活的问题。再如在“1986 年 10 月长篇小说《古船》在《当代》1986 年第5期发表”这一条目下,编者同时收录了张炜 1997 年答《美国文摘》问时，自己对《古船》的认识和评价，还收录了张炜参加人民文学出版社主办的《古船》研讨会时的发言，作家年谱与创作自述互补互证。这种有意为之的“一锅烩”的编写方式，一方面能看出编者对张炜作品和研究文章的熟稔，另一方面也体现了编者的良苦用心，《长编》一册在手，可以使读者和研究者全方位了解作家生平、创作和研究情况，便于进行横向和纵向参考。

另一个特点是资料丰赡。从收录研究文章的维度来看，该书收录了 1982 年至 2017 年关于张炜研究的学术论文和评论文章条目 2000 多个，收录了张炜研究硕士、博士学位论文条目 350 多个，还收录了已经出版的十几种具有代表性的文学史中关于张炜的评价，如洪子诚《中国当代文学史》、陈思和《中国当代文学史教程》、王庆生《中国当代文学史》、张炯《中华文学发展史》、孟繁华等《中国当代文学发展史》、丁帆《中国乡土小说史》、陈晓明《中国当代文学思潮》、杨匡汉《共和国文学六十年》等。本着全面系统、真实可信的原则，编者不“为尊者讳”，将有关文学争议事件也如实记录。如 2011 年 8 月张炜 450 万字的长篇小说《你在高原》荣获第八届茅盾文学奖，网友对评委是否全文阅读了这部小说提出质疑，编者收录了在这期间《人民日报》《中国青年报》《文艺报》《北京青年报》《文汇报》《中华读书报》等报刊的文章存目，还原历史现场。更有价值的是，本书从作家画传的维度，收录了图片 400 余幅，既包括张炜各个时期生活、写作和参加活动的照片 80 多幅，还包括大量手稿、书影。以书影为例，收录了《古船》国内版本书影 29 种，国外翻译版本书影 10 种，甚至还收录了 3 种盗版本书影，收录了《九月寓言》国内版本书影 17 种，国外翻译版本书影 3 种，为张炜著作版本研究提供了重要参考。

张炜从 1980 年 3 月在《山东文学》发表短篇小说《达达媳妇》以来，近四十年一直坚守着文学理想和诗性表达，《古船》《九月寓言》《你在高原》《艾约堡秘史》等著作，既关注社会变革，又深刻洞察人性，是当代文学史上极具代表性的作品，对这样一位作家进行实时跟踪，全面记录传主的情况，可以免除后人做研究的考证之苦。目前张炜还处于创作盛年，未来的创作空间依然不可限量，所以该书编者还需要对张炜的创作和评论持续跟进，使这部编年体《长编》不断丰富完善，成为张炜研究的基础文献和工具书，同时也给其他作家研究资料的编写提供有益借鉴。

嬴牟旧志 人文新邦

——读《莱芜历代旧志》

近日，老家莱芜友人寄来一套《莱芜历代旧志》，我如获至宝，激动不已。这套旧志煌煌五大函二十七册，由线装书局出版，蓝色丝绸封面典雅庄重，内文繁体竖排印制精美，浓浓墨香中散发着无尽史韵，唤起悠悠乡愁。

我的老家莱芜古称嬴牟，位于泰山东麓、汶水之阳，是史上著名的冶铁中心，春秋时期长勺之战就发生在这里。莱芜编修地方志始自北宋，新中国成立前共修成八部志书，遗憾的是，已有三部失散，现存世五部，分别是明嘉靖《莱芜县志》，由知县陈甘雨纂修，共二册八卷，清康熙《莱芜县志》，由知县叶方恒在前任知县钟国义辑成志稿的基础上编修完成，共五册十卷，清光绪《莱芜县乡土志》，由知县何联甲编修，一册，清宣统《莱芜县志》，由张梅亭、王希曾编修，含礼、乐、射、御、书、数六册二十二卷，民国《续修莱芜县志》，由县长李钟豫督修，举人亓因培、拔贡许子翼、廪生王希曾编纂，共十三册三十八卷。

此次经核校修订出版的这套旧志，囊括了以上五百年来五部县志所有内容，涵盖地理、政教、人物、艺文等诸多方面，具有很强的学术研究和文史参考价值。以明嘉靖《莱芜县志》为例，此版本在莱芜久已失传，国内也极少见，莱芜史志办的同志不远千里，从浙江宁波天一阁所藏明代方志选刊中搜求影印而来，并进行了专业的点校注释，方便读者阅读。还有缺损较多的清康熙《莱芜县志》，在国家图书馆、山东省图书馆和莱芜市档案馆有多个馆藏版本，工作人员对字迹不清或缺失的内容经过考订加以修补校正，使此次影印的版本成为最完善的版本。另外，编者既注意保持旧志原貌，又能守正创新，在个别地方有所改进，如清宣统《莱芜县志》，原卷首图考部分的四幅地图（莱芜县总图、莱芜县南段分图、莱芜县中段分图、莱芜县北段分图）分开印刷，此次影印将四幅局部地图整合为一幅地图，使读者对清宣统年间莱芜境域全貌一目了然。

当这套志书完整呈现在我们面前时，可能大多数读者都不会想到旧志的珍贵以及重新面世的艰辛，此时此刻，我想起了莱芜籍著名诗人、《人民文学》原编辑部主任吕剑先生在《题跋散钞》（收入《燕石集》）中记述自己苦苦搜求《莱芜县志》而不得的经历：

> 《莱芜县志》，苦不能得。前从乡兄吴伯箫家藏借观，略解寻求之渴。吴氏辞世后，函询其

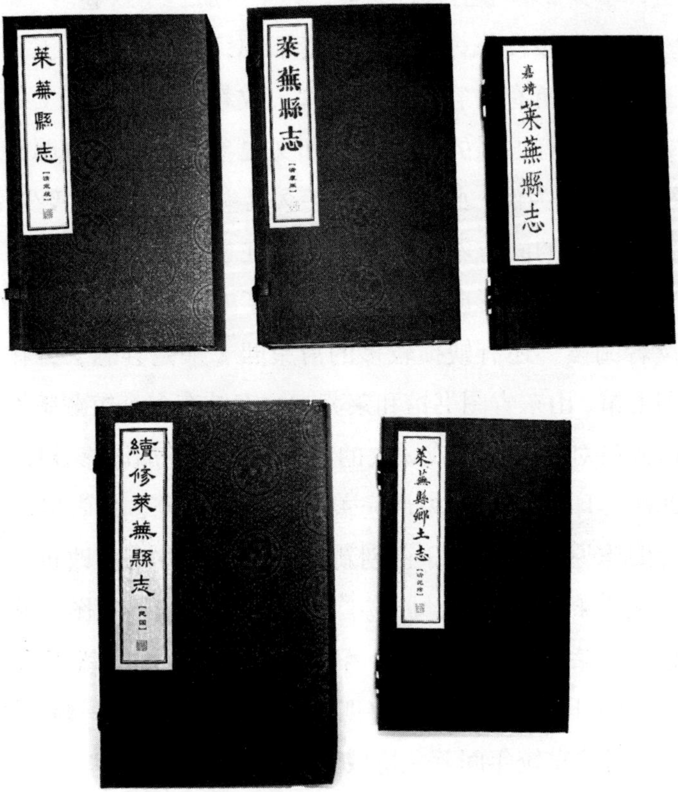

《莱芜历代旧志》书影

子光玮，竟无以告我，殆已失落。曾托人于故乡多方搜求，一无所获。频遭战劫，文物荡然，能不令人发一浩叹欤！岁次乙丑，张欣执教莱城，不意竟为之寻得三册寄来，计有射、御、数三册九卷，唯尚缺礼、乐、书三册十一卷。虽云残本，亦颇堪庆慰矣。莱芜文化局来人时，曾建议向历城及泰安、博山邻县设法询借复制，俾乡邦文献，重见于世。

文中所述吴伯箫是莱芜籍著名散文家，代表作有《记一辆纺车》《菜园小记》等，曾在莱芜执教的张欣，现为浙江工业大学中文系教授，而文中所说那套县志，正是此次影印出版旧志中所含的清宣统《莱芜县志》。吕剑先生仅获三卷残本，却已颇感欣慰，这一方面说明先生关心乡邦文献思乡心切，另一方面也说明频遭战劫的年代，《县志》少而难觅，想搜求一套全本更是难上加难。今天这五部旧志集中出版，若老诗人吕剑先生泉下有知，定当欣然矣！地方史志的挖掘整理和编纂出版，既能为文史爱好者和研究者提供了一个系统详实的原始文本，又能增进人们对一方乡土的文化认同，对莱芜乃至山东的历史文化而言，都是一件功德无量的好事。

后　　记

这本薄薄的小册子，是我写的第四本书。小时候曾梦想有一天能当作家，现在觉得离这个梦近了些，但随着岁月的流逝，离那种纯真和激情，却越来越远了。

我是个喜欢怀旧的人，怀念生命中遇到的好人，怀念自己读过的好书，怀念从前作家用笔和纸写文章的日子，那是一种慢生活，虽然慢，但容易走进心里；那是一段旧时光，虽然旧，但凝聚着文人跃动的情思，历经世事依然熠熠生辉。

这本书，就是写的一些关于书、信和人的旧事。

第一辑“嗜书”，是我和书的故事，回忆了我在青少年时如何爱上读书、写作，以及自己买书、藏书、捐书、赠书、写书的过往。

第二辑“纪人”，是写文化名人，其中一些早已作古，还有一些我与他们或多或少有过交往。我选取了一些小视角，来聊聊他们的故事，他们的人格和作品，给了我许多精神滋养。

第三辑“读札”，是对作家和学者手稿信札的解读。随着电脑的普及，作家手稿和信札越来越罕见，“见字如面”的那种亲切感，再也找不回来了。这几年我收藏了近百件作家学者信札，仔细阅读这些旧信，字里行间能挖掘出许多文坛往事，但因为有些内容涉及通信人隐私，所以本书只选取了有限的几封进行释读，期待日后能将其他信札逐渐公开。

第四辑“清赏”，是我读书后写的部分随感，想到什么写什么，比较感性，算不上正经的书评。

书中收录的五十余篇文章，三分之一系旧文，三分之二是新作，此次集中出版，又对旧文全部做了修订。这些文字，一部分已经在《人民日报》《中国文化报》《中国艺术报》《文艺报》《中国环境报》《大众日报》《齐鲁晚报》《燕赵都市报》《山东大学报》《青岛日报》等十几家报刊发表过，非常感谢这些报刊编辑们给予的支持。

更让我感动的是，著名作家刘庆邦老师百忙之中为拙作赐序，张炜老师亲笔题写书名，他们对我的鼓励，是我在文学之路上坚韧前行的不竭动力。感谢张令伟兄为我所绘肖像。感谢花山文艺出版社的领导和编辑，是他们的认可和付出，才得以让这本小书与大家见面。

怀念旧时光的同时，也要热情拥抱新生活。有书，有酒，有人可爱，有事可做，生活就有滋味，日子就有奔头。

作者于己亥初春

图书在版编目（CIP）数据

书与信中的旧时光／吕振著.—石家庄：花山文艺出版社，2019.8

ISBN 978-7-5511-4616-6

Ⅰ.①书… Ⅱ.①吕… Ⅲ.①随笔—作品集—中国—当代 Ⅳ.①I267.1

中国版本图书馆CIP数据核字(2019)第081412号

书　　名：书与信中的旧时光
SHUYUXIN ZHONGDE JIUSHIGUANG

著　　者：吕　振

书名题签：张　炜
肖像绘画：张令伟
责任编辑：李　鸥
责任校对：齐　欣
美术编辑：胡彤亮
装帧设计：陈　淼
出版发行：花山文艺出版社（邮政编码：050061）
（河北省石家庄市友谊北大街330号）
销售热线：0311-88643221/29/31/32/26
传　　真：0311-88643225
印　　刷：石家庄燕赵创新印刷有限公司
经　　销：新华书店
开　　本：880×1230　1/32
印　　张：9.625
字　　数：160千字
版　　次：2019年6月第1版
2019年6月第1次印刷
书　　号：ISBN 978-7-5511-4616-6
定　　价：38.00元